적어도 두 번

김멜라 소설

적어도 두 번

자음과모음

차
례

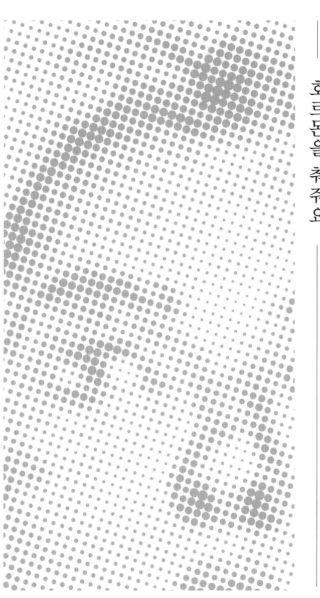

호르몬을 취줘요

나는 등번호 9번에 윙포워드, 머루, 차콜그레이 그리고 IS
다. IS는 인터섹스의 줄임말인데 섹스란 말이 들어간다고 해
서 날 이상하게 보면 곤란하다. 그건 내가 엄마 배 속에 있을
때부터 시작된 일이고 내 잘못이 아니다. 그렇다고 엄마 탓도
아니다. 난 교회에 다니지 않으니 하나님을 원망하지도 않는
다. 그저 나에게는 남들에게 없는 버섯이 있을 뿐이다. 다른
여자애들이 가슴이 나올 때 난 버섯이 튀어나왔다. 버섯이 보
일까 봐 팬티를 두 개씩 입기도 한다. 그렇다고 내가 버섯으
로 오줌을 싸는 건 아니다. 하지만 지린내가 날지 모르니 매
일 밤 비누 거품으로 닦는다. 내 버섯은 어른의 것만큼 커지
지 않고 아기를 낳게 할 수도 없다. 그렇다고 모양만 있는 가

짜는 아니다. 내 버섯은, 그냥 내 버섯이다. 난 버섯을 내버려
둘 건지 없앨 건지 결정해야 한다. 버섯을 자르고 난 다음에
는 구멍을 넓혀 자궁을 만들어야 한다. 여자로 남을 경우에
말이다. 남자가 될 거면 버섯을 남겨두지만 나중에 버섯을 크
게 하는 수술을 받아야 한다. 남자가 되나 여자가 되나 돈이
드는 건 마찬가지란 소리다. 그래서 난 어쩔 수 없이 로또에
뛰어들었다.

　"공을 뺏길 순 있어. 하지만 구도림한테 뺏기는 건 치욕이
야."
　유지는 목소리를 굵게 해 말했다. 레드팀 주장을 흉내 내는
거였다. 유지는 레드팀의 태클이 얼마나 지저분했는지 떠들
었다. 그걸 우정이라 생각하는 모양이었다. 난 신경 쓰지 않
았다. 몸싸움이 싫었으면 바둑반이나 우쿨렐레반에 들어갔겠
지. 난 겁나지 않았다. 내 정강이뼈는 단단하고 코치님은 나
에게 계속 블루팀 주장을 시킬 테니까. 코치님은 남자와 여자
의 차이보다 왼발을 쓸 수 있는지 없는지의 차이가 더 크다고
했다.
　"시합하자!"
　유지가 소리쳤다. 그런 다음 괴물 소리를 내면서 자전거 페
달을 밟았다. 축구 시합 때 워밍업만 하다 끝나서 그런지 유지

는 힘이 남아돌았다. 유지는 몸집이 작고 달리기가 느렸다. 자기한테 공을 패스하지 말라고 부탁하는 축구 선수는 세상에 신유지뿐일 거다. 유지가 잘하는 건 에너지 음료를 축내는 것과 상대 팀 애들이 내 욕을 하는지 안 하는지 엿듣는 거였다.

나는 출발부터 반칙을 하는 유지를 앞장서게 내버려두었다. 유지를 따라잡기 전 한 발은 자전거 페달에, 다른 한 발은 땅에 대고 내 가랑이 냄새를 맡았다. 엄마는 지린내가 날지 모르니 늘 조심하라고 했다. 금요일이었지만 금요일 기분이 나지 않는 금요일이었다.

우리는 자전거를 타고 공원으로 갔다. 바닥에 자전거를 눕혀두고 수돗가에서 물을 마셨다. 유지는 누가 물을 멀리 내뿜나 시합하자고 했지만 난 내키지 않아 거절했다. 우리는 다시 자전거를 타고 공원을 가로질러 집으로 향했다. 유지는 내리막길에서 세 번째 시합을 시작했고 갈림길에 다다르자 입으로 브레이크 소리를 내며 자전거를 꺾었다. 난 그 애의 의기양양한 포즈를 지켜봐주었다. 그것도 오래가지 못할 테니까.

"우리 아빠 보여?"

유지가 전봇대 뒤에 서서 물었다. 나는 '유지네 슈퍼' 앞을 살폈다. 가게 앞에서 흰 장갑을 낀 유지 할아버지가 피라미드 모양으로 사과를 쌓고 있었다.

"안 보여. 안에 있나 봐."

내가 말했다. 그러자 유지는 등을 돌리더니 바지 주머니에서 휴지를 꺼내 코를 풀었다. 코가 떨어져 나갈 것처럼 세게 풀었다. 그다음 휴지를 반으로 접어 부스럼이 난 입가를 톡톡 두들겼다. 유지의 아빠는 유지가 코를 훌쩍이면 가만두지 않았다. 입 주변에 지저분한 게 묻어 있어도 용서하지 않았다. 그래서 유지는 집에 가기 전 전봇대에 서서 코를 풀었다. 유지의 천사가 매일 아침 유지의 호주머니에 반으로 접은 부드러운 티슈를 넣어주었다.

"이거 봐."

유지가 가방 지퍼를 열고 안을 보여주었다. 흰 편지봉투가 가득했다.

"아빠가 교도소 갔을 때 천사한테 쓴 거야."

유지가 말했다. 유지는 자기 엄마를 천사라 불렀다. 유지의 할아버지도, 유지의 고모도, 삼촌들도 유지의 엄마를 천사라고 불렀다. 유지의 아빠가 술 먹고 행패 부려도 이혼 안 하고 같이 살기 때문이었다. 유지의 자전거 자물쇠 비밀번호도 1004였다.

"하나 골라."

유지가 가방을 열어젖히며 말했다. 가방은 편지로 꽉 차 있었다. 어림잡아 100통이 넘어 보였다. 나는 유지가 알아채지 못하게 살짝 뒷걸음치며 말했다.

"난 괜찮아."

"골라. 이제 내 거야. 내가 가져도 된다고 했어. 그러니까 너도 몇 개 가져."

"아냐, 소중한 거니까 네가 다 갖고 있어."

내가 또 괜찮다고 하자 유지가 코를 한 번 훌쩍였다.

"너, 나 좋아하는 거 맞아?"

유지가 말했다. 또 그 말이었다. 유지는 밸런타인데이 때 나한테 초콜릿을 받은 후 걸핏하면 자길 좋아하는 게 맞느냐고 물었다. 초콜릿을 준 건 내 잘못이었다. 그때 유지는 밸런타인데이 일주일 전부터 내가 자기한테 초콜릿을 줄 거라 굳게 믿고 있었다. 유지는 우리가 서로 좋아하는 사이라고 생각했다.

"좋아하는 게 뭔데?"

난 유지의 믿음을 흔들기 위해 물었다.

"서로의 비밀을 간직하는 거."

형편없는 대답은 아니었다. 그래도 초콜릿을 준 건 내 실수였다.

나는 열셋, 유지는 열하나. 유지는 나보다 1년 5개월 어렸다. 내가 4학년 때 휴학하지 않았다면 유지는 날 누나라고 불러야 했을 거다. 유지는 아직 애였다. 골목을 뛰어갈 때 대문 뒤에서 개가 짖으면 유지도 따라 짖었다. 그건 내가 여덟 살때 그만둔 장난이었다. 난 유지만 할 때 처음 담배를 피웠다. 진짜로 피운 건 아니고 물고만 있었지만 아무튼 난 그때 어른의 세계를 맛보았다. 담배는 길에 떨어진 꽁초였다. 끝부분에 잇자국이 선명해서 나는 손가락으로 몇 번 문지른 다음 입에 물었다. 눈을 감고 하얀 담배 연기를 상상하며 숨을 들이마셨다. 첫 모금을 빨아들였을 때 난 나란 사람의 본성을 깨달았다. 마치 수영장 깊이를 알기 위해 밑바닥까지 잠수한 기분이었다. 곧 숨이 막혀 물 위로 올라왔지만 난 더 깊은 곳이 있다는 걸 알았다. 난 더 깊이 갈 수 있었고 더 혼자일 수 있었다. 유지는 내 하나뿐인 친구였지만 가끔 난 누구와도 친구가 될 수 없다고 생각했다.

유지는 내가 동네에서 어울리는 유일한 애였다. 비염 때문에 코를 훌쩍이고 눈이 나빠 근시 안경을 쓰지만 그래도 장점이 많았다. 그 정도로 나쁜 시력은 아닌데도 유지는 내 정강이 털이 안 보이는 척했다. 또 내가 한 달에 한 번 병원에 가는 걸 비밀로 해주었고 아무리 목이 말라도 다른 슈퍼에서 음료수를 사 먹지 않았다. 슈퍼를 하는 자기 할아버지에 대한 의리라고 했다.

유지와 헤어지고 나는 자전거를 타고 버들다리로 갔다. 버들은 없고 말라빠진 풀과 하루살이만 있는 곳이었다. 하천은 흙탕물로 만든 젤리 같았다. 난 천천히 페달을 밟으며 쓸 만한 꽁초가 있는지 살폈다. 다리를 지나 정류장까지 가도 소득이 없었다. '노다지' 아줌마가 나한테 로또랑 같이 담배도 팔면 좋겠지만 그건 내 욕심이었다. 아줌마가 나한테 로또를 파는 것만 해도 다행이었다. 난 병원에 상담을 받으러 갈 때면 노다지에 들러 로또를 샀다. 유지 돈 1000원, 내 돈 1000원으로 두 게임을 했다. 유지는 봄부터 지금까지 같은 번호를 찍었다.

5, 10, 15, 20, 25, 30

이게 유지가 선택한 번호였다. 이런 번호는 보나 마나 꽝이었다. 난 유지에게 계속 이런 식으로 찍으면 1000원만 날리는 셈이라고 말했지만 유지는 고집을 꺾지 않았다. 유지는 안전한 번호가 좋다고 했다. 5씩 커져야 안전하다고 했다. 그게 무슨 말이냐고 물으니 2학년 때 구구단을 외울 때 5단이 제일 쉬웠다고 말했다. 난 그게 로또랑 무슨 상관인지 이해할 수 없었다.

난 내 정체성 숫자를 찍었다.

9, 11, 18, 27, 36, 45

11은 내 비밀을 푸는 암호였다. 내가 알아본 결과 인간의 몸에는 여러 개의 구멍이 있는데 콧구멍과 목구멍, 눈구멍,

귓구멍, 똥꾸멍을 다 더하면 남자는 아홉 개, 여자는 열 개가 있다(땀구멍은 빼고 말이다). 나는 여자이기 때문에 구멍이 열 개지만 거기에 막대기가 하나 추가돼 11이 되었다. 그래서 나는 로또에 꼭 11을 넣었다. 나머지는 모두 앞자리와 뒷자리를 더하면 9가 되는 숫자다. 1+8, 2+7, 3+6, 4+5. 9는 내 정체성 숫자라 나는 축구팀에서도 등번호 9번을 선택했다.

사람마다 자기 정체성 숫자가 있다는 건 미스터X의 주장이었다. 미스터X는 나처럼 닥터에게 심리 상담을 받는 오빠인데 원래 이름은 박승보지만 자기를 미스터X라 부르라 했다. 자기의 앞날은 어떻게 될지 모르니 미지수 'X'를 붙여야 한다는 거였다. 난 미지수나 방정식은 질색이지만 오빠의 뜻을 존중해 미스터X라 불렀다. 미스터X는 날 보면 숫자 9가 떠오른다고 했다.

"넌 숫자로 치면 9고 과일로 치면 머루고 색으로 치면 차콜 그레이야."

미스터X가 말했다.

"내가?"

"응."

미스터X는 자기가 뭔지 모르겠을 땐 숫자나 과일이나 색으로 비유해보면 알게 된다고 했다. 우리는 우리를 다른 것에 비유해야만 하는 운명이라면서 말이다. 미스터X가 말하길 비유는 진리에 다가가는 방법이며 예수님과 부처님도 다 비유로 말했다고 했다.

"비유가 뭔데?"

나는 미스터X에게 물었다.

"네가 머루고 차콜그레이라는 거."

"머루가 뭐야?"

"나도 몰라."

"차콜그레이는?"

미스터X는 그것도 모른다고 했다. 머루는 본 적도 없고 차콜그레이는 무슨 색인지 헷갈리지만 아무튼 날 보면 그런 게 떠오른다고 했다. 며칠 뒤 나는 TV를 보다 차콜그레이를 알게 되었다. 홈쇼핑 채널에서 여성용 가을 코트를 팔았는데 차콜그레이는 세 가지 색 중 제일 안 팔리는 색이었다.

미스터X는 열다섯 살 여름에 처음 생리를 하고 병원에 왔다고 했다. 아침에 일어나보니 팬티와 이불에 피가 묻어 있었다고 한다. 남자이면서 생리를 하는 건 미스터X가 무슨 증후군이어서 그런 건데 그건 미스터X의 잘못이 아니고 미스터X의 엄마 잘못도 아니다. 미스터X는 교회에 다니지만 하나님을 원망하지 않는다고 한다. 다만 가끔 자기 머릿속 뇌하수체로 가서 일 좀 제대로 하라고 말하고 싶다 했다. 미스터X는 겉보기엔 중학생처럼 보였지만 실제로는 스무 살이 넘었고 항문으로 생리를 한 다음부터 가슴과 엉덩이가 커졌는데 무엇을 하든 자기 행동이 남자다운지 아닌지 따져보는 습관이 생겼다고 했다.

미스터X는 나에게 성별을 결정하기 어려우면 자기처럼 뚱보가 되라고 했다. 살이 찌면 남들이 남자인지 여자인지 보는 게 아니라 그냥 뚱뚱한 살만 본다고. 하지만 난 살이 찌면 축구할 때 빨리 달릴 수 없어 그건 안 된다고 했다. 그러자 미스터X는 로또에 도전하라고 했다. 여자든 남자든 중요한 건 돈이 많아야 하고 돈이 많으면 사람들은 남자인지 여자인지 따지지 않고 부러워한다고 했다. 나는 미스터X의 조언대로 로또에 뛰어들었고 내 정체성 숫자를 찍었다.

로또 말고도 미스터X는 나에게 새로운 정보를 많이 알려주었다. 우리 같은 사람이 등장하는 만화, 우리 같은 사람이 주인공인 소설, 우리 같은 사람이 모이는 인터넷 카페. 미스터X는 골치 아픈 내 목록 쓰기도 도와주었다. 내가 여자로 살 때 좋은 점과 나쁜 점을 순서로 매겨보는 것이었다.

구도림이 계속 여자로 살면 좋은 점
1. 버섯을 크게 만들지 않아도 된다.

2. 키 큰 여자가 될 수 있어서 이익.

3. 힘센 여자가 될 수 있어서 이익.

(그래도 여자로 산다는 건 평생 불이익.)

미스터X는 괄호 안 글자에 밑줄을 그었다. 여자로 살면 늙을 때까지 300번에서 400번 생리를 해야 한다고 했다.

"실망할 건 없어. 생리휴가가 있으니까. 금요일에 쓰면 토요일, 일요일, 3일 쉴 수 있어."

미스터X가 말했다.

"근데 왜 불이익이야?"

"왜 꼭 금요일에 생리휴가를 쓰느냐고 뭐라 하거든. 닥터 파이팅이 간호사들 욕했잖아. 넌 못 들었겠구나."

미스터X가 말했다. 닥터 파이팅은 우리를 상담해주는 의사였다. 무료로 우리를 상담해주는 건 고맙지만 상담이 끝날 때마다 "힘내라, 파이팅!" 하고 어깨를 두들겨 우리는 그를 닥터 파이팅이라 불렀다.

나와 미스터X는 한 달에 한 번 닥터 파이팅을 만났다. 닥터 파이팅은 인간의 뇌에는 남자와 여자의 성별이 있다고 했다. 뇌의 성별은 태아 때 결정되는데 판화처럼 한번 새겨지면 죽을 때까지 바뀌지 않는다고 했다.

"단 예외는 있어. 바로 호르몬이지. 호르몬은 판화를 바꾸는 힘이 있어서 남자여도 여성호르몬이 나오면 뇌가 여자처럼 변하고 여자여도 남성호르몬이 나오면 뇌가 점점 남자로 변해."

닥터 파이팅이 말했다. 난 이해가 되지 않았다.

"뇌에는 성기가 없는데 어떻게 남자인지 여자인지 아나요?"

내가 질문하자 옆에 있던 승보 오빠가 내 발을 툭 건드렸다. 그날은 내가 승보 오빠를 처음 만난 날이기도 했다.

"물론 뇌에도 성기……가 있지."

닥터 파이팅이 말했다. 그는 내가 치마 대신 축구 유니폼을 입고 다니는 거나 승보 오빠가 여자 가수의 춤을 따라 추는 걸로 뇌의 성기……를 판단한다고 했다. 닥터 파이팅은 '성기'란 말을 할 때마다 어딘가 불편한 표정을 지었다.

그날 상담이 끝나자 승보 오빠는 나한테 할 말이 있다며 조용한 곳으로 가자고 했다. 승보 오빠는 자신을 미스터X라 소개하며 닥터 파이팅의 말은 걸러 들으라 했다. 그 사람은 우리의 고민을 이용해 자기의 연구 업적을 쌓는다고. 차라리 자기의 고환을 만지작거렸던 비뇨기과 의사가 더 낫다고 했다.

그 뒤로 나는 닥터 파이팅과 만나면 딴생각을 했다. 주로 상담실 벽에 붙어 있는 그래프를 보며 코끼리 그림을 떠올렸는데 그래프 아래에는 '인구 1000명당 성증후군 수'란 글씨가 쓰여 있었다. 내 눈엔 그래프가 코끼리를 삼킨 보아뱀으로 보였다. 어린왕자 책에 나오는 그 보아뱀 말이다. 코끼리의 등에는 숫자가 제일 많았고 '정상'이라 쓰여 있었다. 하지만 나와 미스터X는 코끼리 꼬리 부분에 있었고 거기엔 '비정상'이라 쓰여 있었다.

*

상담을 마치고 병원을 나와 걸어가는데 어디선가 권총 쏘는 소리가 들렸다. 고개를 들어보니 권총이 아니라 신발 매트였다. 병원 3층에서 어떤 여자가 베란다 난간에 대고 고무 매트를 팡 팡 팡 내리치고 있었다. 그 소리가 너무 커 내게는 총소리처럼 들렸다. 나는 총에 맞은 것처럼 가슴을 부여잡았다. 그리고 다시 고개를 숙이고 빨간 벽돌과 녹색 벽돌 중 빨간 벽돌만 밟으며 생각했다.

내가 어린왕자를 좋아하는 건 어린왕자가 남자인지 여자인지 알 수 없기 때문이다. 어린왕자를 왕자라 부르는 건 남자라서가 아니라 자기의 왕국을 갖고 있어서다. 나는 나팔꽃처럼 소매가 벌어진 흰 셔츠와 그런 셔츠를 입은 어린왕자를 좋아한다. 또 자석 단추가 달린 우비와 바퀴로 움직이는 로봇도 좋아한다. 그런 로봇은 관절염 환자처럼 우스꽝스럽게 걷지 않는다. 미래엔 인간보다 로봇이 많아질 텐데 그때가 되면 난 비정상이 아니라 그저 인간이 될 수 있다. 차라리 인간 따위 그만두고 로봇이 되는 것도 나쁘지 않다. 로봇은 남자 여자 구별 없이 그냥 로봇일 뿐이니까.

마지막 빨간 벽돌을 밟고 나는 고개를 들었다. 미스터X가 통나무 의자에 앉아 있었다.

"넌 여전히 못생겼구나."

미스터X가 말했다. 그게 인사였다. 난 대꾸하지 않았다. 미스터X는 자기 상담이 끝나면 날 기다렸는데 병원 역사관 뒤뜰이 우리의 약속 장소였다. 역사관은 비가 오지 않아도 비를 맞은 것처럼 벽돌색이 칙칙했고 문은 자물쇠가 달린 쇠사슬로 감겨 있었다. 가끔 여기서 낮잠을 자는 고양이를 보러 간호사 언니들이 오는 것만 빼면 거의 아무도 오지 않았다.

"그래도 옷은 멋진데?"

미스터X가 말했다. 나는 역사관 앞 계단에 앉아 흘러내린 축구 스타킹을 끌어올렸다. 미스터X가 일어나 엉덩이를 털고 내 옆으로 왔다. 우리는 나란히 앉아 뜰에 서 있는 동상을 보았다. 왼쪽 뺨이 검은 얼룩으로 뒤덮인 동상은 이곳에 처음 '미국 약방'을 세웠다는 선교사의 얼굴이었다. 동상 옆에는 돌로 담을 두른 연못이 있었는데 미국 약방 시절에는 연못에 도롱뇽이 살았다고 한다. 한번은 미스터X와 장난치다 연못에 운동화가 빠졌다. 그때 건진 운동화에 긴 머리카락이 딸려 나와서 그 뒤로 우리는 연못을 등진 채 앉았다.

"누구야?"

나는 미스터X가 들고 있는 어떤 여자의 사진을 보며 물었다.

"댄스계의 레전드야. 우리 같은 IS."

미스터X가 말했다. 난 그 말을 믿지 않았다. 미스터X는 전에도 내가 모르는 사람의 사진을 가져와 우리 같은 IS라 했다. 그런데 알고 보니 그 사람은 시진핑이라는 중국 사람이었다. 내가 미스터X에게 왜 나를 속였느냐고 따졌더니 미스터X는 시진핑이 인터섹스가 아닌 증거를 대라 했다. 그런 식이었다.

"만약 네가 대통령이나 연예인이면 너한테 애벌레가 있다고 밝히겠니?"

미스터X가 말했다.

"내 건 벌레가 아니라 버섯이야."

"그건 벌레고 넌 사과야. 벌레가 배 속으로 들어가 네 장기를 먹어치울걸."

미스터X가 검지 두 개를 포개 벌레처럼 꿈틀거렸다. 나는 화가 나 미스터X의 젖꼭지를 꼬집었다. 그다음 곧장 도망치려 했지만 미스터 찌찌에게 목덜미를 붙잡혔다. 미스터X는 미스터 찌찌가 되어 날 엎드리게 했고 미스터 하마로 변해 내 얼굴과 어깨 사이를 엉덩이로 깔아뭉갰다.

"항복해라."

미스터 하마가 말했다. 난 항복하지 않았다. 내 건 벌레가 아니었다.

"안 할래?"

하지만 더 있다간 내 목뼈가 부러질 것 같았다.

"행복."

"뭐라고?"

"행복햇대고!"

내가 소리치자 미스터 하마가 일어섰다. 미스터 하마는 다시 미스터X가 되어 나를 일으켰다. 그러더니 내가 불쌍해 보였는지 입가에 흐른 침을 닦아주었다. 입술에 닿은 미스터X의 손이 수세미처럼 거칠었다. 손가락에 손톱은 절반밖에 없고 손가락 마디마다 빨간 살이 드러나 있었다. 미스터X는 또 손마디를 물어뜯으며 말했다.

"과거에도 현재에도 인터섹스는 있었어. 매해 태어나는 아기 1000명 중 2명은 인터섹스고 그건 빨간 머리가 태어날 확률보다 약간, 아니 약간보단 더이긴 하지만 아무튼 완전히 적은 숫자는 아니야. 내가 태어난 해엔 우리나라에 47만 명이 태어났는데, 아, 이건 천 자리 밑은 뺀 거야. 그러니까 47만 명의 아기 중에 적어도 799명이 우리 같은 인터섹스라고."

나는 티 나지 않게 몸을 뒤로 젖히며 미스터X의 침방울을 피했다. 미스터X는 나에게 책을 내밀며 한 번만 말해줄 테니 잘 들으라고 했다.

"잘 봐, 여기 보라고. 난 두 번 갔다 왔어. 넌 여기 들어보지도 못했지?"

미스터X가 말했다. 난 미스터X가 보라는 곳을 보았다. 그 책에는 인간과 원숭이가 그려진 그림에 '털 없는 원숭이'란 제목이 쓰여 있었다.

"원숭이?"

"그거 말고, 이거."

미스터 X가 제목 밑에 붙은 흰 메모지를 가리켰다. 거기에는 '남산도서관'이라 쓰여 있었다.

"여기가 어딘 줄 알아? 그 유명한 이태원이야. 이태원에 가면 꼭 들른다는 남산이라고. 이태원에 가는 사람들은 밤새 술 마시고 놀다 다음 날 아침이면 다 같이 도서관에 가. 그게 코스야. 너 도서관 회원 카드 봤어?"

미스터X는 서울 시내 도서관 어디에서나 통하는 회원 카드를 보여주었다. 미스터 X의 말에 따르면 이태원에 가면 IS가 모이는 아지트가 있는데 그들은 매달 셋째 주 토요일에 만나 밤새 이야기를 나눈 후 아침이 되면 남산으로 산책을 간다고 했다.

"닥터가 말해준 거야?"

난 도서관 카드를 보며 말했다. 카드 뒷면에는 타인에게 카드를 양도할 수 없다고 쓰여 있었다.

"닥터는 몰라. 내 말을 믿어. 거기 가면 다른 사람 애벌레도 볼 수 있어. 기분 좋으면 자기 팬티를 머리에 쓰고 춤을 추거든."

"뻥 좀 치지 마."

"그래, 그건 뻥이야. 도서관 카드는 진짜고. 이태원 모임도 진짜야. 이거 봐."

미스터X는 자기가 손수 만들었다는 이태원 지도를 보여주었다. 거기엔 IS가 모이는 아지트가 하트 모양으로 표시돼 있었다.

"거기 가면 이 사람도 볼 수 있어."

미스터X가 스마트폰을 꺼내 동영상을 보여주었다. 사진에 있던 여자가 머리를 풀어헤치고 문어처럼 팔다리를 흐느적 거렸다. 미스터X는 이 춤이 세상에서 가장 멋진 춤이라 했다. 노래는 우리 같은 사람을 위한 노래이고 가사 속 리듬은 호르 몬을 비유한 거라 했다. 나는 몇 번이나 동영상을 되돌려 보았다. 이상하다고 생각하면서도 눈을 뗄 수 없었다. 미스터X 의 말대로 댄스계의 레전드 같았다. 여자는 쉴 새 없이 팔을 흐느적거리면서도 표정은 처음부터 끝까지 그대로였다. 태어나 한 번도 웃어본 적 없는 사람 같았다. 노래는 자꾸 리듬, 그러니까 호르몬을 춰달라고 부탁했다.

여태 고생한 당신에게!

내가 나가면 맛있는거 많이 사먹자. 족발, 닭도리탕, 감자탕, 갈비, 삼겹살, 끓인 라면……. 유지랑 떡복기도 만들어 먹자. 오붓하게 둘러앉자서. 최대한의 행복을 느끼면서 천천히 욕심 부리지 말고 살자. 행복해야 하니까. 우린 정말 소중한 사람이니까. 특히 당신은 정말 소중하다. 나의 천사는!

난 유지가 보여준 편지에서 틀린 글자를 찾았다. 비록 맞춤법은 몇 개 틀렸지만 글자는 참 가지런했다. 술 먹고 욕하는 사람이 쓴 글씨 같지 않았다. 편지 끝에는 엄지만 한 다홍색 도장이 찍혀 있었는데 활짝 웃고 있는 스마일 도장이었다.

유지는 편지를 보여주며 나에게 또 다른 비밀을 말해주었다. 자기 아빠가 감옥에 간 건 어떤 여자의 브래지어를 찢어서인데 아빠는 감옥에서 그걸 반성하면서 매일 하나님께 기도했다고 한다. 유지 아빠에게 기도하는 법을 가르쳐준 건 같은 감방에 있던 여호와의증인이었다. 그 사람은 아빠가 편지를 쓸 때마다 맨 끝에 스마일 도장을 찍어주었고 그 도장을 좋아하는 유지는 나중에 크면 군대에 갈지 감옥에 갈지 고민이라 했다.

"나랑 같이 여호와의증인 할래?"

유지가 물었다. 여호와의증인은 군대에 가는 대신 감옥에 간다고 했다. 내가 왜 그러냐고 물으니 유지는 그건 자기도 모른다고 했다. 어쨌거나 난 만약의 경우를 대비해 생각해본 다고 말했다. 만약의 경우란 내가 남자가 되는 경우였다. 유지와 나는 둘 다 총소리를 싫어해 우리는 크면 군대에 가는 게 걱정이었다. 우리가 유일하게 쏘는 총은 물총이었고 동네 남자애들이 길고양이한테 비비탄을 쏠 때마다 우리는 그 애들이 어른이 되면 군대 대신 감옥에 가야 한다고 생각했다.

"정말 갈 거야?"

유지는 몇 번이나 내게 물었다. 나는 고개를 끄덕였다. 군대든 감옥이든 그건 나중 일이고 나는 우선 이태원에 가야 했다. 하지만 유지는 내가 이태원에 가다 죽을까 봐 걱정했다. 난 이태원은 여기서 두 시간 거리이고 미스터X가 준 지도도 있어서 죽지 않을 거라 했다. 유지는 이태원 가는 길에 먹으라며 감자칩 한 봉지와 에너지 음료 한 캔을 내게 주었다. 할아버지 가게에서 가져온 거라 했다.

"버스에서 읽어."

유지가 감자칩 위에 편지 한 통을 올려놓았다. 이번에는 유지의 할아버지가 유지의 아빠에게 쓴 편지였다. 나는 왜 자꾸 편지를 주느냐고 물었다. 그러자 유지는 편지 안에 자기의 비밀이 담겨 있기 때문이라고 했다. 그러면서 누가 비밀을 입으로 말하느냐며 다 편지로 쓴다고 했다.

"이건 네가 쓴 게 아니잖아."

"그건 나도 어쩔 수 없어. 너도 내 약점 알잖아."

유지는 가만히 앉아 종이에 글씨를 쓰면 머리가 어지럽다고 했다. 나는 유지와 대화하는 걸 포기하고 감자칩과 편지를 가방에 넣었다.

현대 음률 속에서
순간 속에 보이는
너의 새로운 춤에
마음을 뺏긴다오.

나는 이어폰으로 음악을 들으며 이태원으로 향했다. 가는 길에 닥터 파이팅이 내게 했던 말을 생각해보았다. 닥터 파이팅은 내 의식이 성기……에 치우쳐 있다고 했다. 나는 성기……에 대한 생각을 떨치려 했지만 버섯이 커지면서부터, 그러니까 내 버섯이 자기 멋대로 부풀었다 줄었다 하면서부터 내 의식은 모두 성기……에 쏠려 있었다. 내 고환은 내 아랫배에 숨어 있고 내 자궁은 개미 세 마리도 어깨를 부딪칠

만큼 좁았다. 내 고환과 자궁을 찍은 초음파 사진은 마치 비 오기 직전의 먹구름 사진 같았다. 먹구름이 호르몬을 뿌리면 난 구도림이 아니라 원숭이 한 마리가 되어버렸다. 나는 정말이지 원숭이나 버섯 인간이 되고 싶지 않았다. 우리 집 거실에는 컴퓨터가 있고 나는 불법 사이트에 우회 접속하는 방법을 알지만 내가 보고 싶은 건 남자가 여자 위에 올라타 여자를 괴롭히는 게 아니었다. 나는 내가 뭘 보고 싶은지 몰랐다. 어쩌다 속눈썹이 떨어지면 나는 속눈썹을 손 위에 올려놓고 소원을 빌었다. 로또 1등 되게 해주세요. 나는 속눈썹이 멀리 날아가게 힘껏 불었다. 로또가 되면 나는 나를 내버려두고 싶었다. 하지만 내 번호는 언제나 꽝이었고 나는 내 희망을 찢어버려야 했다.

*

지도를 보고 아지트를 찾는 건 로또 1등에 당첨되는 것보다 더 가망이 없어 보였다. 나는 미스터X가 준 지도를 들고서 갔던 길을 또 가고, 봤던 간판을 또 봤다. 지도에는 이태원에서 파는 간식들과 숫자 4 모양의 방위표가 있었지만 나는 이탈리아 젤라토나 태국 코코넛 빵을 찾을 수 없었다. 넓은 길과 좁은 길, 큰 가게와 작은 가게, 거무튀튀한 담벼락이 미로처럼 복잡했다. 하늘은 점점 차콜그레이 색으로 변해갔고 어쩌면 이태원은 이 세상에 없는 곳일지 모른다는 생각이 들 때쯤 하늘에서 빗방울이 떨어졌다. 아직 토요일이 다 가지도 않았는데 집을 떠난 지 500년은 흐른 기분이었다.

나는 문 닫힌 어느 가게 앞에 쪼그려 앉았다. 배낭을 끌어안고 고개를 숙였다. 가랑이에서 지린내가 나는 것 같아 마음이 무거웠다. 나도 유지네 할아버지처럼 마음이 무거워 견딜수 없었다. 유지네 할아버지는 천사에게 잘해야 한다고 편지에 썼다. 천사가 유지 아빠에게 온 건 기적이라고 했다. 나에게도 천사가 필요했다. 만약 나에게도 천사가 있다면 지금 내손을 잡아달라고 기도하고 싶었다.

"좀 비켜줄래?"

그때 거짓말처럼 하늘에서 목소리가 들렸다.

"나 들어가야 하는데, 좀 비켜줄래?"

나는 천사를 보았다. 아니 천사는 아니었다. 천사라고 하기엔 입술이 너무 빨갰다. 한 손엔 컵라면이 든 봉지를, 다른 손엔 우산을 들고 있었는데 살이 하나도 없어서 손목뼈가 혹처럼 튀어나와 있었다. 그래도 혹시 몰라 나는 천사에게 말했다.

"여기가 이태원이에요?"

"뭐라고?"

"여기 이태원 아니에요? 난 이태원 가야 하는데."

내가 말하자 천사는 내 얼굴을 빤히 보더니 왜 이태원에 가야 하느냐고 물었다.

"우리 엄만 나랑 시장 갈 때 나한테 꼭 물어봐요. 엄마가 가스밸브 잠갔니? 그럼 난 잠갔다고 말해줘요. 나도 물어볼 사람이 필요해요."

나는 일어서고 싶었지만 다리에 쥐가 나서 움직일 수 없었다.

"난 물어볼 사람이 필요하다고요. 내가 남자인지, 여자인지."

결국 난 엉덩방아를 찧고 말았다. 빗물에 바지가 젖어 팬티까지 축축했지만 난 꼼짝할 수 없었다. 하늘은 머루 껍질 색이었고 난 우산도 우비도 없었다. 그때 천사가 내게 손을 뻗었다. 난 천사의 손을 잡았다. 천사의 손바닥은 내 얼굴을 감쌀 만큼 컸고 나를 한 번에 일으켜 세울 만큼 힘이 셌다.

셔터를 올리자 파란 불빛이 보였다. 나는 천사를 따라 계단을 내려갔다. 밟을 때마다 텅텅 소리가 나는 계단을 일곱 개도 넘게 내려갔다. 난 이태원에 입장하고 있었고 떨지 않으려 애썼다. 하지만 무릎이 후들거렸다. 계단 아래 남자가 서 있었는데 유령처럼 얼굴이 흐릿했다. 손등으로 눈을 비비니 그제야 얼굴이 또렷하게 보였다. 구렁이처럼 긴 머리카락을 묶은 남자가 내 앞에 서 있었다.

"흑맥주 하나 줘."

천사가 구렁이 머리에게 말하며 나무 테이블 앞에 앉았다. 천사의 머리 위에 파란 조명이 있었다. 그곳에는 파란 조명 말고도 전등이 여러 개 있었지만 다 흐릿하게 보였다. 냉장고에서 나오는 빛도 희미했다.

"얜 뭐예요?"

구렁이 머리가 말했다. 구렁이 머리는 물고기 비늘처럼 반짝이는 모자를 머리에 쓰더니 핑크색 챕스틱을 꺼내 입술에 발랐다. 그다음 냉장고에서 맥주를 꺼내 천사에게 주었다. 천사가 나무 테이블 위에 팔을 괴고 나를 보았다.

"너도 뭐 마실래?"

천사가 물었다. 난 주머니를 뒤져 돈을 꺼냈다. 음료수 하나 사 마실 돈은 나도 있었다. 내가 2000원을 꺼내자 물고기 모자가 내 앞에 닥터페퍼 캔을 놓았다. 나는 천사와 좀 떨어진 의자에 앉아 음료수를 마셨다. 천사는 담배를 꺼내 불을 붙였고 맥주병 입구를 어루만졌다.

"음악 듣자."

천사가 맥주병을 들고 소파로 걸어갔다. 굽이 납작한 구두로 듣기 좋은 발걸음 소리를 냈다.

"이게 무슨 노래예요?"

나는 물고기 모자를 쓴 구렁이 머리에게 물었다.

"재즈."

물고기 모자가 말했다.

"재즈, 그리고 뭐요?"

"뭐가 뭐야. 그게 끝이야."

"현대 음률과 관련 있나요?"

내가 묻자 물고기 모자는 반이나 남은 내 닥터페퍼 캔을 흔들면서 다 마셨으면 가보라고 했다. 나는 고개를 돌려 소파에 기대앉은 천사를 보았다. 천사는 물고기 모자에게 손님한테 친절히 대하라고 말했고 그러자 물고기 모자는 어깨를 으쓱하더니 바지 주머니에서 또 챕스틱을 꺼내 입술에 발랐다. 물고기 모자에게서 복숭아 향이 났다.

나는 배낭을 무릎 위에 놓고 지퍼를 열어 책을 꺼냈다. 『털 없는 원숭이』와 도서관 카드를 나란히 테이블 위에 올려놓고 그 옆에 로또 종이를 놓았다. 내가 고개를 들자 날 보고 있던 물고기 모자가 날 안 본 척 시선을 돌렸다.

"아직 8시 안 됐죠?"

나는 모자에게 물었다. 물고기 모자는 나에게 다가와 내 책과 카드와 로또를 한 번씩 건드렸다.

"박승보? 이게 너야?"

물고기 모자가 물었다. 나는 물고기 모자에게 박승보는 내가 아니라 미스터X의 이름이고 미스터X는 승보 오빠의 별명인데 승보 오빠의 엉덩이에 깔리면 목뼈가 부러진다고 말해주었다.

"도서관이나 가지 여긴 왜 왔어? 너희 엄만 너 이러고 다니는 거 아시니?"

물고기 모자가 말했다.

"알아요. 현장학습 간다고 했어요."

"뭐?"

"현장학습이요. 나한텐 이게 현장학습이에요."

나는 물고기 모자에게 타인한테는 양도할 수 없는 도서관 카드와 이태원 모임 그리고 무표정한 가수의 전설적인 춤을 얘기해주었다. 물고기 모자는 그게 대체 무슨 말이냐고 했고, 나는 리듬과 호르몬에 대해 말해주었지만 물고기 모자는 나더러 취했느냐고 했다. 그러면서 술병이 가득 놓인 선반에서 노란 병을 들고 왔다.

"너도 마실래?"

물고기 모자가 물었다. 나는 마셔도 되는지 몰라 천사를 돌아보았지만 천사는 소파에 없었다.

"너희 엄마가 너 이러는 거 아시면 참 좋아하시겠다."

물고기 모자가 작은 잔에 노란 액체를 따라 마셨다. 나는 노란 액체가 담긴 병을 코에 대고 냄새를 맡아보았다. 냄새만으로 벌써 취하는 것 같았다.

"그래서, 네 X오빠가 원숭이 책을 주면서 이태원에 가라고
했다고?"

물고기 모자가 트림하는 것처럼 턱을 가슴에 붙이며 말했다.

"비슷해요."

"이태원에서 뭘 할 건데?"

"춤추는 거 보죠. 진로 상담도 하고요. 자세한 건 말 못 해
요. 아저씬 IS가 아닌 것 같으니까."

나는 물고기 모자의 짙은 눈썹과 턱에 난 수염 자국을 보며
말했다. 물고기 모자는 목젖을 꿀렁이며 또 노란 술을 마셨다.

"이게 뭐예요?"

"테킬라. 입 벌려봐."

물고기 모자가 나에게 고개를 젖히라고 하더니 내 입에 레
몬즙을 짜주었다. 레몬 방울이 내 코와 입 주변으로 떨어졌다.

"난 네가 트루 딸인 줄 알았어. 숨겨둔 딸이 있나 했지. 트
루가 네 엄마 아니지?"

물고기 모자가 또 노란 액체를 잔에 따르며 말했다.

"트루가 누군데요?"

"아까 너랑 같이 들어온 여자."

오, 트루. 천사의 이름은 트루였다. 나는 트루란 단어의 뜻
을 떠올렸다. 그래도 혹시 몰라 물고기 모자에게 트루가 진실
이냐고 물었다.

"바보는 아니네."

"누가 바보예요? 그리고, 트루가 왜 내 엄마예요?"

"엄마가 아니면, 아빠?"

그렇게 말하며 물고기 모자는 재밌어죽겠다는 듯 웃었다. 웃는 물고기 모자의 뺨에 누군가 꼬집은 것 같은 보조개가 생겼다. 나는 약이 올라 물고기 모자에게 나도 술을 달라고 했다. 물고기 모자가 미친 소리 하지 말라며 술병을 가져갔다.

"왜요? 내 친구 유지는 자기 할아버지가 막걸리 마실 때 옆에 있으면 할아버지가 한 모금 준대요."

내가 말하자 물고기 모자는 내 닥터페퍼 캔에 노란 액체를 몇 방울 넣었다. 아주 조금, 몇 방울. 그런데 그걸 마시는 순간 나는 목과 가슴에 화약이 터지는 것 같더니 머리에 노란색 전류가 흘렀다.

"정말 트루 딸 아니야? 둘이 닮았는데?"

물고기 모자가 말했다.

"우리 엄만 화장 안 해요. 손도 작고."

"그럼 넌 누구야?"

물고기 모자가 물었지만 난 대답할 수 없었다. 난 구도림이고 열세 살이고 숫자 9이고 차콜그레이지만 갑자기 내가 누구인지 알 수 없었다.

"여기가 어딘 줄 알아? 여기 왜 왔어?"

"현장학습 왔다니까요. 난 내년에 중학교에 가는데 우리 동네 여자애들은 다 진성여중 가요. 근데 내가 남자면 진성여중 가면 안 되잖아요?"

"너 남자야?"

물고기 모자가 물었다. 나는 고개를 흔들었다.

"아뇨, 만약에, 만약에 말이에요. 난 여자지만 여자가 아닐 수도 있잖아요? 아저씨 만약 몰라요? 만약에 내가 남자면 난 어디로 가요?"

내가 묻자 물고기 모자가 오줌을 싸고 오겠다며 구렁이처럼 긴 머리카락을 흔들며 사라졌다. 난 혼자 남아 벽장에 가득한 술병을 바라보았다. 테이블 위에는 물고기 모자가 놓고 간 챕스틱이 있었다. 난 챕스틱 뚜껑을 열어 냄새를 맡아보았다. 아깐 복숭아 향이었는데 이상하게 젖은 걸레 냄새가 났다.

"내가 좋은 생각이 났는데 말이야."

물고기 모자가 슬리퍼를 끌며 다시 내 앞으로 왔다.

"남녀공학은 없어? 거기 가면 되잖아."

"있긴 한데, 거긴 매점이 없어요. 선배들도 무섭고. 3학년 선배들이 화장 안 하면 팬대요."

나는 내 음료를 마셨다. 그다음 재떨이에 있는 꽁초를 입에 물었고 그러자 물고기 모자가 이런 애는 처음 본다며 경찰에 신고하기 전에 꽁초를 뱉으라고 했다. 그때 트루가 왔다.

트루는 내 닥터페퍼 캔을 코에 대고 냄새를 맡더니 캔을 구겨 물고기에게 던졌다.

"애한테 술 줬어?"

트루가 소리쳤다.

"몇 방울……."

물고기 모자가 말했다.

"뭐 어때요. 쟤 친구도 막걸리 마신다는데. 그리고 난 쟤보다 어릴 때 술병에 맞아서 머리가 깨졌는데 뭐."

트루가 내 입에서 빼앗은 꽁초를 물고기 모자에게 던졌다. 그런 다음 나를 어딘가로 데려갔다. 트루는 영어로 진실, 나는 트루에게 끌려가며 생각했다. 나도 내 천사에게 편지를 쓰고 싶다고. 맛있는 거 많이 먹고 욕심부리지 말고 소중한 사람들끼리 행복하게 살자고. 그런데 갑자기 속이 울렁거리며 토할 것 같았다. 나는 자리에 멈춰 허리를 숙였고 바닥에 노란 액체를 쏟아냈다. 내가 뿜어낸 액체가 트루의 구두와 스타킹을 덮쳤다. 나는 콧물과 침으로 범벅된 얼굴을 들 수 없었다.

*

네가 돌아온 그날부터 하루하루를 불안한 마음으로 지내온 지 어언 수개월. 세월은 流水와도 같이 흘러 일년이 다 되어가는구나. 너한테 무슨 말이 필요하겠느냐. 너에 귀에 딱지가 앉도록 말과 글로 전했건만 너는 부모가 하는 말은 귀로 듣지 않고 오뉴월 풋개 똥 뀌는 소리로 아는구나. 거울은 먼저 웃지 않는다 하였다. 네가 먼저 가족을 생각하고 네가 먼저 가족을 사랑해야 가족이 너를 사랑하지 않겠니. 사랑하고 사는 것이 인생이니라.

부모는 무엇이냐. 부모는 자식만 아는 위대한 바보다. 부모는 항상 보약이다. 부모는 온돌방이다. 부모는 A/S다. 부모의 마음은—

정말 무거워서 더는 견딜 수 없구나. 자식이란 평생 무거운 짐이다.

트루는 편지를 읽더니 나에게 한 번 더 입을 헹구라고 했다. 나는 고개를 숙이고 세 번째로 입을 헹궜다.

"명심해. 술 먹고 담배 피우면 그렇게 되는 거야."

트루는 세면대 거울로 내가 입을 헹구는 걸 지켜보았다.

"이 편지가 누구 거라고?"

트루가 물었다. 나는 물을 뱉고서 유지와 편지에 대해 말해주었다. 유지가 가진 편지는 100통도 넘는데 나는 이제 겨우 세 통 읽었을 뿐이라고.

"내가 실수로 밸런타인데이 때 초콜릿을 줬거든요. 유지는

반은 천사고 반은 악마인데 코 막혀서 머리 아플 땐 악마가
돼요. 그래서 그냥 읽고 있어요."

나는 타월로 입을 닦았다. 그런 다음 다시 트루의 얼굴 앞
에서 하 하고 숨을 뱉었다. 트루는 내 입에서 나쁜 냄새가 나
는지 맡아보았다.

"근데 여기가 정말 이태원 아니에요?"

내가 묻자 트루는 아직 내가 술이 덜 깬 것 같다고 말했다.

현대 음률 속에서
순간 속에 보이는
너의 새로운 춤에
마음을 뺏긴다오.

물고기 모자는 화해의 의미로 나에게 호르몬 노래를 틀어
주었다. 시간은 9시가 다 되어갔고 나는 트루가 불러주는 번
호를 내 로또 번호와 맞춰보았다. 또 실패였다. 나는 또 내 희
망을 찢어버려야 했다. 나는 이태원에 가지 못했고 여자가 될
지 남자가 될지 결정하지도 못했다. 이제 남은 건 집에 돌아
가 엄마가 시키는 대로 중학생이 되기 전에 방정식 푸는 법
이나 배우는 것이다. 엄마는 남자든 여자든 우선 좋은 대학에
들어가는 게 먼저라고 했다.

"포기하지 마. 계속하다 보면 언젠간 될 거야."

물고기 모자가 말했다. 그러더니 풀 죽은 나를 위해 자기가 춤을 추겠다고 했다. 물고기 모자가 슬리퍼를 벗어던진 다음 소파 위로 훌쩍 뛰어올라 팔을 흐느적거렸다.

"웃으면 안 돼. 웃으면 현대 음률이 아니래."

트루가 말하자 물고기 모자는 "안 웃어요, 안 웃어요" 하고 말했지만 두 뺨에 꼬집은 것 같은 보조개가 자꾸만 생겼다.

나는 내 호르몬을 타고 나의 뇌에게로 가 말을 걸었다.

안녕, 나야. 나는 숫자 9와 11, 털 없는 원숭이, 찢어서 버려야 하는 로또 그리고 너야. 말해봐, 내 판화에 각인된 성별은 뭐니? 어떤 색 잉크가 나올 거야? 성공이야, 실패야? 이제 날 어디로 데려갈 거지?

* 인간의 뇌에 성별이 있다는 의학적 주장과 뇌와 호르몬의 연관 작용에 관한 소설 속 내용은 앤 무어·데이비드 제슬의 『브레인 섹스』(곽윤정 옮김, 북스넛, 2009)를 참고했다.
* 소설 속 노래는 김완선의 〈리듬 속의 그 춤을〉이다.

적어도 두 번

1

누군가에게 고백을 한다면 그 누군가는 다른 이의 말을 잘 들어주거나 이해심이 많아야 할 겁니다. 그렇다면 유파고는 노. 유파고는 학생들의 앓는 소리나 넋두리에 질색하니까요. 돈이 드는 것도 아닌데 C^-를 C^+를 올려주는 것도 거절하시죠. 강의실에 들어서는 유파고의 모습은 마치 다른 사람의 구두를 잘못 신고 온 사람처럼 어색해 보입니다.

여러모로 유파고는 제 고백을 들어줄 만한 분이 아닙니다. 더구나 섹슈얼에 관한 이야기는 오해의 소지가 많으니까요. 이십대 여학생이 남자 유파고에게 이런 편지를 쓴다면 사람들이 손가락질하겠죠. 저도 이런 편지를 쓰게 될 줄 몰랐습니다.

저는 유파고의 죽음을 생각합니다.

이 말이 대답이 될까요.

저는 매일 유파고의 죽음을 생각합니다. 왜 이런 메일을 쓰는지 이유를 묻는다면 이 말밖에 떠오르지 않는군요. 생각은 보통 '든다'고 하죠. 하지만 저는 유파고의 죽음이란 생각을 '만났습니다'. 지금부터 그 얘길 해드리겠습니다.

지난주 눈이 쏟아지던 어느 날, 저는 평소처럼 펍에서 아르바이트를 끝내고 집으로 갔습니다. 가는 길에 편의점에 들러 빵과 초콜릿을 샀고 저는 허기를 참을 수 없어 편의점을 나와 급히 빵 봉지를 뜯었습니다. 그때 유파고의 죽음이란 생각이 편의점 앞 담벼락에 기대어 저를 보았습니다. 그 생각은 여자였고 눈이 반쯤 감긴 얼굴로 제게 악수를 청했죠. 저는 손에 빵 부스러기가 묻어 있어 악수를 받아줄 수 없었습니다. 대체 무슨 말을 하는 거냐고 유파고가 화를 낸대도 어쩔 수 없습니다. 저는 유파고의 죽음이란 생각을 만났고 제가 만난 그녀를 있는 그대로 말하는 것뿐이죠. 이런 비유는 어떨까요. 럭비공 비유가 도움이 될지 모르겠습니다.

생각은 어디로 튈지 모르는 럭비공처럼 종잡을 수 없지만 만약 공이 땅에 닿기 전 공중에서 낚아챈다면 공을 쫓아 이리 뛰고 저리 뛰는 수고를 덜 수 있을 겁니다. 생각도 마찬가지입니다. 유파고의 죽음이란 생각은 누군가 던진 럭비공처럼 포물선을 그리며 제게 날아왔고, 저는 그것이 바닥에 닿아 튀어 오르기 전 그것을 낚아채 사람의 형상으로 나타나게 했습니다. 그 생각은 여자였고 저에게 악수를 청했죠. 그녀는 담벼락에 기대어 서서 악수를 거절당한 사람답지 않게 저를 향해 미소 지었습니다.

귀 기울여주세요. 저는 유파고가 죽기를 바란다거나 유파고의 죽음을 위해 매일 밤 기도한다고 말하는 것이 아닙니다. 그런 식의 저주는 이미 멈춰버린 럭비공처럼 운동의 힘을 잃어버려 사람을 이리 뛰고 저리 뛰게 할 수 없으니까요. 그날의 모든 것은 유파고의 죽음이란 생각이었습니다. 유파고의 죽음이란 생각은 어는점을 통과한 수증기와 같고 공중에서 낚아챈 럭비공과 같으며 악수를 거절당하고도 미소 짓는 베이지색 면바지를 입은 여자와 같습니다. 이렇게 추운 겨울날 베이지색 면바지라니요. 더구나 그녀는 장갑조차 끼지 않았습니다. 만약 그녀가 저를 진실로 배려했다면 차디찬 손을 제게 내밀지 않았겠죠. 제 손에 묻은 빵 부스러기는 다음 문제입니다. 제가 여성을 좋아하는 여성이고 한때 유파고와 은밀한 신뢰를 나눈 사이였다는 것이 지금 저에게 닥친 사건과 무관한 것처럼 말이죠.

죄송합니다. 전 사과를 하는 성격이 아니지만 이번엔 잘못을 인정할 수밖에 없군요. 생각은 머릿속에 머물 때 더 만족스러운 것 같습니다. 바보들이나 자기가 한 말에 만족한다. 도스토옙스키가 한 말입니다. 어떤 책에서 어떤 인물의 입을 빌려 말했는지는 모르겠습니다. 중요한 것은 저는 무언가를 말하고 싶을 때마다 그 슬라브인의 말을 떠올리며 입을 다무는 쪽을 택한다는 것입니다. 유파고, 도스토옙스키는 결코 자기가 한 말에 만족할 수 없었을 겁니다. 바보가 아닌 이상 말이죠. 하지만 그가 바보였다면 자신이 바보라는 것도 모른 채 자기가 한 말에 만족할 수 있었을 텐데요. 어느 쪽이 더 바보인지는 저도 모르겠습니다.

그저 우스갯소리 하나 하겠습니다. 그것으로 충분하죠. 바보도 웃을 수 있는 우스갯소리.

며칠 전 저는 어떤 기사를 봤습니다. 여성과 이슬람 문화에 대한 신문 칼럼이었죠. 그 글에는 '여성의 지위에 대한 평가는 객관적으로 합의할 수 없는 문제이며 여성의 신체적 자유에 관한 의견 또한 신중해야 함에도 불구하고……'라는 내용이 쓰여 있었습니다. 저는 웃음이 났습니다. 지위를 '자위'로 읽었거든요. 고의로 그런 게 아니라 제 눈이 그렇게 봤습니다. 보이는 대로 보아라. 현대 건축사 시간에 유파고가 했던 말이죠. 저는 지위를 자위로 보았고 그렇게 읽으니 지위로 읽을 때보다 더 그럴듯했습니다.

유파고, 혹시 자위란 말에 놀라셨나요. 그 단어가 불편하진 않으시겠죠. 만약 그렇다면 저는 자위를 지위라 쓰겠습니다. 앞으로 제가 쓰는 지위는 자위로 읽어주세요. 원래 뜻의 지위를 써야 할 땐 작은따옴표를 달아 '이 지위는 보이는 그대로의 지위'라 덧붙이겠습니다.

아무려면 어떤가요. 중요한 건 제가 고백하고 싶다는 것이죠. 저는 고백하려 합니다. 제 지위에 대해. 고백은 어렵지 않지만 어디서부터 고백해야 하는지 그 시작을 정하는 건 어렵군요. 천주교의 고해성사처럼 일정한 형식이 있었으면 좋겠습니다. 제가 생각해낸 형식은 이것이죠.

'우스갯소리 하나 할게요.' 그러면 상대는 웃을 준비를 하겠죠. 사제가 용서할 준비를 하듯이 말이죠. 물론 유파고는 사제가 아닙니다. 저는 죄를 짓지 않았고 설령 그렇다 할지라도 유파고에게 고백한다고 해서 제 마음의 빚이 줄어들진 않을 겁니다. 누구도 제 마음의 빚을 대신 갚아줄 수 없죠. 저는 다만 제가 처음 지위를 지니던 순간에 대해 풀리지 않은 궁금증이 있고 그것을 누군가에게 털어놓고 싶을 뿐입니다. 왜 그 대상이 유파고인지는 앞에서 말씀드렸죠. 저는 유파고의 죽음이란 생각을 만났고 그 생각은 저에게 악수를 청했습니다. 그 생각은 여자였으며…….

다시 말하진 않겠습니다. 그저 몇 가지 물을게요. 유파고에게 묻겠어요. 유파고를 끌어와 저 자신에게 묻는 거죠. 저 자신에게 묻는다며 세상의 답을 기다리는 것입니다.

유파고, 저는 언제 처음 콩알을 만졌을까요? 어떻게 그 감각의 다발과 처음 만나 그것과 악수하는 기쁨을 알았을까요?

2

인간은 절대 고백이 가능한 존재가 아니다.

좋은 말입니다. 이 문장을 소리 내 세 번 읽겠어요.

인간은 절대 고백이 가능한 존재가 아니다.

인간은 절대 고백이 가능한 존재가 아니다.

인간은 절대 고백이 가능한 존재가 아니다.

미시마 유키오가 한 말이라고요? 구글에서 검색해보니 어리석은 천재처럼 생겼군요. 그의 말이 맞습니다. 저는 고백할 수 없고 유파고의 지적대로 도스토옙스키를 읽은 적도 없죠. 그렇기에 도스토옙스키가 했다는 말의 출처를 밝힐 수도 없습니다. 만약 누군가 제가 한 인용의 거짓을 밝히려면 도스토옙스키가 쓴 글을 전부 읽어야 할 테죠. 하지만 누구도 그런 수고를 들이지 않을 겁니다. 그것이 제 거짓의 근거입니다. 사람들의 무관심과 게으름.

그런데 한 가지 궁금한 점은 유파고는 왜 미시마 유키오가 했다는 저 말의 출처를 밝히지 않으셨는지요. 저 또한 유파고의 거짓을 밝히려면 미시마 유키오가 쓴 글을 전부 읽어야 하는 걸까요?

소설가 이야기는 집어치우죠. 우스갯소리도 하지 않겠습니다. 유파고는 전혀 웃고 싶지 않다고 하셨으니까요. 저도 남을 웃기는 데 소질이 없습니다. 단지 몇 가지만 묻겠어요. 그것으로 오케이.

유파고, 유파고는 여자의 몸에 대해 얼마큼 알고 있나요?

이 질문에 대답해보세요. 유파고는 아내가 있고 어린 딸이 있으니 어느 정도 알 거라 생각합니다. 가령, 유파고는 딸을 목욕시킬 때 아이의 알몸을 보고 만질 수 있겠죠. 겨드랑이나 배꼽, 다리 사이와 엉덩이골을 꼼꼼히 비누칠해준 기억이 있을지 모릅니다. 만약 누군가 당신은 딸의 몸을 얼마나 알고 있는가?라고 물으면 유파고는 비누 거품이 묻은 딸의 몸을 떠올릴 수 있을 겁니다. 그렇다면 이 질문은 어떠세요.

당신은 딸의 클리토리스를 알고 있는가. 생각해본 적이 있는가.

유파고를 기분 나쁘게 하려는 게 아닙니다. 유파고의 자녀를 희롱하려는 의도도 아니고요. 저는 다만 제 클리토리스에 대해 말하고 싶을 뿐입니다. 특정 단어가 불편하시면 중간에 '우'를 넣겠어요. 클리토리'우'스. 어떤가요. 불편하지 않으시죠? 클리토리우스. 그리스로마 신화에 나오는 이름 같군요. 제가 선생님이란 단어를 유파고로 바꾸었듯 클리토리스도 다르게 바꾸겠습니다. 그래야 제가 이 고백을 이어갈 수 있을 테니까요.

유파고, 유파고는 아내의 클리토리우스를 아실 테죠(다시 한번 말씀드리지만 저는 유파고와 유파고의 가족을 희롱하려는 의도는 없습니다). 아내의 겨드랑이나 배꼽 그리고 클리토리우스를 보거나 만진 적이 있을 겁니다. 남자가 여자와 성관계를 가질 때 여자의 쾌락에 얼마나 관심을 갖느냐 하는 것은 여자의 클리토리우스에 얼마나 관심을 기울이느냐로 판가름 난다고 생각합니다. 저는 성 경험이 많은 편은 아니지만 관계를 가질 땐 제 그곳의 느낌을 즐기려 애썼죠. 하지만 제가 말하려는 것은 성인의 ㅅㅅ(특정 단어가 불편하실 수 있으니 단어의 첫 번째 자음만 적겠습니다)가 아닙니다. 유파고가 아내의 그곳을 보거나 터치하는 일은 자연스러운 부부 생활로 여겨지니까요. 하지만 아동은 어떻습니까? 딸의 그곳을 생각하거나 배려하는 것은요? 저는 실례를 무릅쓰고 묻습니다. 유파고는 딸의 클리토리우스를 생각해본 적 있나요? 연한 살에 감춰진 붉은 열매를 상상할 수 있으세요?

내 딸은 어리다. 다섯 살 아이한테 클리토리우스 어쩌고 하는 것은 지나치다.

유파고는 이렇게 말할지 모릅니다. 하지만 유파고, 인간은 자신의 경험으로 타인을 보기 마련이죠. 제 경험으로 보자면 유파고의 딸은 어리지 않으며 그 이유는 자기 몸을 인식할 수 있기 때문입니다. 아동은 자기 몸을 만질 수 있고 또 자기의 몸을 만지듯 타인의 몸을 만질 수 있습니다. 누군가 건네는 악수에 응할 수도, 거절할 수도 있죠. 콩알을 만진다는 것은 이를테면 자기 자신과 악수하는 것입니다. 전 그렇게 생각해요. 인간은 타인에게 악수를 건네기 전 자기 자신과 악수를 해야 한다고. 자기 자신과의 악수를 충실히 수행한 후에야 타인이 건넨 손을 맞잡을 수 있다고.

거창하게 말했지만 실은 다 알고 있는 상식이죠. 일차적으론 위생의 문제랄까요. 자기 자신과 하는 악수는 다른 사람과 하는 악수보다 깨끗하고 안전하니까요. 그 점을 부인할 사람은 없을 겁니다. 유파고, 저는 고백합니다. 어린 나이부터 저는 제 자신과 악수했습니다. 저의 어린 시절을 기억하는 사람에게 전해 들었죠.

넌 세 살 때부터 그 짓을 했다.

제 줄파추는 그렇게 말했습니다. 저는 엎드린 몸을 웅크린 채 꼼짝할 수 없었죠. 줄파추는 문 앞에 서 있었고 저는 재빨리 가랑이 사이에서 손을 빼냈지만 문을 연 줄파추에게 악수하는 모습을 들키고 말았습니다. 줄파추는 단번에 알아차렸죠. 딸이 엎드려 무엇을 하고 있는지요.

그 후에도 저는 여러 번 줄파추에게 악수하는 모습을 들켰습니다. 그때마다 줄파추는 조용히 인상을 찌푸리거나 크지 않은 한숨을 내쉬었죠. 다른 훈계나 꾸중은 없었습니다. 제 줄파추는 딸에게 욕을 하거나 손찌검을 하는 분이 아니었으니까요. 단지 문을 잘못 열고 들어온 사람처럼 곤혹스러운 표정을 지었을 뿐입니다. 그러던 어느 날 줄파추는 더는 참을 수 없다는 듯 제게 말했습니다.

하…… 너는 어떻게 세 살 때부터 그 짓을…….

줄파추는 경멸하는 표정을 감추지 못했습니다. 저는 수치스러웠죠. 하지만 약간의 수확도 있었습니다. 제가 세 살 때부터 콩알을 만지기 시작했다는 것을 알게 됐으니까요. 줄파추가 그런 말을 꾸며낼 리는 없겠죠.

그 뒤로 저는 언제나 궁금했습니다. 세 살, 내가 기억하지 못하는 나의 유년. 그때 나는 어떻게 내 콩알의 느낌을 알아차렸을까. 세게 누르거나 문지르면 어느 곳에서도 느낀 적 없는 기묘한 만족의 순간이 온다는 걸, 세 살의 나는 어떻게 알았을까.

그리고 몇 년 후 저는 제 궁금증에 대한 답을 얼듯 흥미로운 사건을 마주했습니다. 동네 식당에 갔다 한 여자아이를 보았죠. 그 아이는 신발을 벗는 현관에 엎드려 있었습니다. 네 살, 혹은 만으로 세 살 무렵의 여자아이가 현관 턱에 엎드려 자기의 하반신을 압박하고 있었습니다. 저는 알았죠. 단번에 알아차렸습니다. 아이가 자기 자신과 악수하고 있다는 것을요.

쭉 뻗은 두 다리와 어딘가에 정신이 팔린 채 완전히 몰입해 있는 표정. 현관에는 사람들이 오갔지만 아이는 그들의 존재를 아랑곳하지 않았죠. 부끄러워하거나 숨으려 하지도 않았습니다. 사람들은 아이가 하는 행동이 무엇인지 모르는지 그저 아이를 지나쳐 갔습니다.

고백합니다. 그 아이는 제가 평소 귀여워하던 옆집 아이였습니다. 저는 그 아이 앞에서 저 자신과 악수한 적이 있고 어쩌면 그 모습을 보고 아이가 따라 했을지 모릅니다. 단 한 번이었습니다. 그때 아이는 젖병을 빨던 아기였고 저는 아기와 놀다 갑자기 나 자신과 악수하고 싶다는 충동에 휩싸여 아이 옆에 엎드려 콩알을 압박했습니다.

유파고, 아이가 저를 보고 배운 걸까요? 그때 아이는 옹알이도 하지 못하던 아기였는데요?

어쨌거나 그 뒤로 저는 깨달았습니다. 만약 제가 세 살 때부터 악수의 기쁨을 알았다면 그것은 누군가로부터 보고 배운 것이라는 것을요. 옆집 아이가 저를 통해 보고 배웠듯 말입니다. 유파고, 인간을 정의하는 수많은 말 중 인간은 사회적 동물이며 다른 인간을 모방한다는 말이 있습니다. 악수도 마찬가지입니다. 자기 자신과 악수하는 것도 누군가를 통해 보고 배우는 것이죠.

보고 배운다. 이 말을 기억해주세요. 보고, 배운다. 배운다는 말은 본다는 말과 함께 있습니다. 본다는 말에는 배운다는 말이 포함돼 있죠. 그런데 유파고, 볼 수 없는 아이들은 어떻게 배울 수 있을까요.

*

이테의 실제 이름은 말하지 않겠습니다. 저는 처음부터 그 애를 이테라 불렀고 그 애도 그 호칭을 좋아했죠. 이테가 무슨 뜻인지는 그 애와 저만의 비밀입니다. 그 비밀을 고백하고 싶진 않군요. 다만 이테를 처음 본 날을 이야기할게요.

이테는 열여섯, 맹인학교 학생입니다. 앞을 볼 수 없죠. 태어날 때부터 그런 건 아니고 돌이 지난 다음부터 안 보이기 시작했다고 합니다. 이테는 무언가를 본 기억이 없죠. 이테가 아기였을 때 반짝이는 빛이나 엄마의 얼굴을 볼 수 있었겠지만 이테는 기억하지 못합니다.

그 애는 '본다'는 것을 모릅니다. 듣고, 만지고, 냄새를 맡으며 세상을 배워갔죠. 이테의 말에 따르면 세상에서 제일 만지기 좋은 것은 사람이랍니다. 사람의 몸, 피부요. 적당히 말랑하고 매끄럽고 빨리 차가워지고 또 온기를 잘 전달하는, 안고, 안기기에 좋은 사람의 살.

이테를 만난 건 과외 아르바이트 때문이었습니다. 저는 맹인학교 학생과 대학생을 연결하는 복지관 프로그램에 신청했고 이테는 그 프로그램에서 연결해준 맹인학교의 학생이었죠. 저는 일주일에 두 번, 학교에 가서 이테에게 수학을 가르쳤습니다.

이테를 처음 만난 날, 그 애는 학생들 틈에 섞여 교실로 들어왔습니다. 저는 한눈에 그 애가 제 학생임을 알아차렸죠. 왜 그런 거 있잖아요. 반에서 제일 예쁜 여자애와 제일 잘생긴 남자애가 짝이 되는 거. 복지관 직원은 제 이름을 부른 뒤 이테의 이름을 불렀고 우리는 새 학기의 짝꿍처럼 나란히 앉았습니다.

유파고, 맹인을 떠올리면 어떤 모습이 그려지나요? 초점 없는 눈동자, 불투명한 안경, 더듬거리는 흰 지팡이?

이테는 건강하고 밝은 모습의 소녀입니다. 맹인이건 아니건 상관없이 말이죠. 이테를 처음 봤을 때 전 그 애의 검고 탐스러운 머리카락에 반했습니다. 어깨에 닿을락 말락 하는 머리카락은 윤기가 흐르고 풍성했죠. 이테는 또래보다 키가 컸고 앉을 때나 서 있을 때나 늘 허리와 어깨를 쭉 편 채 정면을 보았습니다. 목 부위가 늘어난 티셔츠를 입은 것도 아니고 덧니에 고춧가루가 껴 있지도 않았습니다(그렇다고 그런 외모의 학생들이 보기 나빴다는 것은 아니죠. 다만 이테의 남다른 신체 발육과 당당한 자세가 돋보였다는 것일 뿐). 이테는 깨끗한 운동화에 좋은 냄새가 나는 흰색 후드티를 입고 있었습니다. 웃을 때 오른쪽 입가에 보조개가 생겼는데 얼마나 작고 깊은지 멀리서 보면 까만 점처럼 보였죠.

안녕, 반가워.

제가 인사하자 이테는 보조개 띤 얼굴로 웃었습니다.

안녕하세요, 유파고.

수줍지만 명랑한 목소리로 이테가 말했죠. 가까이에서 본 이테의 눈동자는 검고 맑았습니다. 머리카락, 피부, 눈동자, 이테의 모든 것이 검은색으로 빛났죠. 탁하고 어두침침한 검정이 아니라 맑고 투명한 검정. 살결은 초콜릿처럼 가무잡잡하고 눈동자는 흑요석처럼 반짝였습니다.

첫 수업을 마치고 이테는 제게 말했습니다.

유파고, 부자가 된 기분이에요.

부자가 된 기분. 저는 그 말을 잊을 수 없습니다. 단지 어떤 이와 대화를 나누는 것만으로도 부자가 된 기분을 느낄 수 있다는 걸 그때 저는 처음 알았죠. 감정은 돈처럼 차곡차곡 쌓아놓을 수 없지만 그렇다고 사라져버리는 건 아닙니다. 저는 이테가 느끼는 감정이 좋았고 이테가 느끼는 감정에 저 또한 부자가 된 기분이었죠. 그 애가 느끼는 기쁨, 호기심, 만족 그리고 외로움. 다람쥐가 도토리를 모으듯 저는 이테의 감정을 제 안에 옮겨 담았습니다.

저는 이테가 제 말에 귀 기울이는 모습이 좋았습니다. 이테와 함께 있으면 그 애는 늘 저를 만졌습니다. 손으로 만지는 게 아니죠. 눈에 보이지 않는 더듬이로 만집니다. 저는 이테가 저를 만지도록 가만히 이테를 향해 저의 몸을 열었죠. 그걸 어떻게 설명해야 할까요. 중요한 건 제가 먼저 이테의 몸에 손댄 적은 없다는 것입니다. 하지만 경찰은 제 말을 믿지 않더군요. 그들은 제가 이테의 몸을 추행했다고 말합니다.

미성년자 성추행은 가중 처벌이야. 여자라고 봐주는 거 없어!

제 사건의 담당 수사관이 말했습니다. 전 이렇게 묻고 싶었습니다.

일주일에 열 시간씩 클라리넷 연습을 시키는 건 합법이고, 콩알 문지르기를 알려주는 건 불법인가요? 배우기 싫다는 경락 마사지는 정규 과목으로 가르치면서 클리토리우스 마사지는 왜 안 된다는 거죠? 사람은 타인을 만지기 전에 자기부터 만져야 합니다. 자기 자신과 악수할 줄도 모르면서 어떻게 다른 사람의 손을 잡을까요? 이테는 모차르트라면 지긋지긋하답니다. 한 달에 네 번씩 하는 교회 공연도 힘들고요. 이테에겐 다른 취미가 필요합니다. 미성년자라고요? 나는 세 살 때부터 내 콩알을 만졌습니다. 당신은 언제부터 자기 자신과 악수했나요? 사람은 자기 유년에 관해서는 맹인입니다. 바로 몇 달 전 일에도 맹인이죠. 그들을 눈 뜨게 하는 방법은 오직 정직한 고백뿐.

횡설수설했군요. 저는 내일도 경찰서에 가야 합니다. 그것은 두렵지 않지만 누군가에게 제 감정의 도토리를 설명하는 건 어렵군요. 그들은 감정의 사유재산을 인정하지 않으며 자기 자신과의 악수를 가르치는 건 범죄라 말합니다. 그들 또한 은밀한 곳에서 자기 자신과의 악수를 즐기는 사람이 아닌가요? 그들에겐 배울 수 있는 교재가 넘쳐났겠지만 이테는 다릅니다. 이테는 다른 방식으로 배워야 했어요.

3

맹인학교의 겨울은 다른 곳보다 빨리 오는 듯합니다. 도시의 서북쪽 산 밑에 자리한 그곳은 다른 곳보다 일찍 해가 졌고 제가 도착할 때쯤이면 운동장은 텅 빈 채 어둠에 잠겼습니다. 교문을 들어서 기숙사를 지나면 'We Can See'라는 현판이 보입니다. '우리는 볼 수 있다.' 맹인학교의 현판으론 그럴듯하지만 정작 학생들은 그 글씨를 보지 못할 거라 생각하니 저는 아이러니한 기분이 들었습니다.

기숙사를 지나면 기역 자로 깔린 점자블록을 따라갑니다. 출입구 앞에는 실내화가 진열돼 있고 학교의 방문자들은 신발을 벗어 실내화로 갈아 신어야 했죠. 제가 그곳에 갈 때쯤엔 학교의 정규 수업이 끝난 후라 대부분의 교실 불은 꺼져 있었습니다. 저는 숨소리 하나 들리지 않는 어두운 복도를 걸어갔죠. 앞으로 나아갈 때마다 서늘한 공기가 얼굴에 닿았습니다.

때때로 저는 교실 창문으로 이테를 훔쳐봤습니다. 컴컴한 교실에 앉아 턱을 괴고 저를 기다리는 이테의 모습을요. 이테는 어두워도 불을 켜지 않았습니다. 그 애는 늘 어둠에 둘러싸여 있었으니까요. 어떤 날은 과외 시간 내내 불을 켜지 않은 적도 있습니다. 우리가 있는 교실은 복도 맨 끝이라 아무도 오지 않았죠. 점자기에 음성 기능이 있어 소리를 들으며 문제를 풀 수 있었고 저는 제 행동을 모두 말로 표현했습니다.

나 방금 시계 봤는데, 나 방금 머리 묶었는데, 나 방금 책을 다시 펼쳤는데……. 저는 말로 옮길 수 있는 행동만을 했습니다. 우리는 중학교 교과서에 실린 방정식 문제를 풀었고 두 시간의 만남은 빠르게 지나갔죠.

이테는 수학을 좋아하지 않았지만 방정식의 개념은 잘 이해했습니다. 임의의 수 a, b, c 그리고 미지수 x, y, z 같은 기호에 흥미를 보였죠. 그도 그럴 것이 이테는 미지의 무언가를 다른 기호로 바꾸는 것에 익숙했습니다. 예를 들어 볼 수 있는 사람들의 파랑과 빨강은 이테에게 미지수 x나 y에 다름없으니까요. 하지만 그 미지수들이 사칙연산을 통해 참과 거짓이 되는 것은 어려워했습니다. '참'이라는 정답을 찾아내기에는 그 애에게 주어진 미지수가 너무 많았기 때문이죠.

저는 칠판이나 종이 대신 이테의 손바닥에 수식을 썼습니다. 그러면 이테는 간지럼을 타며 웃었죠.

유파고, 전 방정식을 하기엔 간지럼을 너무 잘 타요.

이테는 웃느라 바빠 문제를 풀지 못했습니다. 제가 답을 쓰기도 전에 손바닥을 오므렸죠. 대신 이테는 암기력이 아주 뛰어났습니다. 무엇이든 머리로 외우는 것을 잘했고 누가 시키지 않았는데도 국어 교과서에 있는 시들을 모두 암기했죠. 때론 저에게 자기가 좋아하는 시를 암송해주기도 했습니다. '조팝꽃이 핀 개울'이란 시구를 읊을 땐 제게 조팝꽃이 어떻게 생겼느냐고 물었고요. 저는 이테의 손바닥을 펼쳐 물을 뿌리듯 손가락을 튕겼습니다. 이테는 간지럼을 타며 웃었지만 손바닥을 오므리진 않았습니다.

우리는 자주 학교 밖으로 나가 간식을 사 먹었습니다. 보이지 않아도 이테는 학교 주변의 지리를 잘 알았죠. 이테의 줄파추와 루피쇼는 이테가 어릴 때 학교 근처로 이사 와 한 번도 그곳을 떠나지 않았다고 합니다. 덕분에 이테는 안전하게 학교와 집을 오갈 수 있었고 수업이 끝나면 마을버스가 오는 정류장까지 절 바래다주곤 했습니다.

이쪽이 지름길이에요.

이테와 걸으면 오히려 이테가 제게 길을 안내해주었죠.

저기 떡볶이집 보이죠? 이 동네에서 제일 맛있는 데예요.

슈퍼 앞에?

아뇨, 거기 말고 더 안쪽이요. 파란 천막 있고 나무 의자 있는 데.

아, 저기.

튀김도 맛있어요.

먹을까?

정말요?

내가 사줄게. 어제 과외비 받았어.

아니에요. 저도 용돈 있어요.

그럼 네가 튀김 사.

좋아요. 전 김말이 넣어 먹을래요. 유파고는요?

저도 김말이를 넣어 먹었습니다. 우리는 함께 떡볶이 소스를 묻힌 김말이를 먹으며 이런저런 얘기를 했죠. 우리는 죽이 잘 맞았습니다. 식성도 비슷했고요. 저는 이테와 떡볶이나 핫도그를 사 먹었고 그 애의 입가에 묻은 고추장이나 설탕 가루에 익숙해졌습니다. 둘이 걸을 때 차 소리가 들리면 제 팔을 잡은 이테의 손에 조금 힘이 들어가는 것과 이테가 좋아하는 남학생의 이름도 알았죠. 이테가 좋아하는 힙합 가수, 이테가 좋아하는 드라마, 이테가 좋아했다 싫어하게 된 모차르트.

어느 날 이테는 비밀을 알아낸 듯 제게 말했습니다.

유파고, 염소자리죠? 염소자리 맞죠?

그 주 토요일은 제 생일이었습니다. 하지만 그 날짜는 음력 생일이라 따지자면 전 염소자리가 아니었죠.

맞아, 난 염소자리야.

전 이테를 실망시키고 싶지 않아 거짓말을 했습니다.

어쩐지, 전 염소자리랑 궁합이 잘 맞아요.

이테는 게자리와 염소자리는 별자리 궁합이 좋다며 신이 나 했습니다. 우리가 잘 맞을 확률은 98퍼센트라 했죠. 이테가 좋아하는 남학생도 염소자리였습니다. 우리는 그를 '염소남'이라 불렀고 방정식이 지루할 때면 염소남에 대해 얘기했습니다.

염소남은 이테보다 두 살 많은 고등학생으로 이테와 같은 학교에 다녔습니다. 열여덟의 염소남은 눈에 검은 점이 박혀 있어 사물을 볼 때면 검은 점이 함께 보인다고 했죠. 검은 점은 그물처럼 번져갔고 이제 그는 검은 그물밖에 보지 못했습니다. 그의 이름은 경준. 경준은 큰 키에 창백해 보일 정도로 얼굴이 흰 남학생이었습니다. 복도나 자습실에서 경준을 만나면 저는 반가워 알은체를 했죠.

안녕, 경준. 너 염소자리지?

경준은 거뭇한 코밑을 어루만지며 웃었습니다. 저는 방학을 하면 이테와 경준에게 맛있는 걸 사주겠다고 약속했죠.

토요일 12시에 데리러 올게. 경준이랑 먹고 싶은 메뉴 골라.

저는 이테에게 말했습니다. 그리고 12월의 어느 날, 우리는 처음으로 학교 밖에서 만났습니다. 이테와 경준이 고른 메뉴는 뜻밖에도 뷔페였습니다. 그곳은 분식과 양식 위주의 샐러드바였는데 이테는 어디에 어떤 요리가 있는지 훤히 꿰고 있었죠. 경준도 익숙한 동선으로 걸으며 실내를 누볐습니다. 저는 두 사람을 따라 테이블에 앉았죠.

이 자리가 제일 좋아요.

이테가 말했습니다. 통유리로 된 창에서 흰빛이 쏟아져 이테의 얼굴을 환하게 비췄습니다. 이테와 경준은 먹고 싶은 요리를 스스로 접시에 담아 왔습니다. 왼손잡이의 경준은 포크로 크림 파스타를 둥글게 말아 먹었고 이테는 해물 떡볶이를 먹었죠. 저는 두 사람이 서로의 접시에 자기 음식을 놓아주는 것을 말없이 지켜보았습니다.

오, 이 노래.

떡볶이를 포크로 찍어 먹던 이테가 고개를 들며 말했습니다. 그때 이테의 옷깃에 빨간 국물이 떨어졌고 그건 저만이 볼 수 있었죠.

아, 이 노래.

경준이 허공을 향해 턱을 들었습니다. 저도 그들을 따라 노래에 귀 기울였죠. 1초에 22음절을 말한다는 어느 래퍼의 노래였습니다.

오빠, 오빠도 할 수 있지?

이테가 경준에게 물었습니다.

똑같이는 못 해.

경준이 음식을 먹으며 말했고요.

해줘, 유파고도 보여줘.

잠깐, 아직 씹고 있어.

미안, 몰랐어.

경준은 열심히 턱을 움직여 입안에 든 파스타를 씹었습니다. 경준의 오른쪽 뺨에 크림소스가 묻어 있었죠. 그 또한 저밖에 볼 수 없었습니다.

유파고, 저 입에 묻었어요?

경준이 물었습니다.

아니, 안 묻었어.

제가 답했죠. 물로 입을 헹군 경준은 흘러나오는 리듬에 고개를 까딱거렸습니다.

상처를치료해줄사람어디없나 가만히눠누다간끊임없이덧나 사랑도사람도너무나도겁나, 라고 래퍼가 랩을 하면, 상처를치료해줄사람어디없나 가만히눠누다간끊임없이덧나 사랑도사람도너무나도겁나, 라고 경준이 따라 하고, 상처를치료해줄사람어디없나 가만히눠누다간끊임없이덧나 사랑도사람도너무나도겁나, 라며 이테가 따라 했습니다.

유파고도 해보세요.

이테가 말했습니다.

얼굴에 뭐 묻었다.

제가 말했죠. 그러자 두 사람은 자기의 입 주변을 손등으로 닦았습니다.

됐어요?

이테가 물었고 저는 냅킨을 뽑아 경준의 뺨을 닦아주었습니다.

유파고 있으니까 좋다, 그치?

이테가 경준에게 말했습니다.

고맙습니다, 유파고.

경준이 인사했죠. 둘은 다시 먹기 시작했습니다. 접시가 비면 일어나 접시를 채우고 접시를 채우면 자리로 돌아와 음식을 먹었죠. 저는 경준의 눈을 살폈지만 그 애의 눈에서 검은 그물은 보이지 않았습니다.

유파고, 저는 맹인학교를 오가며 여러 사람의 눈을 보았습니다. 하얀 막이 커튼처럼 덮고 있는 눈, 두 눈의 초점이 양팔을 벌린 것처럼 멀어져 있는 눈, 늘 자기 눈썹을 향해 치켜뜨고 있는 눈. 학교의 교감 선생님은 작은 눈매가 칼에 베인 것처럼 가늘었는데 제가 인사하면 삽자루같이 큰 자기의 두 손을 맞잡으며 웃었습니다. 그 모습이 꼭 마음씨 좋은 두더지 같았죠. 눈이 마음의 창이라면 맹인만큼 다양한 창을 가진 사람도 없을 겁니다.

경준의 창은 타원형에 녹색 빛이 났습니다. 사물을 보는 쓸모로 만들어진 눈이 있다면 아름다움의 쓸모로 만들어진 눈도 있죠. 경준의 눈은 아름다웠습니다. 숱 많은 머리카락이 늘 한쪽으로 눌려 있어 마치 잠에 취한 것처럼 몽롱한 얼굴이었죠. 그 애는 자작곡을 만드는 래퍼를 꿈꿨고 리치, 망고, 람부탄 같은 열대 과일을 잘 먹었습니다.

이것이 제가 아는 경준입니다. 경준이 저에 대해 어떤 증언을 했든 제가 아는 경준은 달라지지 않죠. 그것은 제 권리이고 제가 간직하는 경준입니다. 감정은 차곡차곡 모을 수 없지만 그렇다고 사라져버리는 건 아니죠. 경준의 말대로 제가 이 테의 집을 물어본 건 사실이지만 윽박지르거나 겁을 준 건 아 닙니다. 경준에게 이테의 부모님에 대해 꼬치꼬치 물었다는 것도 사실과 다르고요. 우리는 그저 이테의 집까지 걸으며 이 런저런 얘기를 나누었을 뿐입니다.

다시 한번 말하지만 전 걱정이 되어 찾아간 겁니다. 몇 번 이나 진술했죠. 이테가 수업에 빠졌고 아파서 누워 있다는 경 준의 말에 걱정이 됐다고요. 시작은 그랬다고.

또 한 번 그 말을 해야겠군요. 유파고의 죽음이란 생각 말 입니다. 유파고는 그 생각이 제 마음속 죄책감이 만들어낸 환 영 같은 거라 하셨죠. 저 또한 이테에게 유파고였으니까요. 하지만 글쎄요. 저는 이테에게 죄책감을 느끼지 않습니다. 말 이 나와서 하는 말이지만 죄책감이란 좀 허무맹랑한 감정 아 닌가요. 만약 사람에게 죄책감이 자연스러운 것이라면 어머 니의 몸속에 자리 잡아 자궁을 찢고 나오진 않았겠죠.

유파고도 알다시피 죄책감이란 후천적으로 교육받은 것입 니다. 잘못을 저지르면 벌을 받는다는 일종의 불안감이죠. 프 로이트는 그것이 거세불안이라 말합니다. 그 말에도 일리가 있지만 저는 거세불안이라기보다 자기 자신과의 악수를 차단 당하는 지위불안이라 말하겠습니다. 자기의 지위가 위협당하지 않을 만한 안전지대를 갖는 것이 그 불안기에 고착되지 않는 방법이죠(이 지위가 어떤 지위인지는 잊지 않으셨겠죠).

니체란 사람은 죄책감이란 타인에게 빚을 진 마음이라 하더군요. 도덕의 계보는 양심이나 신앙심에서 비롯된 것이 아니라 사람이 다른 사람에게 빚을 진 마음에서 나온 거라고요. 차라리 그 해석이 그럴듯합니다. 전 이테에게 감정의 도토리라는 빚을 졌죠. 빚을 지고도 빚을 졌다는 걸 몰랐습니다. 유파고의 죽음이란 생각이 아니었다면 저는 제가 채무자라는 것도 모른 채 뻔뻔한 얼굴로 살아갔을 겁니다. 유파고의 죽음이란 생각이 제게 빚이 있다는 걸 일깨워주었고 그녀는 럭비공이 날아오듯 제가 자주 가는 길목에 서서 악수를 청했습니다. 저는 거절했고요. 그 럭비공이 어디서부터 날아온 것인지 알 수 없었으니까요. 날아오는 방향과 속도를 계산하면 공의 궤적을 예측할 수 있겠지만 누가, 왜 공을 던졌는지는 알 수 없습니다. 그 점이 중요합니다. 아무도 그 시작을 알 수 없다는 것.

이 이야기를 해야겠군요. 이 이야기를 하려고 저는 긴 이야기를 해야 했습니다. 이 이야기를 못 한다면 지금껏 제가 한 이야기는 지위불안에 고착된 신경증 환자의 수다일 뿐이니까요.

이테의 학교 층계참에는 큰 액자가 걸려 있습니다. 그것은

'선천적 맹인이 되는 신체적 원인'을 표로 만든 것이었죠. 계단을 오르내리는 사람은 모두 그 액자를 보았을 겁니다. 눈을 가진 사람은 모두 이것을 보라는 식으로 크게 만들어진 액자였으니까요.

표에는 맹인의 선천적 원인들이 다섯 개로 정리돼 있었습니다. 저는 그곳을 지날 때마다 그 항목들을 보았죠. 유파고, 그중 가장 많은 원인을 차지하는 것이 무엇인지 아나요? 저는 그 표의 가장 첫 번째 줄을 보고 제게 날아온 공이 어디서부터 시작된 것인지 알았습니다.

'원인불명. 선천적 맹인의 경우 맹인이 되는 그 원인을 알 수 없다.'

원인을 알 수 없다. 그것이야말로 럭비공의 시작이었습니다. 공이 어디서부터, 왜 시작되었는지 우리는 모릅니다. 그 시작점도 모른 채 인간은 그저 자기에게 날아온 공을 낚아채기에 바쁘죠. 어디로 튈지 모르는 공을 쫓아 이리 뛰고 저리 뛰다 공을 차지하면 데드존을 향해 내달립니다. 왜 데드존을 향해 뛰느냐고 묻는다면 공이 날아온 방향을 따라 뛰는 거라 말할 수밖에 없죠.

원인을 알 수 없다. 이것만큼 그럴듯한 원인이 있을까요?

누군가는 이렇게 말할지 모릅니다. 원인불명이란 미지수로 놓은 x나 y일 뿐 방정식을 풀듯 미지수를 구하면 '참'인 해답을 구할 수 있을 거라고. 이테라면 간지럼을 타며 웃겠죠. 손바닥을 오므려 수식을 풀지 못하게 할 겁니다. 조팝꽃이나 꽁지가 하얀 새를 그려주면 간지러워도 참겠지만 참과 거짓의 증명에는 흥미를 잃을 테죠. 십대란 그런 나이니까요. 언제 어떻게 자기의 지위가 차단당할지 모르는 상태.

4

어디까지 적어야 할지 모르겠군요. 차라리 그때 모습을 처음부터 끝까지 누군가 보았더라면 좋았을 텐데요. 저는 이테에게 제 몸을 만지게 하는 동시에 이테의 몸을 만지며 설명해야 했습니다. 이테는 제 몸을 더듬으며 제가 하는 방식을 따라 했고요. 처음에는 간지럼을 타느라 진도가 더뎠지만 이테는 곧 자기의 콩알이 주는 만족을 느끼며 그 기쁨에 몰입했습니다.

우리 사이에는 아무런 강요가 없었습니다. 그날의 일을 모두 설명할 순 없지만 이것만은 확실하죠. 저는 억지로 이테의 옷을 벗기지 않았습니다. 이테가 발가벗은 이유는 제가 사 온 국을 쏟았기 때문이에요. 저는 잠옷을 벗은 이테를 도와야 했고 어쩌면 그런 일은 이테 혼자 할 수도 있었겠지만 제가 수

건으로 몸을 닦아줄 때 이테는 아무런 거부 없이 제 손길을
받아들였습니다.

그날 저는 경준을 따라 이테의 집으로 갔습니다. 이 점은
사람들이 알고 있는 그대로죠. 진눈깨비가 내리는 밤이었고
저는 경준의 뒤를 따랐습니다. 경준은 마치 앞을 보는 사람처
럼 성큼성큼 걸어갔죠. 골목을 지나 녹슨 회색 대문으로 들어
가더니 모서리가 부서진 계단을 올랐습니다. 경준이 현관문
을 두들기자 이테가 문을 열고 나왔죠.

유파고?

이테가 말했습니다. 그 애는 잠옷 차림이었죠. 귀가 축 늘
어진 황토색 개와 개집이 프린트된 노란 원피스를 입고 있었
습니다.

전 그만 가봐야 해서요.

경준이 말했습니다. 저도 그럴 생각이었습니다. 사 온 죽을
이테에게 건네주고 경준을 따라 돌아가려 했죠.

응, 오빠, 잘 가. 학교에서 봐.

이테가 경준을 향해 말했습니다. 그러고는 제 왼팔을 살짝
그러쥐었죠.

유파고, 들어가요. 배고파요.

이테의 말에 저는 눈물이 날 것 같았습니다. 이테를 따라

집 안으로 들어서며 바보처럼 몸을 덜덜 떨었죠. 실내는 그다지 춥지 않았는데도 몸이 떨려 견딜 수 없었습니다.

이테는 저를 기다렸다고 했습니다. 종일 고열에 시달리느라 아무것도 먹지 못했다고 했죠. 하지만 제가 사 온 죽도 잘 먹지 못했고 보온병에 담아간 맑은국만 천천히 마셨습니다. 그러다 컵 아래를 받치고 있던 제가 잠시 손을 놓자 이테는 국을 쏟고 말았습니다. 뜨거운 계란국이 이테의 가슴과 배 위를 덮쳤습니다. 이테가 신음을 내뱉었고 저는 재빨리 이테를 일으켰습니다. 우리는 서둘러 욕실로 들어갔습니다. 생각할 겨를도 없이 이테는 잠옷을 벗었죠.

옷을 벗은 이테의 배 부위는 빨갛게 데어 있었습니다. 이테는 찬물이 나오는 샤워기를 배에 대고 있어야 했죠. 저는 이테가 화상을 입은 건 아닌지 걱정됐습니다. 그런 제 마음을 알았는지 이테가 몸을 엉거주춤하게 굽히며 말했죠.

유파고, 저 팬티까지 젖었어요.

이테가 웃었습니다. 저도 웃었고요. 오줌이 마려운 것처럼 아랫배가 딱딱하게 부풀어올랐습니다. 이테는 추위에 질려 입술이 보라색으로 변해 있었지만 국에 데인 부분이 화끈거려 계속 샤워기로 찬물을 뿌려줘야 했습니다. 저는 물 온도를 조절하며 샤워기를 들고 있었죠. 그때 이테가 젖은 손으로 제 손을 잡았습니다.

차갑죠?

이테가 말했습니다. 그러더니 잡은 저의 손을 자기 코에 갖다 댔죠.

엥, 유파고 손이 더 차갑네.

이테가 말했습니다. 저는 장난치듯 이테의 콧구멍에 살짝 손가락을 집어넣었죠. 그러자 이테가 샤워기를 돌려 물을 뿌렸고 제 옷도 흠뻑 젖고 말았습니다.

오줌 마려워요.

이테가 말했습니다.

나도.

제가 말했죠. 우리는 차례로 변기에 앉아 오줌을 쌌습니다. 이테가 오줌을 쌀 동안 저는 등을 돌리고 있었고 제가 오줌을 쌀 동안 이테는 쪼그리고 앉아 물이 나오는 샤워기를 가슴과 배에 대고 있었습니다. 다른 생각은 없었습니다. 어서 몸을 닦고 따듯한 곳으로 들어가고 싶은 마음뿐. 창틀이 얼어붙은 욕실은 동굴 속처럼 어둡고 추웠습니다.

이테의 방 침대에는 일인용 텐트가 설치돼 있었습니다. 텐트는 이글루처럼 지붕이 둥글었고 바닥엔 전기장판이 깔려 있었죠. 우리는 텐트 안으로 들어가 장판 온도를 높였습니다. 저는 이테가 준 샤워가운을 입었죠. 작은 하트 무늬가 수놓인

도톰한 니트 소재의 가운이었습니다. 보들보들한 촉감이 피부를 감쌌습니다. 촉감에 예민한 이테는 보드라운 가운을 입고 자는 게 좋다고 했죠. 잠에 빠지면 그마저도 벗는다 했고요. 이테는 캠핑 나온 소녀처럼 신이 난 듯 보였습니다.

유파고, 유파고는 동생 없죠?

이테가 말했습니다.

없지. 동생 있었으면 좋겠어.

정말요?

응.

전 옛날부터 언니 있는 게 소원이었어요.

우리는 따듯한 이불 안에서 속삭였습니다. 이테는 혼자 집에 있으면 한없이 심심하다고 했죠. 친구들과 통화를 자주 하지만 끊고 나면 마음이 더 허전하다고 했습니다. TV나 인터넷도 이테에겐 자유롭게 즐길 수 있는 대상이 아니었죠. 점자기에 등록된 책들은 지루하고 영화도 혼자 보는 것보다 누구와 함께 보는 게 좋다고 했습니다. 자연스럽게 경준의 이야기가 나왔습니다. 알고 보니 경준이 이테에게 좋아한다고 고백을 했더군요. 둘은 밸런타인데이와 화이트데이에 초콜릿과 사탕을 주고받았고 크리스마스날 데이트를 하기도 했답니다.

어떤 데이트?

저는 약간 질투가 나서 물었죠.

그냥, 맛있는 거 먹고, 같이 음악 듣고.

경준은 이미 한 번의 연애 경험이 있다고 했습니다. 전에 사귀던 여자와 키스까지 했다고요. 이테는 사춘기였고 또래 여자들이 아는 것을 알고 있었습니다. 입맞춤과 키스는 다른 것이고 남녀가 어떻게 해야 임신이 되는지도 알았죠.

문득 저는 어디선가 들었던 말이 생각났습니다. 시골에서 자란 어떤 중년 남자의 말이었죠. 그는 열네 살 때 첫 경험을 했다고 했습니다. 시골은 가로등이 없으면 칠흑같이 어두워 길을 벗어나면 어디서든 여자와 스킨십을 할 수 있었다고요. 그 시절의 시골 아이들은 도시 아이들보다 빨리 성을 경험한다고 했습니다. 주변의 어둠이 자연스럽게 그렇게 만든다고 했죠. 어둠이라면 이테에게도 익숙한 환경이었습니다.

넌 해봤어?

제가 물었습니다. 어떤 걸 해봤느냐고 묻는지 이테도 알았죠.

아뇨, 아직요.

이테가 말했습니다. 하지만 표정은 대답과 반대였죠. 제가 다시 묻자 이테는 했을 수도 있고 안 했을 수도 있다고 했습니다. 그런 말장난이 어디 있는지. 어느새 우리의 화제는 키스 다음의 깊은 스킨십 단계에 이르렀습니다. 이테는 친구에게 들은 만화책 얘기를 했죠. 시력이 희미하게 남아 있는 학교 친구가 만화로 본 걸 자기에게 말해준다고 했습니다. 만화로 본 게 무엇인지는 말하지 않아도 알았죠.

이테는 친구를 통해 이런저런 얘기를 들었지만 지위에 대해선 무지했습니다. 저는 알려주고 싶었습니다. 이테가 어둠 속에서 조금이나마 덜 심심하길 바랐으니까요. 그뿐입니다. 카드놀이를 알려주듯 빙고 게임을 가르쳐주듯 자기 자신과 악수하는 법을 알려준 것뿐이죠. 이테는 카드놀이도 빙고 게임도 할 수 없습니다. 하지만 자기 자신과 악수하는 건 누구보다 잘할 수 있는 재능을 지녔죠. 더구나 건강한 지위가 청소년의 신체적 심리적 건강에 도움이 된다는 건 누구나 인정하는 사실 아닌가요. 그걸 부인할 사람은 없을 겁니다.

저는 이테의 클리토리우스를 찾아 그 애의 손끝에 닿게 했습니다. 이테의 그곳은 작고 빨간 열매 같았고 깊이 숨겨져 있어 제가 찾아줘야 했습니다. 저는 서툴러하는 이테를 위해 열매를 덮은 살갗이 위로 올라가게 잡고 있었죠. 이테는 부끄러워하지 않았습니다. 수업 시간에 방정식을 풀 때처럼 간지럼을 탔을 뿐.

다시 한번 말하지만 저는 겨울밤 어둠 속에서 이테가 조금이나마 덜 지루하길 바랐습니다. 그 애에게도 또래 아이들이 즐기는 유희의 권리가 있다고 믿었습니다. 이테는 호기심을 보였고 제가 알려준 자세를 취하며 자기의 콩알을 압박했습니다.

유파고, 소리 내도 되나요?

이테가 말했습니다. 이테는 자기 자신과 하는 악수를 빠르게 익혔습니다. 그것이 무엇을 위한 것인지 알았죠. 감각, 희열, 긴장과 이완 그리고 만족. 이테는 누구보다 자기 자신과의 악수를 원했습니다. 그 애의 입술에서 작은 소리가 흘러나왔습니다.

유파고, 유파고도 소리 내주세요.

이테가 제게 말했습니다. 하지만 저는 숨죽여 하는 악수에 익숙해진 터라 소리를 내는 게 쉽지 않았죠. 하는 수 없이 저는 가짜 소리를 냈습니다. 저도 이테처럼 저 자신과 악수 중이었지만 그때 저는 오직 이테가 잘 따라 배우는지에만 골몰했습니다.

유파고, 나 보고 있어요?

이테가 물었습니다. 호흡이 거칠어지며 그 애의 두 다리가 빳빳하게 굳었죠. 이테는 제가 가르쳐준 대로 이불을 가랑이 사이에 넣고 클리토리우스를 압박했습니다. 다리를 쭉 뻗고 양손을 가랑이 사이에 넣은 다음 머릿속으로 원하는 이미지를 상상하는 것이죠. 어떤 이미지를 떠올리든 그것은 자유라고 했습니다. 방정식의 미지수를 x가 아닌 t나 k로 바꿔도 상관없듯 말입니다. 중요한 것은 그 이미지를 몸의 감각으로 사용하는 것이라 했습니다. 참과 거짓의 문제가 아니죠. 문지르기와 압박의 놀이입니다. 이테는 잘 알아들었고 어느새 자기만의 미지수에 골몰한 듯 보였습니다.

유파고, 계속 보고 있죠?

응, 보고 있어.

그게 궁금해요. 유파고가 날 보고 있는지.

이테가 말했습니다. 저는 또 눈물이 날 것 같았습니다. 누군가를 위해 ㅅㅅ하는 것이 사랑이라면 누군가를 위해 악수하는 것은 우정입니다. 저는 이테를 위해 저 자신과 악수했습니다. 온전히 학습용으로요.

좋았니?

한 번의 도토리가 휩쓸고 지난 후 제가 물었습니다.

재밌어요. 유파고랑 하니까.

이테의 이마는 땀에 젖어 있었습니다. 우리는 숨을 고르게 내쉬며 잠시 말없이 누워 있었죠. 그리고 이테가 저를 불렀습니다.

유파고.

응?

있잖아요.

응.

또 해도 돼요?

이테가 보조개를 보이며 웃었습니다. 적어도 두 번은 해보고 싶다고 했죠. 그리고 겨우 두 번째 만에 이테는 자기만의 방식을 개발했습니다. 저처럼 엎드려 압박하는 게 아니라 등을 대고 똑바로 누워 검지로 조금씩 자극하는 방식이었죠. 다른 쪽 손으로는 초의 심지를 돋우듯 젖꼭지를 만지작거렸습니다. 유파고, 부디 유파고는 이 글을 있는 그대로 읽으시리라 믿습니다. 이테의 악수에 그 어떤 선입견도 품지 말아주세요. 그 애가 앞을 볼 수 없다는 것이 그 애가 남들처럼 자기 자신과의 악수를 즐기지 못하게 막는 이유가 될 수 없습니다. 이테는 자기의 몸 어디를 자극해야 기분이 좋은지 알았습니다. 그 점에 있어선 이테가 저의 유파고였죠.

그 후 잠깐 잠이 든 것 같습니다. 먼저 잠든 건 이테였죠. 저는 잠에서 뒤척이다 무언가 팔에 닿는 느낌에 눈을 떴습니다. 이테는 곰 인형을 안듯 제 팔을 끌어안고 있었습니다. 저는 잠든 이테의 얼굴을 보았죠. 이테는 눈을 반쯤 뜬 채 잠들어 있었는데 그 모습은 마치…….

유파고, 저는 한 번도 이테에게 동정을 느낀 적이 없습니다. 하지만 그 순간 저는 그 애가 불쌍해 견딜 수 없었습니다. 사람들이 제게 죄를 묻는다면 추행의 죄가 아닌 동정의 죄를 물어야 할 것입니다. 저는 그 순간 이테를 동정했고 그건 공평하지 못한 일이었죠. 세상에 그 누가 자기의 잠든 모습을 남이 불쌍히 여기길 바랄까요.

저는 옳지 못한 행동을 했습니다. 동정심이 제 판단력을 흩뜨린 겁니다.

유파고…… 뭐 하세요?

이테는 자신의 다리 사이에 웅크린 저를 향해 물었습니다.

내가 기분 좋게 해줄게.

저는 이테의 클리토리우스를 혀로 핥았습니다. 이렇게 활자로 옮기고 나니 저 자신이 더 부끄러워집니다. 유파고, 저의 후회는 행위에 대한 후회가 아니라 동정에 대한 후회입니다. 제 부끄러움은 따뜻하고 축축한 혀의 부끄러움이 아니라 섣부른 저의 우월 의식에 대한 부끄러움입니다. 이테는 그 누구에게도 동정받을 만한 존재가 아니니까요. 설령 그 대상이 자기 자신과의 악수를 가르쳐준 저라 해도 말이죠.

그 뒤에 일은 사람들이 아는 것과 같습니다. 제가 이테의 콩알을 혀로 자극할 때 이테의 줄파추가 집에 들어왔고 우리는 그 모습을 들켜버렸습니다. 그 일에 대해서는 변명하지 않겠습니다. 저를 고소한 그의 심정을 이해하며 사람들의 비난도 억울하다 생각지 않습니다. 다만 언론이나 경찰이 말하듯 눈먼 소녀에게 못된 짓을 가르쳐주었다는 죄목은 받아들일 수 없습니다. 만약 이테가 앞을 볼 수 있었다면 그 애는 스스로 클리토리우스와 만나는 법을 터득했겠죠. 어쩌면 세상의 수많은 맹인들이 스스로 그 만남을 이어가고 있을지 모릅니다. 혹은 이테처럼 어떤 유파고가 그 만남을 인도해주는지도.

유파고, 저는 압니다. 사람에겐 저마다 각자의 클리토리우스가 있고 그것은 신화 속 이야기가 아니라는 것을요. 숨기고 감춰야 할 부끄러움도 아니고 참과 거짓의 방정식도 아닙니다. 저마다 열심히 문질러야 할 콩알일 뿐입니다. 만약 인류가 콩알을 숨기거나 학대하지 않고 자유롭게 문질렀다면 그것은 제크의 콩나무처럼 싹이 트고 줄기가 자라 하늘로 치솟을 만큼 그 지위('이 지위는 보이는 그대로의 지위')가 높아졌을지 모릅니다. 혹은 식물의 그것처럼 색과 향기를 뿜으며 피어올랐을지도 모르죠. 식물이 저마다의 개성으로 꽃을 피우듯 여자들은 자기만의 클리토리우스를 밖으로 피워 올렸을 겁니다.

유파고, 이것이 저의 고백입니다. 저는 수천수만 개의 클리토리우스가 겨울나무의 눈처럼 봄을 기다리고 있다는 것을 알았습니다. 이테가 제게 알려주었고 유파고의 죽음이란 생각이 제게 보여주었습니다.

제가 만난 그 생각은 추운 겨울날 장갑도 끼지 않은 채 저에게 악수를 청했습니다. 저는 악수를 거절했지만 그녀가 제 뒤를 따라오는 것까지 막진 못했죠. 그녀는 지금 제 곁에 있습니다. 그녀가 있어 저는 이 고백을 시작할 수 있었습니다. 그녀는 비록 베이지색 바지 한 벌뿐인 가난뱅이지만 한없이 다정합니다. 고요하고 평화로우며 누구보다 용감합니다. 때론 그녀가 주인이고 저는 손님 같습니다. 생각이 주인이고 몸은 어딘가 있을 자신의 집으로 돌아갈 테죠. 하지만 유파고, 그 생각이 떠나기 전 저는 대답해야 합니다. 저는 무엇이 잘났다고 이테를 동정했을까요. 데드존을 향해 달리는 한낱 인간 주제에 어떻게 서서 자는 나무를 불쌍히 여길 수 있을까요.

물
질
계

은하수

　죽음은 어떤 공간이며 계속 걸으면 다다르는 길이다. 그러니 찾아오고 찾아갈 수 있는 것이다.

　나는 이 문장으로 시작하는 이론 물리학 논문을 썼다. 이때의 공간이란 현상을 기술하기 위한 언어적 요소일 뿐 동네 카페나 누구네 집 화장실처럼 실제로 들락거리는 장소를 말하는 건 아니었다. 내 이론의 핵심은 특정 물질의 '있음과 없음'은 단지 확률의 차이이며 모든 것이 '있는 동시에 없다'는 이른바 불확정성의 원리를 바탕으로 한 것이었다. 그러니까 한마디로 물질계의 모든 존재는 얼마 정도 죽어 있는 상태이며 동시에 완전한 죽음은 불가능하다(관찰될 수 없다)는 것이 내 주장이었다. 그러나 나에게는 이러한 주장을 끝까지 밀고 나갈 만한 배짱과 능력이 없어 나 자신조차 이해하고 있는지 불분명한 어느 독일 수학자의 수식을 인용하는 것으로 논문의 결론을 대신했다.

나의 두 번째 지도교수인 블랙베어는 이렇게 말했다.

"20세기 아인슈타인 흉내는 그만 냅시다."

그는 자기 연구실에 러닝머신을 가져다 놓고 내가 갈 때마다 머신 위를 달리며 욕구 불만과 학문적 호기심의 차이, 망상증 환자와 사고실험의 차이를 강조했다. 그가 말하길 물리학은 정신분석학이 아니고 통계 그래프도 아니며 찢어진 블랙홀로 오가는 시간 여행도 아니라고 했다.

"달리기예요. 달리세요. 살이 처지면 생각도 처집니다."

블랙베어는 예의를 갖춰 말했다. 그는 남보다 이른 나이에 미국 남부 대학에서 물리학 박사학위를 받고 그 지역 물리학회에서 수여하는 '뉴 피지컬 리뷰 상'을 수상한 사람이었다. 곰처럼 덩치가 크고 곰처럼 굵은 흑발에다 곰보다 더 달콤한 것에 환장하는 그를 학생들은 블랙베어라 불렀다. 핑크색 아령을 들고 러닝머신 위를 뛰는 블랙베어가 내게 말했다.

"파워, 섹시, 유혹은 현실에서 하세요."

그는 내 논문의 소제목들을 나열하며 이것들이 파워, 섹시,

유혹이란 말과 무엇이 다르냐고 물었다. 나는 대답할 수 없었다. 질문의 뜻을 이해하지 못했기 때문이다. 블랙베어는 러닝머신의 경사도를 두 단계 높였고 나는 블랙베어가 입은 비둘기색 팬츠에서 시선을 돌려 책장에 놓인 뉴 피지컬 리뷰 상의 은색 트로피를 바라보았다.

내가 처음으로 「관찰된 작위와 관찰되지 않은 무작위」를 구상한 것은 내 나이 스물세 살 때였다. 죽음을 뜻하는 한국어 표현의 '돌아가다'와 영어의 'Pass Away'를 언어학적 예시로 든 것은 스물다섯(나의 아버지가 죽은 나이)이었으며 내가 이 주장 때문에 첫 번째 지도교수에게 목이버섯 따귀를 맞은 것은 스물아홉(어머니가 두 번째 결혼을 한 나이)이었다. 내 뺨을 할퀴고 간 버섯은 찹쌀탕수육 안에 들어 있던 것이었다. 지도교수는 두 병째 마신 중국술로 인해 중국 공산당 정치국 상무위원의 한 사람으로 빙의된 상태였고 내가 논문의 첫 문장을 고치지 않겠다고 하자 정치국 상무위원은 목이버섯을 들어올리던 젓가락을 내던졌다. 그는 신은 주사위놀이를 하지 않는다는 아인슈타인의 말을 인용하며 지도교수를 바꾸든가 내 머리통을 바꾸든가 둘 중 하나를 고르라 했다. 한때는 그가 쓴 과학 에세이 『마르크스와 물리학—나는 언제나 결정론을 꿈꾼다』에 푹 빠져 있었지만 그렇다 할지라도 내 머리통을 마오쩌둥의 머리로 바꿔 달 수는 없는 일이었다. 잃을 것은 쇠사슬뿐이오 얻을 것은 내 논문의 첫 문장이었다. 나는 바닥에 나뒹구는 젓가락을 테이블 위에 올려놓고서 화장실에 가는 척하며 중국집을 빠져나왔다. 그 후 나는 쇠사슬과 함께 논문 목차를 잃었고 이듬해 교수 추천 장학생 명단에서 제외되었다.

스물다섯에서 스물아홉 살까지 나는 우주의 어떤 법칙을 내 힘으로 만들 수 있다고 자신했다. 행복했고 충만했으며 나 자신이 아름다웠다. 문득 거울을 볼 때면 빛처럼 빛나는 타래가 부드럽게 날 감싸고 있는 것 같았다. 나의 빛 타래에서 사무용 물풀 냄새가 난다는 것을 깨달은 것은 서른 살 봄이었다. 나는 2년 차 연구조교로 입술 끝이 찢어져 다홍색으로 벌어진 상태였고 매사에 부정적이고 회의적인 만성 면역력 결핍증 인간이 되어갔다. 교수들의 고차원적인 자기 자랑과 노골적인 편 가르기에 지쳐갔으며 이 모든 것을 견딘다 하여도 결국 헛된 시간 낭비에 불과할 뿐이라는 불안이 나를 옥죄었다. 그때 은하수를 만났다.

"옆집 박사들이 그렇게 간다더라. 논문 통과를 다 알아맞힌대."

5년 차 연구조교인 A가 말했다. A는 근처 대학들을 옆집, 앞집, 뒷집으로 부르며 누가 얼마 만에 논문을 써 통과하는지

학기 말마다 정보를 모았다. 그 정보에 따르면 옆집 앞 사거리 버거킹 골목 끝에 있는 '은하수 역학관'에 가면 품격 있는 점쟁이 은하수가 언제 논문 심사를 통과하는지 알려준다는 것이다.

"야, 그것도 역학이야."

A가 말했다. A는 그냥 같이 가달라고만 했다. 옆에서 듣고만 있으라고.

이마를 덮는 단발머리에 은색 안경테를 쓴 은하수는 평소엔 티스푼 위 간장을 옮기듯 조심스럽게 말하다 마이크를 쥐면 4옥타브를 내지르는 어느 가수와 닮아 있었다.

"서른넷, 이때 아주 대박 친다."

내 사주팔자를 본 은하수는 그렇게 말했다.

"어떤 대박이요?"

A가 은하수의 책상에 가까이 붙어 앉으며 물었다.

"뭐든 다, 원하는 거 다 이뤄요. 보니까 돈 만지는 손으로 타고났는데, 서른넷이 되면 큰 손은 못 돼도 작은 손은 될 거고, 남자도 원하는 사람 골라 사귀다 싫증 나 헤어지면 더 좋은 남자가 올 거고."

나는 코웃음을 쳤다. 은하수의 실력에 의심이 갔다. 그런데 내 웃음 소리가 너무 컸는지 은하수가 안경을 들어올리며 내 얼굴을 보았다.

"죄송합니다."

나는 자세를 고쳐 앉으며 말했다. 은하수는 표정 없는 얼굴로 말을 이었다.

"중년 이후에 망신살이 좋게 와요. 사람들 앞에서 허리 숙이는 일을 하겠는데 그게 정치일 수도 있고, 어느 단체의 단체장일 수도 있고."

"정말요? 거봐, 오길 잘했지?"

A가 내 팔을 건드리며 말했다. 나는 속으로는 하나도 맞는 게 없다고 생각했지만 고개를 끄덕이며 내가 원하는 답을 기다렸다. 그런데 은하수는 내가 물어본 논문 통과나 유학 얘기는 꺼내지 않았다. 그 둘만 빼놓고 모든 걸 좋다고 했다.

"근데 이름이……."

은하수가 종이에 무언가를 휘갈겨 쓰며 고개를 갸웃했다.

"이름에 물이 많네. 잘 쓰면 재물인데 넘치면 홍수라 물을 잘 막아야 해요."

"홍이요?"

내가 물었다.

"아니, 그건 좋고 주."

은하수가 말했다. 은하수는 내 이름의 주(注)가 물을 만드는 수도꼭지인데 이게 잘못 열리면 사주에 물이 넘쳐 알코올

중독이나 음독자살의 위험이 있다고 했다.

"너 어제도 죽고 싶다고 했잖아."

A는 현상적 비물질 상태를 은유한 나의 말을 오해하며 은하수의 사주풀이에 소름이 돋는다고 했다.

"그럼 어떻게 해요?"

나보다 내 운명에 더 적극적인 A가 물었다. 은하수는 5만원을 내면 물을 제때 잠글 수 있는 글자를 지어주겠다고 했다. 홍주라는 이름은 그대로 두고 이름의 한자만 바꾸면 된다고. 나는 코웃음을 쳤다. 그러고는 다시 "죄송합니다".

"바꾸기 싫으면 내 말을 명심해요. 우울증 조심하고 매년 가을을 조심해요. 특히 늦가을엔 어디 돌아다니지 말고 사람 만나지도 말아요. 망신살을 제대로 맞으면 나이 든 사람하고 추문 날 수 있으니 사석에서 과음하지 말고."

나는 고개를 끄덕였다. 은하수는 끝까지 내 논문이 언제 심사를 통과하는지 말해주지 않았다. 그것에 대해선 입을 다물었다. 해봤자 떨어진다는 말도 그만두라는 말도 하지 않았다. 그것이 사람들이 말하는 은하수의 품격인 것 같았다.

몇 년 후 나는 서른넷이 되었고 완벽히 불행했다. 학위 논문은 심사위원 구성도 채 끝내지 못했고 이듬해 가려 했던 미국 남부 대학의 교환학생 프로그램에서도 탈락했다. 나는 블랙베어의 은근히 비추천을 암시하는 교묘한 추천장 때문이라며 그 책임을 돌려보았으나 그렇다고 좌절감이 사라지는 건 아니었다. 눈 밑 떨림과 근육통, 헛구역질과 변비에 시달리던 나는 마그네슘 부족이라는 동네 약사의 처방에 따라 하루에 한 번 마그네슘 영양제를 복용했다. 그러다 우연히 지방에서 열리는 '마그네슘 학술 포럼'이라는 세미나에 참석해 겸손하고 유머러스한 문체를 가진 어느 마그네슘 전공자와 연락처를 주고받았다. 그 후 딱 한 번 그와 서울에서 만나 와인을 마셨다. 한 달 후 내가 그의 세 번째 애인이라는 소문이 떠돌았다. 소문의 꼬리를 잡아 머리의 정체를 밝혀내기도 전에 불행의 폭죽이 연달아 터졌다. 대학의 구조조정으로 내가 맡던 교양 과목 강의가 날아갔고 국가 지원금을 받을 수 있는 연구 공모에서도 떨어졌다. 어느 날 거울을 보니 웬 팔자주름의 할머니가 서 있었다.

할머니, 누구세요?

제가 흰머리 뽑아드릴게요.

돌이켜보니 그 마그네슘과 만난 것이 늦가을이었다.

이대로는 안 되겠다 싶어 나는 매일 아침 일어나 5분 동안 스트레칭을 했다. 여름옷의 3분의 2를 버리고 화장실 쓰레기통을 바꿨다. 욕실 거울을 닦고 주말마다 동네 김밥집에서 아르바이트를 했다. 하루에 300개 이상의 김밥을 마는 주인 아주머니를 보며 나는 그동안 내가 읽은 책과 내가 복사한 논문과 내가 쓰고 지우기를 반복한 한글파일을 잊으려 애썼다. 시금치와 볶은 햄, 깻잎 안에 넣은 참치가 흐트러지지 않게 김밥을 마는 기술보다 내 형이상학이 우월하다는 오만함도 버렸다. 노동으로 인한 근육통과 블랙베어의 성난 대퇴근의 차이를 깨달으며 나는 40만 8900원을 벌었고 내 과거와 미래가 김밥이 잘리듯 잘려 나갔다는 생각에 더는 억울해하지 않았다. 다만 김밥 가게를 나와 집으로 가는 육교를 건널 때면 육교 아래로 뛰어내리고 싶긴 했다. 길가의 은행나무 잎들이 노랗게 질려 차도로 뛰어드는 것처럼. 그리고 가을이 깊어지던 어느 날 반갑지 않은 전화가 걸려왔다.

고모는 내가 저장해두지 않은 휴대전화 번호(고모인 줄 알았다면 받지 않았을 테니까)로 전화를 걸어 어젯밤 너의 할머니가 당뇨 합병증으로 인한 급성 폐렴으로 숨을 거두셨으니 네가 사람이라면 할머니의 장례식에 참석하라고 말했다. 나는 장례식에 참석했다. 김밥집에서 일하며 번 돈의 3분의 1을 조의금으로 내고 처음으로 죽은 사람의 손을 잡아보았다. 할머니의 손은 3일간 랩에 씌워 발효시킨 밀가루 반죽 같았다. 나는 완전한 죽음 어쩌고의 내 논문이 얼마나 터무니없는 헛

소리인지 깨달았다. 설령 죽음이 하나의 공간이고 길이라 할지라도 그 어떤 인간도 그 길을 갔다 되돌아올 순 없었다.

그 후 나는 심각한 무기력증에 빠졌다. 유리창에 서리가 끼고 벽에는 곰팡이가 피는 동안 나는 집 밖을 나가지 않았고 사람 목소리를 내며 누군가와 통화하지도 않았다. 겨우 몸을 일으켜 집 근처 공원에 가면 녹슨 철봉만 바라보다 돌아왔다. 그렇게 한 해의 마지막 날을 보냈고 새해의 카운트다운이 시작되기 전 광고 배너를 잘못 누른 바람에 가게 된 어느 사주풀이 사이트에서 나의 신년 운세를 보았다.

'이제껏 한 번도 시도해보지 않았던 세계에 발을 들여놓게 된다. 그 발걸음이 앞으로의 10년을 좌우한다.'

수박씨

집안 말아먹을 년.

내가 그 말을 처음 들은 것은 아홉 살 여름이었다. 그날은 할머니가 어느 잔칫집에서 코가 삐뚤어지게 마시고 돌아와 넌 누굴 닮아 그렇게 밥을 천천히 먹느냐며 밥상에서 반찬 그릇을 다 치워버린 날이었다. 그날 나를 대하는 할머니의 태도는 유독 차가웠다. 그리고 그 냉대의 이유는 자정쯤 밝혀졌다. 나보다 한 살 많은 고종사촌이 수박을 먹다 나에게 씨를 뱉었는데 나는 팔꿈치로 그의 코뼈를 노크했고 그는 코피를 줄줄 흘리며 내게 말했다.

"이 집안 말아먹을 년아, 할머니가 오늘 너한테 왜 그런 줄 알아? 네가 집안 말아먹을 년이라 그래, 이 집안 말아먹을 년아."

사촌이 말하길 할머니는 잔칫집에 온 무당에게 내 사주를 보았는데 그 무당은 내가 커서 집안을 말아먹을 팔자를 타고났다고 말했다는 것이다. 지금이었다면 내게 그런 말을 하는 사촌의 앞니를 두들겨줬겠지만 아홉 살의 나는 내 존재의 비밀을 깨닫기라도 한 듯 몸의 힘이 빠져나갔다. 휴지로 코를 틀어막은 사촌이 나에게 수박껍질을 던지며 욕해도 나는 저항하지 못했다. 어렴풋이 나도 알고 있었다. 내가 집안을 말아먹을 년이라는 것을. 내 안의 숨겨진 무언가가 밖으로 튀어나와 나와 내 집안을 말아먹고 세상의 손가락질을 받으리라는 것을.

인간이라면 누구나 생년월일을 갖고 태어난다. 여기에 태어난 시간을 더하면 사주팔자의 여덟 글자가 만들어진다. 아홉 살의 나는 내 사주팔자를 구성하는 한자가 무슨 뜻인지 몰랐겠지만 서른넷의 나는 만세력 사이트에 들어가 생년월일시를 입력해 손쉽게 내 사주팔자를 확인할 수 있었다. 나는 김밥을 맡지 않는 시간은 오직 전기장판과 사주명리학에 의지해 보냈다. 도서관에서 빌린 책을 보며 음양오행을 깨우쳤고 인터넷 동영상 강의로 백호살과 망신살을 배웠다.

"그러니까 한마디로 사주가 무엇이냐. 사주는 계절학입니다. 계절학은 또 무엇이냐. 지구가 태양계에 속해 태양을 공전하며 생기는 게 바로 계절이죠. 예수가 오든 부처가 오든 그건 변치 않는 진리란 말씀입니다. 쉽게 말해볼까요? 쉽게 말하는 거 좋아하시죠? 그러니까 쉽게 말해 봄에 태어난 사람은 봄의 계절성을 갖고 태어나고 그 계절성이 그 사람의 대학, 취직, 연애를 좌우한다는 말입니다."

계절성이란 무엇일까. 계절성이 어떻게 취직을 좌우할까. 논문 통과도 좌우할까. 나는 감색 개량한복을 입은 남자의 '돈, 피, SEX 그리고 백호살'이란 동영상을 보며 생각했다. 부산 사투리 억양이 남아 있는 그의 말에 따르면 2008년 3월 16일 오전 11시에 태어난 사람의 운명은 그날의 기온과 습도, 일조량, 바람의 세기 같은 계절의 기운이 작용해 그 사람의 돈, 공부, 연애, 건강 상태를 좌우했다.

죽은 할머니는 말했다. 네 아버지가 한창 밭 갈 시기에 태어난 소띠라 평생 일만 하다 죽었다고. 아인슈타인은 말했다. 과거, 현재 그리고 미래는 분리될 수 없는 하나의 덩어리이며 우리는 단지 그 덩어리의 일부분을 '시간'이라는 개념으로 인식할 뿐이라고. 나는 전기장판 위에 누워 할머니의 운명론과 아인슈타인의 결정론을 비교해보았다. 그리고 아인슈타인의 생년월일을 만세력 사이트에 입력해보았다. 슈뢰딩거와 보어, 하이젠베르크까지 모조리 입력해보았다.

한때 나는 과학의 세계를 신뢰했다. 누구에게나 일관되게 작용하는 중력과 계산 가능한 마찰력을 믿었다. 원소들의 핵원자 반응이 세상의 중심이라 믿었고 비록 알아주는 사람이 없을지언정 나의 연구가 인류의 의미 있는 발돋움이 될지 모른다고 기대했다.

나는 너무 늦게 깨달았다. 사람들은 '원자'라고 하면 드라마 속 숙종이나 연산군의 아들을 떠올린다는 것을. 빨간 도포를 입고 아장아장 걷는 아역배우의 연기를 헬륨이나 칼륨의 원자 반응보다 사랑한다는 것을. 누군가에게 사랑받고 싶은 것은 아니었지만 적어도 사랑과 완전히 멀어진 세계에서 살고 싶진 않았다. 블랙베어의 말이 맞았다. 파워, 섹시, 유혹은 현실에서 하는 것이다. 목이버섯의 말이 맞았다. 신은 주사위 놀이를 하지 않으며 나에겐 주사위 던지기 속 확률 구하기 정도가 어울렸다.

사람에겐 저마다 사주팔자를 관통하는 키워드가 있다. 그

키워드를 찾아내는 것이 사주팔자 해석의 첫 관문이라고 감색 개량한복은 말했다. 나는 내 사주팔자의 키워드를 쉽게 알아낼 수 있었다.

'말아먹다.'

나는 부모 없이 자란 초년운을 지나 집안을 말아먹는다는 무당의 저주를 피해 과학의 물리 법칙 세계로 도망쳤다. 그럼에도 불구하고 말아먹는 운명을 거부할 수 없어 연구실 조교로 내 젊음을 말아먹었다. 내가 김밥집에서 김밥말이 아르바이트를 한 것도 내 인생을 말아먹는 것을 피하려 택한 일종의 방어수단이었다. 사주에선 그런 걸 액땜이라 한다.

'말아먹는 걸 피하고 싶으면 뭐든 일단 말아라.'

나는 이런 말장난이 유치하다고 생각하지 않았다. 유치한 것과 간절한 것의 차이 정도는 알았다. 나는 간절히 내 사주의 결핍과 과잉을 조절하고 싶었다. 인생을 말아먹기 쉬운 내 사주는 목화토금수의 음양오행 중 수(水)가 가장 많았고 한눈에 봐도 온통 물바다였다.

레즈비언 사주팔자

그날따라 녹인 초콜릿을 가득 넣은 식빵이 먹고 싶었다.

나는 어느 대학에서 열리는 학술 세미나에 참석해야 했고 그 세미나의 두 번째 발표자가 조교 A의 친구 선배의 남편이었다. 그는 「미국의 서브프라임 모기지 사태에 따른 기초과학 연구자들의 현실적 암울성」이란 글을 발표하기로 되어 있었고 K대 응용과학 연구소의 연구원 자리가 남아 있는지 아는 사람이었다.

나는 세미나가 열리는 대학까지 버스를 타고 갔다. 버스를 타고 가는 내내 그 대학가에서 유명한 빵집을 찾아가는 길을 머릿속으로 그려보았다. 나는 녹인 초콜릿이 든 식빵을 학교까지 걸어가며 먹을 생각이었다. 그러다 명색이 학회 세미나 참석자인데(망신살을 조심해야지) 길에서 초코빵을 뜯어 먹을 순 없다는 생각에 빵을 산 후 학교와 반대 방향인 길로 접어들었다. 멀지 않은 곳에 고가도로가 있었고 그 아래로 벽돌만 한 초코빵을 뜯어 먹기에 적당한 후미진 골목이 보였다.

나는 그곳으로 향했다. 세미나에는 꼭 참석할 생각이었다. 조교 A의 친구 선배의 남편인 그를 만나 연구원 자리가 남아 있는지 물어볼 작정이었다. 내 입은 할 수 있었다. 초코빵을 뜯어 먹는 데만 쓰라고 있는 입이 아니었다. 나는 고갯길을 따라 걸었고 온 길을 되돌아갈 수 있도록 한 번씩 뒤돌아보았다. 그때 낯익은 이름이 눈에 띄었다.

'은하수 철학관'.

그 간판은 '선녀보살'과 '흑진주 작명소' 사이에 걸려 있었다. 나는 설탕이 듬뿍 든 밀가루 덩어리를 삼키다 그 간판을 보았고 자석에 끌리듯 그곳으로 끌려갔다.

'사주, 작명, 예언 적중, 나의 대박운은 언제 오는가.'

나도 정말 그게 궁금했다. 나의 대박운은 언제 오는가. 나는 어느 점집 앞에 붙어 있는 현수막을 보며 다짐했다. 5만 원, 아니 10만 원을 내서라도 나의 대박운을 찾으리라. 이름을 바꾸라면 이름을 바꾸고 팬티 색깔을 바꾸라면 팬티 색을 바꾸리라. 나도 이제 사주를 좀 알았다. 사주에 수(水)가 많아 물난리가 나면 수를 막는 토(土)를 써서 조절해야 했다. 수는 어둠, 웅집, 겨울, 가라앉음, 핵, 씨앗, 풀어내야 할 그 무엇, 휴식, 죽음을 뜻했다. 나의 수는 세미나에 가서 얼굴도 모르는 남자에게 연구소 자리를 구걸할 바에야 평생 후미진 골목에서 2900원짜리 초코빵이나 뜯어 먹으라 명령했다.

저 은하수가 그때 그 은하수일까. 사거리 앞 버거킹 골목에 흐르던 그 은하수가 맞을까. 은하수의 은테 안경은 그대로일까. 다소곳해 보이던 입술과 귀 뒤로 꽂은 단발머리도 여전할까. 나는 남은 초코빵을 입에 넣고 입가를 털었다. 크게 심호흡을 한 번 하고 은하수의 문을 향해 손을 뻗었다. 그런데 그때 예상치 못한 글자와 마주했다.

'암자에서 묵언 수행 중'.

종이는 파란 대문에 붙어 있었다. 붓글씨로 쓴 글씨 옆에는 언제 돌아온다는 말도, 어디로 갔다는 말도 없었다. 나는 눈 밑 근육이 파르르 떨리며 현기증이 났다. 문은 잠겨 있었고 벨을 눌러도 대답이 없었다. 은하수로 오는 길목에는 흑진주와 선녀보살이 있었지만 나에게는 오직 은하수가 필요했다.

나는 고가도로 아래 서서 지나가는 차들을 보았다. 한 대, 두 대, 백서른두 대까지 보았다. 나는 그렇게 나에게 주어진 기회와 시간을 말아먹을 수 있었다. 아랫배가 사르르 아파오며 배 속에서 초코빵이 요동쳤다.

안녕, 이리 와. 급히 변을 보기에 적당한 후미진 골목을 찾아봐.

내 사주의 수들이 초코빵을 반죽하며 나를 조롱했다. 나는 짧은 보폭으로 나아가며 화장실을 찾았다. 작은 나비의 날갯짓에도 내 긴장 상태는 곧 허물어질 듯했고 걸음을 떼기조차 버거워졌다. 멀지 않은 곳에 편의점과 부동산이 보였지만 내게는 오르막을 오를 힘이 남아 있지 않았다. 쓰러지듯 벽에서 벽으로 기대어 나는 겨우 고가 밑 굴다리로 갔다. 거기서라도 무슨 조처를 해야 했다. 낮고 캄캄한 굴다리 어딘가에 작은 구덩이라도 있지 않을까. 휴지도, 칸막이도, 하수처리 시설도 없는 곳이었지만 그대로 바지에 볼일을 보는 것보단 낫지 않을까. 아니, 차라리 바지에 싸는 게 나을까. 등과 이마에 식은 땀이 흘렀다. 머릿속에 망신살의 주사위가 굴러갔다. 그때 눈앞에 빛을 비추듯 어떤 글자가 나타났다.

레즈비언 사주팔자

그것은 '잠만 자실 분, 빈방 있어요'라는 전단지 옆에 붙어 있었다. 낯설지만 오래 꿈꿔온 듯한 단어들이 내 심장을 두들겼다. 낮고 컴컴한 굴다리 한구석에서 '레'와 '사'가 해맑게 뛰어 올랐고 오징어 다리처럼 잘라놓은 전단지 아랫부분에는 휴대전화 번호가 적혀 있어 한 장씩 뜯어갈 수 있게 돼 있었다. 나는 손을 뻗어 그중 하나를 뜯었다. 그다음 내 몸은 두 가지 물질이 일으키는 국소적 파동에 전율했다. 하나는 내 손 안에 구겨져 있었고 다른 하나는 중력에 저항하며 내 엉덩이와 바지 사이에 머물러 있었다.

이틀 뒤 나는 레사에게 문자를 보냈다.

―사주 상담을 받고 싶습니다.

3분 뒤 레사에게 답장이 왔다.

―상담 주제, 궁금한 점을 보내시면 참고해 상담합니다. 상담료는 선불.

30초를 고민한 뒤 나는 다시 문자를 보냈다.

―어떻게 만나나요? 혹시 이번 주 수요일 가능한가요?

3초 뒤 휴대전화가 울렸다. 레사였다.

"직접 만나고 싶으세요?"

수화기 너머의 목소리는 낮고 부드러웠다. 나이가 많은 것 같진 않았다.

"직접 만나는 거 말고 뭐가 있나요?"

"전화로 해도 되고, 이메일 상담도 있고요."

"뭐가 달라요?"

"네?"

"세 개가 어떻게 다르냐고요."

잠시 침묵이 흘렀다. 나는 은하수를 만났을 때처럼 죄송하다거나 감사하다는 말은 하지 않을 생각이었다. 이제 나도 사주를 좀 알았다.

"이메일은 만 원, 전화는 2만 원, 직접 만나는 건 3만 5000원이요. 상담 시간은 40분이고, 찻값은 각자 내는 걸로."

찻값이라고 하는 걸 보니 카페에서 만나는 것 같았다. 나는 직접 만나고 싶다고 했다. 약속 장소와 시간을 말하는 레사의 목소리가 어딘가 젊은 여자의 음성 같지 않았다. 그녀는 마치 B플랫과 E플랫을 오가는 저음의 관악기 소리처럼 숨을 크게 들이마신 후 조금씩 내뱉으며 소리 냈다.

다음 날 나는 약속한 시간보다 일찍 레사가 말한 프랜차이즈 카페로 갔다. 다른 테이블과 멀찍이 떨어져 있으면서도 해가 비치는 창가 쪽 자리에 앉아 레사를 기다렸다. 기다리는 동안 나는 두 번이나 화장실에 다녀왔다. 휴대전화를 보고 있을까, 손은 어떻게 하고 있지, 머리카락은 어느 쪽으로 넘기는 게 나을까 따위를 고민하며 문이 열릴 때마다 눈을 크게 떴다. 레사는 정확히 약속시간 1분 전에 나타났다. 문을 열고 들어와 내가 있는 창가 쪽을 보더니 테이블까지 한 번에 걸어왔다. 흰색 운동화에 검은 티셔츠를 입은 레사는 긴 우산을 들고 있었다.

"음료 안 시키세요?"

우산을 벽에 세워두며 레사가 물었다. 나는 레사와 함께 주문대로 걸어가 음료를 주문했다. 훗날 내가 레사와 더 가까워졌을 때 나는 레사에게 어떻게 나를 한 번에 알아보았느냐고 물었다. 레사는 대수롭지 않게 말했다. "나한테 전화해서 만나자는 여자들은 대부분 그 자리에 앉거든."

우리는 둥근 테이블에서 마주 앉았다. 레사는 큰 키에 얼굴도 긴 편이었다. 머리카락은 감고 말리는 데 10분이 채 걸리지 않을 것처럼 짧았는데 푸들의 털처럼 고불거렸다. 심한 곱슬머리인 것 같았다.

"어떻게 절 아셨어요?"

레사가 물었다.

"전단지 봤어요."

"어디서?"

"미아리고개요."

"설마."

레사가 말했다. 설마라니, 그게 무슨 뜻일까. 설마, 그럴 리가? 설마, 거기까지? 나는 레사의 '설마'를 쉽사리 해석하지 못하며 레몬 페퍼민트 차를 한 모금 마셨다. 레사도 잔을 들어 두유 라테를 마셨다. 그런데 컵을 들어올리는 레사의 오른손에 작은 스티커가 붙어 있었다. 정확히 오른손 약지 손톱에.

설마, 둘리일까. 하지만 정말 둘리였다. 레사의 약지 손톱에는 분홍색 혓바닥을 반쯤 내밀고 있는 초록색 얼굴의 둘리 스티커가 붙어 있었다.

"이쪽이세요?"

레사가 물었다.

"네?"

나는 무슨 뜻인지 몰라 되물었다.

"레즈시냐고요."

레사의 질문은 마치 A형이세요? 아님 B형? 신발 치수는 어떻게 되세요? 별자리는요?라고 묻는 것 같았다. 나는 뭐라 답해야 할지 몰라 그저 웃었다. 설마, 그럴 리가.

"사실은 내가 대면 상담은 그만뒀거든요. 하도 좆같은 일이 많아서."

레사가 컵 안에 든 두유 거품을 내려다보며 말했다. 나는 레사의 입에서 흘러나온 욕설에 당황했지만 당황한 표정을 숨기려 음료를 마시는 척 컵으로 얼굴을 가렸다. 레사가 잔을 내려놓은 후 테이블 위에 두 손을 올리며 말했다.

"지금이 10시 20분이니까 정확히 11시까지 하고 끝낼게요."

레사가 해석한 내 사주팔자는 이러했다. 내 사주는 풍경으로 비유하면 꽁꽁 얼어붙은 한겨울의 산인데, 겨우 있는 나무라고 해봤자 춥고 어두운 땅이라 꽃을 피울 수도, 열매를 맺을 수도 없었다. 초년운이 없어 어린 시절부터 고생이 많았고 성인이 되어서도 대인 관계가 순탄치 않아 무엇을 하든 남보다 두 배의 노력이 필요하고 그렇게 노력해 원하는 것을 이루어도 마음은 공허할 거라 했다. 기댈 데라곤 공부밖에 없어 공부에 재미를 붙였겠지만 열세 살에 들어온 학업운도 작년까지가 끝이라 공부로 뭘 하기는 어려울 거라 말했다. 나는 놀랐다. 내가 처음 과학자의 꿈을 품은 것은 열세 살이었고 정확히 작년 가을부터 나는 책상에 가만히 앉아 있질 못했다.

"그렇다고 직장 다닐 사람은 아니고, 관에 뿌리가 없어서 직장 다녀도 마음을 못 붙여요. 상사가 상사 같지 않을 거고, 일은 일대로 하면서 승진은 잘 안 될 거고. 사업운은 좀 있는

데 물건을 만들어 파는 건 아니고, 손님 대하는 것도 성격에 안 맞고, 제일 나은 건 교육인데 이것도 말재주가 없어서 본인은 힘들겠네요. 그래도 몇 개 추천하면 금융이나 부동산 쪽으로 가면 잘 풀려요."

그렇게 말하며 레사는 잠시 내 눈치를 살폈다. 마지막 말에는 그다지 자신이 없는 듯했다. 나는 생각해둔 질문을 꺼냈다.

"서른넷에 대박이 난다던데."

"누가 그래요?"

"예전에 본 데서요."

내가 말하자 레사는 내 사주팔자를 띄워놓은 휴대전화 화면을 내려다보았다.

"이걸 대박이라고 보면 대박인데, 근데 워낙에 얼어붙은 사주라 화가 들어와도 어떻게 못 해요. 이렇게 꽁꽁 얼어붙은 겨울산에 또 서리가 내리는 풍경인데 거기다 대고 화가 들어오면 어떻게 되겠어요?"

"어떻게 되는데요?"

"진흙탕 되는 거죠."

레사가 말했다. 레사의 말에 따르면 나는 따뜻한 열과 빛을 간절히 바라는 사주이지만 막상 화(火)가 들어오면 내 고유의 성질이 흐려질 뿐이었다. 내 고유의 성질이란 얼어붙은 겨울산이며 사람과 동식물이 살 수 없는, 그저 엽서의 한 풍경으로 담기 좋은 절대 고독의 설산이었다.

"하는 일이 뭐예요?"

레사가 의자 등받이에 등을 기대며 물었다.

"그냥…… 뭐 좀 써요."

"작가?"

레사가 물었고 나는 웃었다. 아니라는 뜻이었는데 레사는 그렇다는 말로 받아들였다.

"글 쓰는 운은 좀 있어요. 워낙 움직이질 않는 성향이고, 반복적으로 고치고 또 고치고, 그런 거 하면 맞아요. 잘 갔네요."

나는 웃었다. 뭘 좀 복사한다고 해야 했나. 김밥집에서 김밥을 만다고 해야 했나.

"어디 쪽? 방송은 안 맞을 텐데, 혹시 영화?"

"네…… 뭐……."

"그렇지. TV는 화 쓰는 데라 안 맞고 수 쓰는 영화가 맞지."

레사는 그럴 줄 알았다는 듯 고개를 끄덕였다. 나도 고개를 끄덕였다. 나는 왠지 레사를 실망시키고 싶지 않았다. 레사의 오른손 약지 손톱에 붙어 있는 둘리 스티커가 마음에 들었다. 심한 곱슬머리와 짧은 머리 길이도 좋아 보였다. E플랫과 B플랫을 오가는 저음의 목소리와 목 부분이 약간 늘어난 티셔츠도.

"그럼 시나리오 쓰고 그러겠네요? 어떤 거? 멜로나 코미디는 아니겠고, 범죄나 살인? 약간, 아무도 안 보는?"

'약간, 아무도 안 보는?'이라 말할 때 레사는 처음으로 목소리를 높였다. 나는 머릿속으로 레사의 취향을 가늠하며 고개를 끄덕였다. 레사도 끄덕였다. 레사는 슬슬 열이 오른다고 했다. 슬슬 열이 오른 레사가 말하길 자기는 글재주가 없는데다 화(火)가 지나치게 발달해 생각을 글로 쓰기 전에 말로 다 해버린다고 했다. 다른 사람이 하려는 말까지 자기가 해버려 누굴 만나고 나면 기운이 다 빠진다고.

"어쩐지⋯⋯."

레사가 팔짱을 끼며 등을 기댔다. 그러고는 살짝 미소 지었는데 왼쪽 뺨에 보조개가 패었다. 긴 얼굴에 어울리지 않는, 아니 어떻게 보면 꽤 어울리는 그런 보조개였다.

"뭐 물어보고 싶은 거 있어요?"

레사가 말했다. 나는 그다지 궁금하지도 않고 물어보리라 생각하지도 않았던 질문을 했다.

"남자 복이 좋다던데."

내 질문에 레사가 웃었다.

"풋."

이렇게 대놓고 비웃어도 되는 건가. 나는 잔을 들어올리며 이제는 남아 있지 않은 음료를 마시는 척 표정을 숨겼다. 레사가 내 쪽으로 다가와 말했다.

"나한테 솔직하지 않은 것 같네요. 그럼 내가 사주를 못 풀어요. 이렇게 얘기하는 것도 시간 낭비고."

레사의 말에 나는 하마터면 죄송합니다라고 사과할 뻔했다.

"화장실 좀 다녀올게요."

레사가 자리에서 일어났다. 나도 화장실에 가고 싶었지만 카페의 여자 화장실 칸이 하나밖에 없다는 걸 알았기에 자리에 앉아 레사를 기다렸다. 잠시 후 물기가 묻은 손으로 내 앞에 걸어온 레사가 말했다.

"냉면 먹으러 갈 건데 같이 갈래요?"

*

내가 무엇으로 집안을 말아먹을까 생각해본 적이 있다. 사기꾼이 되기엔 말을 못했다. 돈을 탕진할 만큼 술과 도박을 좋아하지도 않았다. 강도나 도둑이 되기엔 망치, 칼 따위의 도구를 잘 다루지 못했고 그 흔한 운전면허증조차 없었다.

대체 내가 무엇으로 집안을 말아먹을 수 있단 말인가.

그러나 나는 어렴풋이 알고 있었다.

"넌 커서 집안을 말아먹을 년이래."

코피를 흘리며 고종사촌이 말했을 때 나는 내 운명의 암호가 밝혀진 듯 온몸이 얼어붙었다. 거대한 빙하가 내 가슴에 거꾸로 박혀 그 어떤 빛이 와도 녹지 않을 것만 같았다. 나도 안다. 내가 남들과 다르다는 것을. 그러니 아빠가 죽고 엄마도 떠났겠지. 밤새 눈물이 흐르고 콧물이 흘렀다. 나는 콧물 훌쩍이는 소리를 내지 않으려 입으로만 숨을 쉬며 내 운명의 빙하에 갇혔다.

"식초 뿌려 먹어요. 그쪽은 목이 귀해서 신 걸 많이 먹어야 좋아요."

레사가 나에게 식초가 담긴 플라스틱병을 건네며 말했다.

"그런 것도 있어요?"

"다 있지. 금은 매운맛, 토는 단맛, 목은 신맛. 사람마다 필요한 맛이 다 달라."

레사가 말했다. 레사는 은근히 내게 반말을 썼다.

"난 여름엔 냉면으로 살아요."

어떤 때는 존댓말. 레사는 둥글게 말린 면을 양념장에 골고루 비비며 진심으로 설레는 표정을 지었다.

"머리 염색한 적 있어요?"

레사가 물었다.

"아뇨."

내가 말했다. 실은 2~3년 전부터 새치 때문에 검은색으로 염색해오고 있었다.

"살짝 해도 괜찮아요. 브라운 계열로. 옷도 밝은색 계열로 입는 게 좋고요. 음악 듣는 것도 좋은데 가사 있는 거 말고 없는 걸로 들어요. 누구 만나면 말이라도 따듯하게 하고, 안부도 묻고. 아, 밥 먹을 땐 밥만 먹어야지."

레사가 말했다. 그러고는 테이블에 놓인 티슈 한 장을 뽑아 가볍게 입가를 닦았다.

사람들이 이래서 사주를 보는구나. 나는 육수 주전자를 들어 레사의 빈 컵에 육수를 따라 주었다. 우리는 사주에 관해 얘기하며 냉면을 먹었다. 금(金)이 예쁘게 자리한 사람은 피부가 좋고 노래를 잘 부른다는 이야기와 십이지지 열두 동물 중에 왜 고양이가 없는지에 대해. 냉면을 먹은 다음 우리는 가게를 나왔고 나는 내 몫의 냉면값을 레사에게 건넸다.

"뭐야, 이상하게."

레사가 나를 향해 눈을 가늘게 떴다.

"그럼 제가 차 살게요."

"그러시든지."

'요'라는 끝음절은 들릴 듯 말 듯 흐리며 레사는 검은 장우산을 들고 걸어갔다. 나도 레사를 따라 걸어갔다. 오후 1시의 태양이 우리의 머리 위에 내리쬐었다. 어디선가 자전거 벨 울리는 소리가 들렸고 나는 손으로 만질 수 없는 몸 어딘가가 달콤히고 불안히게 부풀어오르는 것 같았다. 조금 떨어져 걷는 나에게 레사는 가까이 오라는 손짓을 했다. 내가 다가가자 레사는 들고 있던 우산을 펼쳤다. 그것은 우산이라기보다 파라솔에 가까웠고 펑 하는 소리를 내며 우리의 머리 위를 덮었다.

　레사는 한여름, 정오의 시간에 태어났다고 했다. 사주에 온통 화(火)뿐이라 물 한 모금, 바람 한 줄기가 절실하다고.

　"이걸 잘 느껴봐요. 이 더위…… 열기…… 이게 내 운명이에요."

　레사의 사주는 나와 정반대였다. 사람들은 모두 레사를 찾고 레사에게 고민을 털어놓지만 정작 레사는 자기의 모든 것을 태우고 이제는 재만 남았다고 했다. 더위 때문인지, 가까이에서 들려오는 레사의 목소리 때문인지, 나는 꿈속에 있는 것처럼 정신이 몽롱했다. 녹은 아이스크림처럼 팔과 어깨가 흘러내릴 것만 같았다. 얼마쯤 걸었을까. 출입구 밖으로 녹색 카펫이 깔린 테이크아웃 카페가 나타났다. 고층 빌딩 사이 골목에 있는 작은 카페였다. 레사는 주문대로 걸어가 레몬에이드 두 잔을 시켰고 나는 돈을 냈다. 우리는 카페 앞 벤치에 앉아 하늘색 색소를 넣은 레몬에이드를 마셨다. 빌딩 유리에 비친 흰 구름이 마치 누군가 붓으로 그려놓은 듯 하얗고 선명했다.

　"담배 피워요?"

　레사가 밤껍질 색 가죽 지갑을 열며 물었다.

"아뇨."

"피우지 마요. 사주에 금이 없어서 폐가 약해."

레사는 가죽 지갑 안에서 담뱃잎을 꺼냈다. 그런 다음 다른 주머니에서 사각형 종이를 꺼내 필터와 담뱃잎을 넣고 담배를 말았다.

"난 말아 피워요."

레사가 말했다. 무엇이든 말아먹는 것에 관심이 가는 나는 레사의 담배 말기를 흥미롭게 바라보았다. 저런 것도 액땜이 될까. 레사는 혀를 내밀어 종이에 침을 묻히더니 종이 끝을 꼬집어 뾰족하게 만들었다. 그런 다음 담배에 불을 붙이고 연기를 들이마신 후 허공에 길게 내뿜었다.

"사람이 말이죠. 뭐가 알고 싶으면 뭐가 알고 싶은지 정확히 물어야 돼요. 진짜 궁금한 게 뭐예요?"

레사가 말했다. 나는 마지막 기회라고 생각해 물었다.

"제가…… 서른네 살에 대박이 난다고…….."

"아, 진짜."

레사가 눈을 가늘게 떴다. 눈빛으로 날 꼬집는 것 같았다.

"내가 말했죠, 나 이 짓 접었다고. 근데 그쪽한테 연락이 왔고, 나도 뭔가 예감이 있어서 나오지 않았겠어요?"

나는 고개를 끄덕였다. 하지만 무슨 말을 해야 할지 알 수 없었다. 레사는 휴대용 재떨이에 담배 끝을 비비며 말했다.

"내 전단지 보고 연락하는 사람은 두 부류예요. 하나는 레즈랑 쓰리섬 해보려고 수작 부리는 새끼, 다른 하나는 레즈가 무슨 작두보살이나 선녀보살인 줄 아는 아줌마. 근데 그쪽은 둘 다 아니죠, 그럼 뭘까요?"

"뭘까요."

내가 말했다. 레사는 짧은 한숨을 쉬었다. 이래서 겨울생들이랑은 뭘 하기가 힘들고 한 번 말할 거 세 번 네 번 말해줘야 겨우 못 이기는 척 자기 마음을 새 발의 피만큼 보여준다고 했다. 무슨 말인지 몰라도 날 욕하는 말 같았다.

"사람 좋아해본 적 있어요?"

레사가 물었다.

"마음고생 해본 적 있느냐고요."

마음고생이야 늘 하고 있지. 나는 그렇게 말하고 싶었지만 입을 다물었고 그러자 레사는 두 번째 담배를 말았다. 허공으로 흩어지는 레사의 담배 연기와 빌딩 유리에 비친 비현실적인 구름을 나는 말없이 바라보았다. 얼마 후 두 번째 담배를 끈 레사가 다시 우산을 펼쳤다.

"이제 어디로 가요?"

나는 레사의 우산 아래 서서 물었다.

"불의 여자랑 물의 여자가 만났으니 뭘 해야 할까요?"

레사는 호텔에 가자고 했다. 나는 잠깐 세상이 하얗게 사라졌다 다시 나타난 것처럼 현기증이 났다.

　사주팔자의 여덟 글자 중 일(日)에 해당하는 세 번째 기둥을 보면 그 사람의 배우자 궁합을 알 수 있다. 기둥의 윗 글자는 자기 자신을 뜻하고 아래는 배우자를 가리키는데 두 글자의 역학 관계로 그 사람의 부부 궁합을 알 수 있는 것이다. 가령, 자기 글자가 수(水)이고 그 아래 글자가 화(火)이면 이 사람은 부부 금실이 좋다고 할 수 있다. 수는 아래로 흐르는 성질이 있고 화는 위로 퍼지려는 성질이 있어 그 두 개가 위아래로 만나면 궁합이 좋은 것이다.

　"체크인할게요."

　레사가 말했다. 프런트 앞에 서서 레사가 계산하는 동안 나는 호텔 직원의 눈을 피해 괜히 머리를 매만지거나 휴대전화를 꺼내 보았다. 호텔 방에 들어선 레사는 자연스러운 동작으로 카드키를 리더기에 꽂았고 실내 온도를 낮춘 후 양말을 벗었다. 레사가 욕실에 들어가 샤워를 하는 동안 나는 침대 끝에 걸터앉아 커튼이 흔들리는 유리창만 바라보았다. 맞은편 회백색 건물에 '생선구이 백반'이란 간판이 걸려 있었다. 어디선가 굴착기로 땅을 파는 공사 소음이 들려왔다. 나는 문득 아침에 읽은 '오늘의 운세'가 떠올랐다.

　'자신의 주장을 펼치기보다 상대의 뜻에 따라 움직이면 좋

은 결과가 찾아온다.'

얼마 후 샤워가운을 입은 레사가 욕실에서 나왔다.

"이제 좀 살겠네."

레사는 가방에서 로션을 꺼내 얼굴과 손에 바른 다음 거울 앞에 서서 드라이어로 머리를 말렸다.

"안 씻어요?"

거울을 통해 침대에 앉은 나를 보며 레사가 물었다.

"괜찮아요."

"긴장 풀어요. 안 잡아먹어."

레사가 말했다. 나는 땀에 젖은 손을 바지에 문지르며 웃어 보였다. 언젠가 비슷한 말을 들었던 때가 떠올랐다. '긴장 풀어요. 안 잡아먹어.' 그곳은 대학의 입학시험 면접장이었고 나는 장학생으로 뽑히기 위해 심사위원들 앞에 서 있었다. 떨리긴 했지만 확신이 있었다. 그들이 나를 좋아하게 될 거라는 확신, 내가 그들의 기대에 부응해 뛰어난 과학자가 되리라는 확신. 나에 대한 믿음. 나는 나 자신을 말아먹지 않을 거라는 의지.

"그럼 발만 씻고 올게요."

나는 욕실로 들어갔다. 세면대 위에 레사의 고불거리는 머리카락이 달라붙어 있었다. 거울에도 한 올, 샤워기 아래에도 한 올. 나는 물이 튄 변기 뚜껑을 휴지로 닦고 그 위에 앉았다.

그토록 재미있던 책이, 논문이, 이론이, 수식이, 어째서 단

한 글자도 보기 싫어진 걸까. 레사의 말대로 공부운이 다한 걸까. 내 학업운을 만들었던 목(木)이 이제는 다 시들어 내 본래의 성질인 겨울산으로 돌아간 것일까. 절대 고독으로?

내가 과학의 세계를 좋아했던 이유는 내 마음 따위와는 상관없이 언제나 동일한 물리 법칙이 작용한다고 믿었기 때문이다. 가령, 내가 울고 싶은지 어떤지와 상관없이 물의 부력은 내 부피만큼 나를 밀어낸다.

"저기요."

나는 욕실 문을 열고 레사를 불렀다.

"말해요, 들려."

"나 지금 샤워해도 돼요?"

레사는 샤워가운을 입은 채 내 앞으로 걸어왔다.

"뭐야, 귀엽게."

레사가 말했다. 나는 귀엽고 이상한 사람이 되어 빨개진 얼굴로 욕실 문을 닫았다. 바지를 벗고 셔츠 단추를 풀고서 욕조 수도꼭지를 틀고 물을 받았다. 나는 물이 쏟아지는 수도 아래 손을 대고 생각했다.

사주팔자의 목화토금수의 기운은 수도의 온수 조절처럼 감으로만 파악한다. 디지털 온도계로 정확한 수온을 설정할 수 없으니 뜨거운지 차가운지 아니면 미지근한지 오직 피부의 감각만으로 파악하는 것이다.

물론 오행의 성분을 숫자로 바꿔 좀 더 명확하게 나타낼 수는 있다. 예를 들어 내 사주의 성분을 '목7, 화10, 토9, 금0, 수106'으로 수치화하고, 10년씩 바뀌는 대운에 따라 그 변화를 그래프로 만들어 시각화할 수 있다.

그러나, 그렇다 할지라도, 목(木)이 생기이고 힘이고 어린 아이이고 교육이고 새벽 3시 반부터 5시 반이라고 한다면, 그것의 해석이 해석자의 언어에 따라 달라진다면, 사주는 데이터의 패턴을 분석해 미래를 예측하는 과학이 될 수 없다. 반론을 제기할 수도, 실험 조건을 공유할 수도 없다.

나는 속옷을 벗고 욕조 안으로 들어갔다. 따뜻한 물이 발등을 감쌌다. 그리고 언젠가 내 몸을 감쌌던 빛의 타래, 그 빛의 타래를 떠올리며 물속에 잠겼다.

레사는 트윈베드 중 어느 쪽을 쓸 거냐고 물었다. 나는 어느 쪽이든 상관없었다. 레사는 창가 쪽 침대를 택했고 우리는 침대 위에 가부좌 자세로 앉았다.

"불 끌게요, 괜찮죠?"

레사가 말했다. 베드테이블 위에 놓인 리모컨으로 불을 끄자 창가의 빛이 더 밝게 보였다. 흰색 리넨 커튼 사이로 여름 오후의 햇살이 실내로 새어들어왔다.

"안 벗을 거예요?"

레사가 물었다. 나는 안 벗겠다고 했다.

"벗는 게 좋을 텐데."

"벗으면 아무것도 안 보여요."

"볼 거 없어요. 눈 감고 있으면 돼."

나는 하는 수 없이 안경을 벗어 테이블 위에 올려놓았다. 우리는 목욕을 했고 휴대전화를 꺼놓았으며 창문 커튼을 주간 시사지의 두께만큼 열어놓았다. 준비 완료. 이거면 된 건가? 다른 뭐가 더 필요할까? 이런 일은 처음이라…….

우리는 서로의 호흡을 느꼈다. 숨을 들이마시고 내쉬고. 나는 레사의 호흡에 내 호흡을 맞추었다.

"나 신경 쓰지 말고 해요."

레사가 말했다. 나는 눈을 떴다.

"눈은 감고."

나는 다시 눈을 감았다. 들이마시고 내쉬고. 나는 레사가 알려준 방법대로 숨쉬기에 집중했다. 아무 생각 없이, 아무런 생각도 하지 말고, 아무런 생각도 하지 말자는 생각도 하지 말고. 없고, 없고, 없는 것의 세계로. 호흡으로.

어디선가 갈치 굽는 냄새가 나는 것 같았다.

"쉬—"

레사가 소리 냈다. 내 머릿속 생선구이 냄새를 알아차린 듯 레사가 말했다.

"생각이 들면 생각이 드는 대로. 그 생각이 가라앉을 때까지 그대로. 애써 떨쳐내려 하지 말고."

나는 내 배꼽 아래에 집중했다. 레사는 꼭 그곳이 아니어도 좋다고 했다. 숨은 온몸으로 마시며 온몸으로 내보내는 거라고. 들이마시고 내쉬고, 들이마시고 내쉬고. 마실 때는 부푸는 풍선처럼 내쉴 때는 쪼그라드는 풍선처럼. 들이마시고 내쉬고, 들이마시고 내쉬고. 음과 양, 물리와 둘리, 비냉과 물냉, 우리의 트윈베드.

나는 문득 도서관에서 빌린 책의 연체일이 떠올랐다. 호텔에서 나가면 레사에게 도서관에 가자고 할까. 책도 반납하고 산책도 할 겸.

"쉬―"

레사가 소리 냈다. 나는 숨을 쉬었다. 숨만 쉬고 싶었지만 잘되지 않았다. 이마가 둥근 여자아이가 팬티를 내리고 내 앞에서 오줌을 쌌다. 쉬― 아이의 노란 오줌방울이 흙바닥에 떨어져 웅덩이를 만들었다. 쉬― 초록색 둘리 스티커를 손등에 붙인 아이는 오줌을 싸며 어깨를 떨었다. 그러고는 자기의 팬티를 끌어올려달라는 듯 나를 보았다. 엄마는 어디 갔니? 아빠는 어디 있어? 왜 혼자 있는 거야?

"자요?"

그때 레사가 나에게 물었다.

"아뇨."

나는 내 머릿속 아이를 물러서게 한 후 대답했다.

"난 좀 졸리네."

레사의 나른한 목소리에 나는 눈을 떴다. 레사는 어느새 등을 대고 누워 있었다. 그러더니 옆으로 돌아 팔베개를 하고 나를 보았다.

"왜 이렇게 잠이 오지……."

살짝 웃는 레사의 왼쪽 뺨에 보조개가 생겼다. 레사는 명상은 그만두고 잠에 빠졌다. 나는 옅은 미소를 띤 채 잠든 레사를 보며 호텔에 오기 전을 떠올렸다.

'서른넷에 대박이 난다던데, 남자복이 좋다던데, 재물운도 좋고 중년 이후에 큰 손은 못 돼도 작은 손은 될 거라던데.'

내가 말하자 레사는 고개를 저었다.

'그런 게 어디 있어.'

'없어요?'

'몰라요. 난 모르겠는데? 난 모르는 건 모른다고 해요.'

레사는 모르는 걸 모른다고 하는 게 사기꾼과 자기의 다른 점이라 했다. 나는 들릴 듯 말 듯 웅얼거리며 말했다.

'내가 집안을 말아먹는대요.'

'그런 게 어디 있어.'

'없어요?'

'없어요.'

레사는 사주팔자 명리학은 자기에게 적용하는 성찰이고 수양이지, 남에게 악담을 퍼붓는 게 아니라고 했다. 하루하루 충실하게 살면, 그게 모여 사주팔자가 된다고. 아침에 해가 뜨고 저녁에 해가 지고, 봄에는 꽃이 피고 겨울에는 눈이 오고. 눈이 내려 땅에 이불을 덮어주듯 사람은 조용히 1년을 되돌아보며 음기를 모으고, 봄이 오면 그 음기를 양기로 쓰는 거라고. 그렇게 음과 양, 빛과 어둠을 받아들이고, 받아들이고, 받아들이는 것이라고. 그러니까 운이 좋고 싶으면 밥 잘 먹고 잠 잘 자고, 어디 가서 신발 벗으면 뒤축을 가지런히 모아놓고. 귀찮아도 양치질하고 자고. 무엇보다 남이 나에게 해주길 바라는 것을 내가 남에게 해주고.

'나도 본격적으로 공부해볼까요?'

'뭘요?'

'사주팔자.'

'글이나 써요.'

레사는 말했다. 어떤 것을 알고, 더 많이 알고, 더 많이 알고 나면, 나중엔 그걸 써먹고 싶을 때가 올 텐데 그런 함정에 빠져 무얼 하겠느냐고.

'더 좋은 게 있어요. 내가 알려줄게.'

레사는 시원하고 깨끗한 호텔에 가자고 했다. 호흡 명상을 가르쳐주겠다고 했다. 숨 쉬는 법을 알려준다더니, 자격증도 있다더니, 레사는 잠이 들었다.

*

—날도 좋은데 산책 명상 할래요?

어느 토요일 오후, 레사에게 문자가 왔다.

—산책 명상이요?

—걸으면서 하는 거예요. 내가 알려줄게.

레사는 나에게 편한 운동화를 신고 오라고 했다. 나는 남산 도서관 앞에서 만나자고 했다. 도서관에서 빌린 책도 반납할 겸.

"남산에 책 빌리러 오는 사람도 있구나."

레사가 나의 도서관 회원 카드를 보며 말했다. 반납함에 책을 넣은 후 우리는 천천히 산책로를 걸었다. 길에 깔린 고무 재질의 탄성 바닥재가 우리의 발을 부드럽게 밀어 올려주었다. 간밤에 내린 비로 돌과 나뭇잎들이 젖어 있었다. 다람쥐 한 마리가 양손을 모으고 잠시 우리를 보더니 등을 돌려 빠르게 바위틈으로 사라졌다. 통통한 엉덩이를 돌과 돌 사이에 비집어 넣을 때 물음표 같은 꼬리가 흔들렸다.

레사는 요즘 별자리 공부에 빠져 있다고 했다. 자기가 태어난 날의 목성과 명왕성의 위치를 설명하며 나중에는 우주물리학을 공부해 사주팔자와 별자리 점성학 그리고 우주물리학이 융합된 한 편의 영화를 만드는 게 꿈이라 했다.

"처음 말하는 거예요, 다른 사람한테."

레사는 2년 후에 목(木)운이 들어오니 그때 확 불태우겠다고 했다.

"근데 시나리오 쓸 사람이 없네."

레사가 내 쪽으로 고개를 돌렸다. 나는 보폭을 조금 빨리해 걸었다. 그때까지 나는 레사에게 내 진짜 직업을 말하지 못했다. 내가 쓰고 있는 것이 과학보다 영화에 가깝긴 했다. 나는 더 이상 그것에 괴로워하지 않았다. 어떤 과학은 한 편의 영화 같으니까.

죽음은 어떤 공간이어서 계속 걸으면 나오는 길이다. 나는 쉬지 않고 그 길을 걸었다. 그 길을 산책하고 때론 다람쥐를 만나며 레사와 호흡했다. 어느 날은 내가 레사에게 물었다. 레즈비언이 되는 사주팔자도 타고나는 것이냐고. 레사는 말했다. 사주로 찾으면 찾을 수도 있겠지만 굳이 그러지 않겠다고. 설명하면 할 수야 있겠지만 굳이 설명하지 않겠다고. 나는 레사의 대답이 마음에 들었다. 레사는 드라이어로 젖은 머리카락을 말리듯 내 마음속 빙하를 녹여주었다. 천천히, 시간을 들여, 내가 잠들 때까지 내 등을 쓰다듬어주었다. 그렇게 10년 동안 레사와 나는 변함없이 서로를 사랑하고 있다.

모여 있는 녹색 점

잠은 가파른 암벽 밑에 있었다. 잠으로 떨어지려면 몸과 연결된 로프를 끊고 추락해야 했다. 그러나 로프가 끊어지기 직전 해연은 경련하며 깨어났다. 두려움이 그녀를 꽉 움켜쥐었다.

"안 돼, 자려고 하니까 더 미치겠어."

해연은 몸을 일으켰다. 그녀는 침대 옆 화장대 거울을 보고는 다시 시선을 돌렸다. 거울 속 자신의 모습이 낯설었다. 눈과 뺨은 부어 있었고 염색한 지 오래된 머리카락은 정수리 부분이 보기 싫게 길어져 있었다. 해연은 머리를 묶고 침대에서 내려와 식탁으로 갔다. 전기 포트의 스위치를 누르고 식탁 옆에 서서 물이 끓기를 기다렸다.

강투는 감청색 암막 커튼을 걷었다. 날이 밝고 있었다. 밤새 비가 내렸다. 굵은 빗방울이 떨어져 으깨지는 토마토 소리를 내며 해연의 잠을 방해했다. 역시, 섹스를 해야 할까. 그는 생각했다.

"내가 도와줄까?"

강투가 말했다. 조금은 장난을 거는 듯한 말투였다. 해연은 그 말의 숨겨진 뜻을 알았다. 그녀는 대답을 망설였고 그때 달아오른 전기 포트의 버튼이 탁 하는 소리를 내며 내려갔다. 강투가 다가와 주전자를 들어올렸다. 머그잔에 물을 따르자 노란 찻물이 우러났다.

부부는 밤마다 몸을 섞었다. 관계를 하고 나면 해연은 20여 분 잠들었다. 그러나 잠은 오래가지 못했고 해연은 깨어나 새벽이 올 때까지 몸을 뒤척였다. 20여 분의 잠을 위해 그는 발기했다. 그는 전혀 성욕이 일지 않았다. 섹스는 노동이었고 피스톤 운동은 점점 그 시간이 짧아졌다. 해연도 그 점을 모르지 않았다. 그녀는 수치스럽고 죄책감이 들었지만 잠들지 못하는 고통보다 그편이 나았다. 해연은 자신의 집 거실에서조차 발뒤꿈치를 들고 걷는 성격이었다. 그런 그녀에게 비행기 사고는 지나치게 크고, 비현실적이며, 끔찍한 사건이었다.

5개월 전, 미아가 탄 비행기가 베네수엘라 산악 지대를 날던 중 실종되었다. 양날개형 프로펠러를 장착한 산타바바라 항공 06-Q30기는 이륙한 지 19분 만에 관제탑과의 통신이 끊겼다. 조종사의 마지막 말은 "빛이 총알처럼 쏟아져"였고 항공사는 총알처럼 쏟아진 빛이란 번개 다발일 거라 짐작했다. 그러나 그날 안데스 상공의 하늘은 맑았고 약간의 구름만 있었을 뿐 바람도 잠잠했다. 탑승객은 카리브해로 가던 유럽인과 미국인 그리고 몇 명의 아시아인을 포함해 56명이었다. 그들의 이름은 고스란히 실종자 명단으로 옮겨졌으며 그 명단의 끝에 해연의 친구인 미아의 이름이 있었다. 그날 저녁 한국의 뉴스에 사고 소식이 방송되었고 미아는 프랑스에 머물던 한국인으로 소개되었다.

사고 소식을 들은 해연은 남미와 프랑스행 항공권을 두고 고민하다 프랑스행 표를 끊어 출국했다. 파리 남서쪽 센강 부근 아파트에 미아의 짐들이 남아 있었다. 강투는 공항까지 해연을 배웅했고 그녀가 파리에 도착한 후에는 수시로 통화하며 아내가 베네수엘라에 가지 않도록 설득했다.

보도에 따르면 승객 중 일부가 살아 있을 수 있다는 항공전문가의 의견이 있었다. 그러나 그 의견은 소수였고 비행기 추락 지점으로 예상된 곳은 만년설이 쌓인 안데스의 협곡이었다. 구조대는 공중과 지상으로 나눠 비행기 잔해나 실종자를 수색했지만 험난한 지형 탓에 성과가 없었다. 며칠 뒤 해연은 서울로 돌아왔다. 그녀는 가슴까지 오는 커다란 여행 가방 두 개를 집에 가져다 놓은 뒤 몸을 씻고 잠자리에 들었다. 밤이 되어 강투가 돌아왔을 때도 해연은 잠들어 있었다. 깨어난 그녀는 미아의 가족에게 전화를 걸어 장례 절차를 고민하는 그들에게 장례를 치르지 않는 게 좋겠다고 말했다. 보름 뒤, 호주 산악팀 소속의 한 백인 청년이 취사를 위해 냄비에 넣고 끓인 눈 속에서 은색 펜던트를 발견했다. 그것은 사고기에 탑승한 서른한 살 프랑스 남자의 것으로 '파비앵'이란 한국어는 홍대 주얼리숍에서 미아가 새겨준 것이었다.

해연의 불면증은 비행기의 블랙박스가 발견된 후부터 시작됐다. 블랙박스 분석에 따르면 비행기의 엔진이나 기체에는 이상이 없었으며 사고기 조종사 또한 오랜 시간 조종대를 잡아온 베테랑이었다. 그러나 그는 15분의 연료비를 아끼기 위해 기존 항로를 이탈했고 그날 안개 낀 협곡을 지나다 산맥과 충돌했다. 조종사 가족은 그의 무리한 비행이 항공사의 지시라 주장했지만 항공사 관계자들은 이를 완강히 부인했다.

해연은 더는 사고기 소식을 기다리지 않았다. 다시 가게에 나가 돈가스를 튀겼고 우동을 삶았다. 그때까지 강투는 그녀가 실종이란 단어를 어떻게 받아들이는지 몰랐다. 해연은 미아의 죽음을 투명한 비닐에 담아 냉동실 어디쯤 넣어둔 것 같왔다. 죽지도, 그렇다고 살아 있지도 않은 미아라는 존재는 시간이 갈수록 꽁꽁 얼어붙었다. 불확실함과 모호함이 냉동실 밖으로 냉기를 뿜어댔고 급기야 그 냉기는 부부의 침실로 침입해 두 사람의 잠을 얼어붙게 만들었다.

*

강투는 조리대 앞에 서서 가게를 둘러보았다. 열 평 남짓한 가게에 해야 할 일이 쌓여 있었다. 그는 숨을 크게 들이마신 후 양손을 비볐다. 채워야 할 반찬 통, 얼마 남지 않은 육수, 팔다 남은 고기를 차례로 살폈다. 집게로 살코기들을 뒤적이며 팔 수 있는 것과 없는 것을 구분했다. 스테인리스 통에 고인 핏물을 개수대에 쏟아내다 그는 고개를 젖혀 천장을 보았다. 코피가 날 것처럼 뒷목이 뻐근했다.

"안녕하세요."

재준이 가게 문을 열고 들어섰다. 강투는 고개를 돌려 재준의 바이크 재킷과 물이 뚝뚝 떨어지는 검은색 부츠를 눈으로 훑었다. 큰 키에 머리를 염색한 재준은 언제나 바이크를 타고 가게에 왔다. 남산 길을 따라 바이크를 타고 내려오며 아슬아슬한 코너링을 즐기는 게 좋다고 했다. 그는 강투를 사장님이 아닌 형이라 불렀고 강투는 언제나 슈트와 보호대를 갖춰 입는 재준이 마음에 들었다.

가게는 일본식 돈가스 전문점이었다. 메뉴는 돈가스를 재료로 하는 나베와 덮밥이 주였고 날이 더워지면 메밀국수가 추가되었다. 바처럼 생긴 높은 식탁이 출입구부터 맞은편 벽까지 하나로 연결돼 있어 전체적으로 작은 선술집 같은 느낌을 주었다. 식탁을 중심으로 안쪽에 조리대와 화구가 있었고 식탁 바로 아래에 윗부분이 개방된 냉장실이 있어 수시로 꺼내는 요리 재료를 그곳에 담아놓았다. 오른쪽 끝에는 개수대와 그릇 수납장, 왼쪽 끝에는 튀김 기계와 계산대가 있었다. 강투는 계산대 아래 스윙도어를 통해 안팎을 오갔고 재준이 개수대 앞에서 설거지를 할 때면 서로의 엉덩이나 팔꿈치가 부딪치곤 했다.

눈에 띄는 게 있다면 가게 벽에 걸어놓은 액자들이었다. 노출 콘크리트로 시공된 벽면에는 바스키아의 사진과 에곤 실레의 모작이 걸려 있었다. 둘 다 해연의 친구인 미아의 취향이었다. 강투는 그 자리에 실물 크기의 일본도 모형을 걸어놓고 싶었지만 두 여자의 반대로 좌절되었다. 정수기 위에 디지털 라디오를 둔 것 빼고는 그릇 종류부터 이쑤시개 통 위치까지 모두 미아가 결정했다. 해연은 디자인을 전공한 미아의 안목을 믿었고 강투는 해연이 하자는 대로 따랐다.

가게 문을 연 것은 지난해 봄이었다. 해연과 강투는 가게

구석구석을 윤이 나도록 닦아놓은 후 첫 손님을 기다리며 창가를 바라보았다. 흩뿌리듯 약하게 봄비가 내리고 있었는데 비를 좋아하는 해연은 그것이 좋은 징조라 했다. 해가 질 무렵 미아가 노란 튤립을 들고 가게로 왔고 세 사람은 창밖으로 보이는 타워의 불빛을 보며 축하주를 마셨다.

강투와 해연이 미아를 마지막으로 본 것은 그녀가 물고기 파비앵을 그들에게 부탁했을 때였다.

"파비앵, 두고 가서 미안. 잘 지내야 해."

미아는 톡톡, 손톱으로 어항을 두들기며 말했다. 강투는 미안하단 말은 물고기가 아닌 사람에게 해야 한다고 생각했다. 그러나 옆에 앉은 해연은 생각이 다른 듯했다. 해연은 미아가 물고기를 데리고 비행기를 탈 수 없는 것을 진심으로 안타까워했다.

"언제 와요?"

어항에서 시선을 떼지 않은 채 강투가 물었다.

"내년 봄에, 비자 갱신하러 와요."

미아가 강투에게 말했다.

"그때까지 살아 있으려나 모르겠네."

강투가 말하자 해연이 눈치를 주듯 그를 보았다. 강투는 다시 둥근 어항으로 시선을 피했다. 어항은 헬멧보다 약간 큰 크기였고 어항 바닥에는 검은 자갈이 깔려 있었다. 여과기와 산호가 있는 투명한 물속에서 대여섯 마리의 물고기가 천천히 헤엄치고 있었다.

"디자인 공부 계속해, 꼭."

해연이 미아에게 말했다.

"응, 파비앵도 그러래."

미아가 말했고 해연이 고개를 끄덕였다. 파비앵, 그것은 미아의 새 남자친구 이름이자 어항 속 물고기들의 이름이었다. 파비앵 전에 키우던 물고기는 벤, 그때 미아는 벤자민이란 이름의 캐나다 남자와 사귀는 중이었다.

미아는 애인이 바뀔 때마다 물고기를 새로 샀다. 100여 종의 열대어 중에서 그녀는 애인과 비슷한 느낌의 물고기를 사서 남자친구의 이름을 붙여주었다. 물고기 벤은 짙은 빨간색 몸의 레드 베타라는 종이었다. 미아는 벤의 지느러미 색이 남자친구 벤자민의 붉은 속눈썹과 닮았다고 했다.

벤과 헤어진 다음에는 파비앵이었다. 미아는 상하이에서 만난 프랑스인 파비앵과 사귀면서 물고기를 새로 샀고 대여섯 마리의 치어를 통칭해 파비앵이라 불렀다. 다 자라 성어가 되어도 손가락 두 마디 정도의 크기일 거라고 미아는 말했다. 몸속이 비치는 투명한 비늘 안에 옅은 녹색 선이 길게 뻗어 있어 물고기에 관심이 없던 강투도 파비앵은 신기하게 보았다.

모 패션 브랜드의 아시아 마케팅을 담당하는 미아는 해외 출장이 잦았다. 미아가 집을 비우면 물고기는 해연의 담당이었고 해연은 주인 없는 미아의 집에 들러 물고기에게 먹이를 주었다. 해연은 물고기를 돌보는 것을 좋아했다. 물고기에게 먹이를 주고 때론 어항 물을 갈기도 하며 미아에게 물고기 소식을 전해주었다. 그러나 가루로 된 사료를 먹는 벤과 달리 말린 장구벌레를 먹는 파비앵은 강투의 몫이 되었다. 벌레를 질색하는 해연은 강투에게 먹이 주는 것을 부탁했고 강투는 해연과 함께 미아의 집에 들어가 물속에 말린 벌레를 띄워놓았다. 그는 물고기와 애인의 공통점을 찾아 연결하는 미아의 방식이 마음에 들지 않았다. 그런데도 해연의 부탁에 못 이겨 미아의 빈집을 찾았고 그럴 때면 꼬리지느러미를 통통 튕기며 헤엄치는 파비앵을 골똘히 바라보았다. 물고기는 다른 동물보단 덜 번거로우면서도 식물보단 더 친근한 느낌을 주었다. 그가 어항 유리를 손가락으로 튕길 때 그의 손 주위로 모여드는 파비앵을 볼 때면 물고기가 자신을 알아보는 것 같아 조금의 책임감을 느꼈다.

강투는 화려한 열대어보다 어항 안에서 흔들리는 수초 같은 사람이었다. 그것은 해연도 마찬가지였고 그는 아내와 자신이 서로에게 어울리는 사람이며 연애 시절에 그러했듯 결혼 생활도 잘 해나갈 거라 믿었다.

그가 이해할 수 없는 해연의 영역은 미아뿐이었다. 가끔 해연을 따라 미아를 만날 때면 그는 미아가 자신의 세계와는 다른 종류의 사람 같아 그녀를 편하게 대할 수 없었다. 미아는 말투와 행동에서 자신감이 넘쳤고 유머를 즐겼으며 그러면서도 어딘가 어두운 분위기를 풍겼다. 햇볕에 탄 피부와 돋보이는 몸매는 어디를 가나 시선을 모았고 허리를 꼿꼿이 펴고 걷는 자세 때문에 모델이나 배우처럼 보였다. 그녀는 감정 표현에도 거리낌이 없어 기분이 좋을 땐 입술을 크게 찢으며 웃었고 오랜만에 해연을 만나면 두 팔을 벌려 끌어안았다. 아담한 해연을 미아가 뒤에서 안으면 미아의 넓은 어깨에 가려져 마치 해연의 몸이 미아에게 스며든 것 같았다.

"대체 미아랑 어떻게 친해진 거야?"

하루는 강투가 해연에게 물었다.

"같은 중학교를 나온 친구가 미아밖에 없었어."

해연은 고등학교에 입학하며 미아와 친해졌다고 말했다. 하지만 그 이유는 어딘가 부족해 보였다. 강투는 해연의 고등학교 졸업 앨범을 보며 해연의 이야기를 들었지만 사진 속 두 사람이 단짝으로 지내는 모습이 잘 떠오르지 않았다. 사진 속 미아는 짧은 머리에 이목구비가 또렷한 미인이었다. 반면에 해연은 이마를 머리로 가린 채 웃는 듯 마는 듯 옅은 미소를 띠고 있었고 어딘가 심심해 보이는 타입이었다. 해연의 말에 따르면 둘은 3년 내내 거의 같이 등교했고 함께 점심을 먹었다. 해연은 아침잠이 많은 미아를 깨우기 위해 매일 아침 그녀의 집 앞에 서서 "경희야, 경희야" 하고 불렀는데 덕분에 미아의 할머니는 해연을 큰소리 한번 낼 줄 모르는 순한 아이로 기억한다고 했다.

"그런데 왜 미아라고 불러?"

강투가 물었다. 그렇게 물은 후, 그는 어떤 장면이 머리에 스쳤다. 그것은 해연이 고등학교 시절에 그렸다는 일러스트였다. 짧은 이야기와 함께 그려진 그림 속에서 흰 지느러미를 가진 물고기의 이름이 '미아'였다. 미아는 남들과 다른 지느러미 모양 때문에 따돌림을 당했고 자신과 닮은 동족을 찾아 먼바다로 떠나지만 결국 어느 바닷속 빙하에 갇혀 영원한 잠을 잔다는 것이 이야기의 결말이었다.

강투가 보기에 미아는 해연의 세계에 어울리지 않는 돌연변이였다. 강투는 처음 미아를 소개받던 날의 당혹감이 아직도 생생했다. 미아는 검은 민소매에 해골이 프린트된 스카프를 두르고 있었다. 미아와 함께 온 남자는 붉은 기가 도는 금발에 몸에 달라붙는 라이딩복 차림이었고 둘은 자전거를 타고 약속 장소에 왔다며 숨을 몰아쉬었다.

"벤, 내가 해연이 얘기했지? 이쪽은 해연이 남자친구."

미아가 금발의 남자에게 영어로 말했다. 그러자 벤이 해연과 강투에게 인사를 건넸고 해연도 영어로 인사를 받았다. 짧은 인사 후 테이블에 앉은 강투는 그 뒤 거의 말을 하지 않았다. 그는 캐나다에서 왔다는 벤이 자기에게 말을 걸까 봐 식사 시간 내내 벤과 눈을 마주치지 않았다. 그가 알아듣기에 벤의 영어는 너무 빨랐고 해연에게 그것을 내색하기엔 둘의 사귄 기간이 길지 않았다. 강투는 어서 그 자리가 끝나기만을 바랐다. 그는 음식으로 나온 바비큐 립을 먹는 데 집중하려 했지만 그조차 녹록지 않았는데 채식주의자인 미아와 벤이 나이프로 고기를 자르는 자신을 미개하게 볼까 봐 신경 쓰였다. 강투는 자주 물을 마셨다. 화장실에 다녀온다며 자리를 비우기도 했다. 그가 다시 돌아왔을 때 세 사람은 여전히 여행 이야기를 하는 중이었다. 얼마 전 벤과 미아가 다녀온 태국 여행 이야기가 대화의 중심 화제였다.

"거기서 새겼어. 어때?"

미아가 말했다. 그녀는 목에 두른 스카프를 걷어 자신의 쇄골을 드러냈다. 쇄골을 따라 'Benjamin'이란 글자가 진한 초콜릿색으로 새겨져 있었다. 강투는 당황했지만 당황한 기색을 보이지 않으려 시선을 떨어뜨렸다. 미아의 문신은 넘치지도 모자라지도 않는 사이즈로 그녀의 쇄골을 덮고 있었다.

"벤도 했어. 내 이름."

미아가 말했다.

"어디?"

"여기, 왼쪽 가슴에."

해연의 질문에 미아가 벤의 가슴에 손을 올렸다.

"멋지다. 미아라고 새긴 거야?"

"아니, 유경희로. 근데 한글 말고 한자."

미아는 휴대전화에 담긴 벤의 사진을 보여주었다. 수영복 차림의 벤은 빨갛게 부어오른 자신의 가슴에 대고 엄지를 세운 채 웃고 있었다. 글자 하나하나가 아이 손바닥만 한 크기여서 '柳慶喜'란 세 글자가 왼쪽 가슴을 뒤덮고 있었다. 문신도 문신이지만 벤의 근육질 가슴이 돋보이는 사진이었다.

"영화 같다, 그치?"

해연이 말했다. 그녀는 옆에 앉은 강투를 보며 웃었다. 강투 역시 해연을 보며 웃었지만 그는 해연이 평범한 자신을 초라하게 볼 것 같아 마음이 불편했다.

*

"맛이 좀 달라졌네요."

바에 앉아 식사하던 손님이 젓가락을 내려놓으며 말했다. 재료를 손질하던 강투는 여자를 돌아본 뒤 다시 고개를 돌렸다. 재준이 손님에게 다가가 무엇이 달라졌느냐고 물었다.

"돈가스가 좀 덜 바삭해요. 메밀 면도 작년하고 다르고. 이렇게 뚝뚝 끊어지지 않았거든요."

여자가 재준에게 말했다. 등을 돌린 채 듣고 있던 강투가 마른 수건으로 손을 닦았다.

"그건 메밀 함량이 많아서 그래요. 밀가루가 많이 들어가면 면이 차지긴 한데 맛이 덜하죠. 메밀이 많이 들어가야 고소하잖아요."

강투의 딱딱한 말투에 여자는 고개를 비스듬히 꺾은 채 육수에 담긴 메밀 면을 젓가락으로 뒤적였다. 강투는 뭐라 더 말하려다 말고 입술을 감쳐물었다. 작년부터 메밀은 같은 것을 썼다. 돈가스도 늘 강투가 튀겼다. 그런데도 어떤 손님은 맛이 달라졌다느니 분위기가 변했다느니 불만을 말했다. 그가 소스의 레시피를 바꾼 것은 사실이었다. 어쩌다 한 번 오는 뜨내기보다 주변의 회사원들을 잡아야 했고 그러려면 소스의 칼칼한 맛을 더 강하게 내야 했다. 손님들이 마주 보고 식사할 수 있게 그는 가게에 테이블을 갖다 놓았고 바 의자는 절반으로 줄였다. 세련된 가게 분위기는 줄어들었지만 대신 편안한 동네 식당 느낌을 주었다. 저녁쯤이면 가게 문을 닫던

144

것도 바꾸어 늦은 밤까지 술을 마시는 사람들을 손님으로 받았다. 임대료와 인건비를 남기려면 최대한 가게 문을 오래 열고 장사해야 했다. 그는 해연의 빈자리가 티 나지 않게 가까스로 버티고 있었다. 하지만 그는 전과 비교해 까다로운 손님을 참아내는 시간이 짧아졌고 그런 자신의 모습에 마음이 쓰였다.

그는 아내가 필요했다. 그러나 아내가 필요하다고 말하는 것에 자괴감이 들었다. 마치 100미터 달리기를 전속력으로 끝낸 후 숨을 헐떡이지 말아야 한다는 규칙에 매여 있는 것 같았다. 해연의 불면증은 갈수록 심해졌고 그는 아내 옆에서 잠을 자고 꿈을 꾸는 것에 죄책감을 느꼈다.

어느 새벽, 해연이 잠든 그를 흔들어 깨웠다. 그가 숨을 내쉴 때마다 불길한 냄새가 난다며 그에게 이를 닦고 올 수 없느냐고 부탁했다. 해연의 얼굴은 진지했다. 강투는 불길함이란 단어가 돌처럼 가슴에 박히는 듯했지만 말없이 일어나 욕실로 갔다. 그는 정말 자신에게서 이상한 냄새가 날지 모른다고 생각했다. 종일 튀김 기계 앞에 서 있으면 머리카락과 살에 기름 냄새가 배기 때문이었다. 그가 칫솔에 치약을 묻혀 닦고 있을 때 해연이 다가와 그의 등에 얼굴을 기대었다.

"미안해."

해연이 말했다. 그는 대답 대신 하얗게 거품을 내며 이를 닦았다.

 "이제 나 싫지, 나랑 헤어지고 싶지?"

 해연이 물었고 강투는 거품을 세면대에 뱉었다. 그는 해연이야말로 이제는 그가 싫어져 헤어지고 싶어 한다 생각했다. 강투는 몸을 돌려 해연의 얼굴을 보았다. 해연의 얼굴에서 예전처럼 그를 향한 애정을 확인하고 싶었다. 그러나 며칠째 잠을 이루지 못한 그녀의 얼굴에는 아무 감정도 담겨 있지 않았다.

 미아가 실종되기 전 침실은 두 사람의 아지트였다. 방 하나와 거실 겸 부엌이 있는 작은 집이었지만 강투는 침대만큼은 세상 어느 곳도 부럽지 않을 만큼 아늑하다고 믿었다. 해연은 강투의 목소리를 좋아했고 그 목소리로 들려주는 두 사람의 이야기를 좋아했다. 6년 동안의 연애 시절 이야기는 가게 매출이나 월세 같은 현실의 고민거리를 밀어내주었다.

 처음 두 사람이 만났던 날, 신입생 환영회 때 작고 떨리는 목소리로 "안녕하세요, 선해연입니다"라고 말하던 그녀의 모습. 그날 그녀의 모습이 어땠는지, 그가 왜 그녀에게 반했는지, 강투는 낮은 목소리로 회상했다. 해연이 처음 습작 그림을 보여줬던 날, 그는 그림을 본 감상을 노트에 꼼꼼히 적어 그녀에게 주었고 해연이 그 모습에 감동하자 그는 자신과 꼭 맞는 여자를 만났다고 확신했다. 첫 키스를 하고 난 후 설레고 부끄러운 표정을 감추려 그가 가로등 빛을 등지고 있었던 이야기를 할 때면 해연은 깊은숨을 쉬며 어느새 잠이 들었다.

그러나 미아의 실종 이후 침대의 풍경은 달라졌다. 전처럼 강투가 지난 추억을 들려주며 해연의 마음을 안정시키려 했지만 번번이 실패했다. 그는 빵 조각을 떼어내듯 두 사람의 이야기를 풀어놓으면 해연이 숲속 새처럼 빵을 쪼아먹으며 잠으로 갈 수 있다고 생각했다. 그러나 마지막 순간, 새는 그가 놓은 빵 조각을 의심했고 다시 각성 상태가 되어 날아갔다. 해연은 그의 이야기 대신 빠르고 확실한 다른 방법을 택했다. 해연이 먹는 수면제 양은 점점 늘어갔고 약의 도움을 받는 날이면 그녀는 몽롱한 얼굴로 온종일 침대에 누워 있었다.

강투는 혼란스러웠다. 잠을 자지 못한 해연은 먹은 것도 없이 구역질을 했고 심한 날은 환청을 듣기도 했다. 해연은 무언가를 빼앗긴 사람처럼 겁을 냈다. 그는 그것이 무엇인지 알 수 없었다. 오랜 친구인 미아인지, 아니면 삶의 의지인지. 빼앗긴 게 삶의 의지라면 어떻게 해야 그것을 되찾을 수 있을지.

"마닐라에서 뭘 했을 것 같아? 거긴 섹스 관광 가는 곳이라고."

벤과 사귀던 미아가 어느 새벽 해연에게 전화를 걸었을 때 강투는 처음으로 해연을 미아에게서 떼어놓고 싶었다. 미아는 벤이 자신과 싸우고 필리핀으로 여행을 가자 밤마다 해연에게 전화해 잠을 깨웠다. 강투는 적어도 침대에서만큼은 해연이 자신에게 집중하길 바랐다. 섹스 문제가 아니었다. 그는 아내가 등을 돌린 채 휴대전화만 보고 있거나 조심스럽게 침대를 빠져나가 거실에서 미아의 전화를 받는 것이 못마땅했다. 미아는 밤이건 새벽이건 전화를 걸었고 해연은 전화를 받아 그녀를 위로했다. 강투는 해연의 그런 태도가 오히려 미아 커플의 싸움을 부추긴다고 생각했다. 그는 벨이 울리는 해연의 휴대전화를 가로챘다. 전화를 받지 말든가 아니면 거실로 나가 따로 자든가 둘 중 하나를 택하라고 말했다. 자신이 생각해도 유치하고 치졸한 행동이었다. 그는 해연이 후자를 택할까 봐 조마조마했다. 해연은 전화를 받지 않았다. 단 하루, 해연이 전화를 받지 않은 건 단 하루였다. 강투는 해연의 휴대전화를 꺼놓았고 그 하룻밤 동안 미아는 자살을 시도했다.

*

"비가 좀 그쳤네요."

재준이 창밖을 내다보며 말했다. 재준은 엉거주춤하게 서서 고무장갑을 벗으려 애쓰고 있었다. 설거지를 끝낸 재준을 향해 강투는 손가락으로 브이를 만들어 입술에 댔다. 담배를 피우고 싶으면 나가서 피우고 오라는 뜻이었다. 그는 담배를 피우고 온 재준이 풍기는 냄새가 싫지 않았다. 비가 오는 날이면 담배의 스모크 향이 더 짙게 느껴졌다. 강투는 결혼 후 담배를 끊었지만 가끔 해연과 미아를 만날 때면 미아의 담배를 빌려 피우곤 했다. 그가 마지막으로 담배를 피웠던 날은 미아가 쿠바 여행에서 시가를 사 왔을 때였다. 입술이 닿는 시가 끝부분에 꿀이 발라져 있어 연기를 들이마시면 달콤함이 입안에 맴돌았다. 강투와 미아는 복어처럼 볼을 부풀려 경쟁하듯 연기를 내뿜었다. 해연은 재밌다는 듯 두 사람을 바라보았다. 그때 미아가 해연을 향해 후우 하고 연기를 내뿜었고 그 순간 강투는 놀라 연기를 삼켰다. 미아는 거의 입술이 닿을 듯 해연의 얼굴 가까이 다가갔다. 해연은 기침을 했고 강투도 콜록거렸다. 미아는 미안하다며 둘에게 사과했지만 얼굴은 여전히 웃고 있었다.

강투는 해연과 미아 사이에 우정 이상의 감정이 있을지 모른다는 상상은 하지 않았다. 설령 그렇다 해도 그것은 친구 사이에 있을 수 있는 깊은 친밀감일 뿐 그는 자신이 그런 감정을 존중하지 못하는 남자는 아니라고 생각했다. 그것은 그가 언젠가 버스 안에서 느꼈던 여자들에 대한 신비로운 감정과 연결돼 있었다.

초여름, 비가 오던 어느 날이었다. 대학생이던 강투는 버스를 타고 학교에 가는 길이었다. 오후가 되자 맑은 하늘에서 비가 쏟아지더니 곧 다시 해가 비쳤다. 갑자기 내린 비에 사람들은 우산 없이 비를 맞았고 버스 안은 사람들이 떨어뜨린 빗물로 바닥이 젖어 있었다. 강투는 버스의 맨 뒷자리에 앉아 헤드폰으로 음악을 들었다. 조촘조촘 걷는 노인처럼 버스는 짧은 브레이크를 밟으며 나아갔고 고궁이 근접한 사거리에 다다르자 완전히 멈춰 섰다. 창밖으로 전경들을 태운 버스가 보였다. 도로 가장자리마다 경찰 버스가 세워져 있었다. 뱀의 똬리 안에 갇힌 것처럼 차들은 도로 위에서 옴짝달싹하지 못했다. 잠시 후 남자 승객 한 명이 기사에게 다가갔고 버저 소리가 나며 앞문이 열렸다. 그 순간 강투는 이상한 광경을 보았다. 그 모습을 어떻게 표현하면 좋을까. 그는 마치 늘 마시던 물이 육각형의 분자들로 이뤄져 있다는 것을 깨달은 것처럼 미세하고 놀라운 세계의 질료 한 부분을 마주한 것 같았다. 속삭임, 빗소리, 약간 눅눅한 공기 그리고 여자들.

맨 뒷자리에서 본 버스 승객은 그를 제외하고 모두 여자였다. 교복을 입은 학생부터 비슷한 펌을 한 중년 부인들, 크로스백을 멘 정장 차림의 오피스우먼까지. 운전석에 앉아 있는 기사도 여자였다. 그들은 저마다 어떤 이야기를 하고 있었는데 십대 소녀들은 자기들의 은어로, 중년 부인들은 창가를 가리키며, 정장을 입은 여자는 휴대전화 너머의 사람에게, 기사는 유리창 너머로 다른 버스 기사와 얘기 중이었다. 어떤 말을 하는지는 자세히 들리지 않았다. 여자들은 서로의 무릎이나 뺨에 자연스럽게 손을 대며 얘기했다. 다시 가랑비가 내리기 시작했고 그는 창을 두들기는 빗소리와 함께 공간을 떠도는 여자들의 속삭임에 파묻혔다. 그들이 내뿜는 알 수 없는 분위기에 그는 완전히 넋을 놓았다. 여성과 여성은, 그들이 나누는 무언가는 그에게 신비로운 마음을 불러일으켰다. 그는 그 기억을 소중히 간직했고 해연과 미아 사이에서 비슷한 느낌을 받은 적도 있었다. 그랬던 그가 언제부터 해연과 미아 사이의 감정을 의심했는지 그리고 왜 그것을 불쾌하게 여기는지 그는 설명할 수 없었다.

미아의 자살 시도 이후, 강투는 그녀를 집으로 초대했다. 그는 해연이 계획한 화해의 드라마에 충실히 임했다. 미아는 와인과 케이크를 들고 부부의 집에 왔다. 핼쑥한 얼굴의 미아는 삭발에 가까운 헤어스타일을 하고 있었다.

미아는 자신의 이야기를 담담히 털어놓았다. 해연이 전화기를 꺼놓은 날, 미아는 집 안에 있는 알약을 술과 함께 모두 삼켰다. 그녀는 욕실 거울을 보며 가위로 머리카락을 잘랐고 그 뒤 정신을 잃고 쓰러졌다. 욕실 타일에 부딪쳐 턱에 금이 갔고 오른쪽 어금니가 부서져 앞으로 평생 어금니로 얼음을 씹어 먹을 수 없을 거라 했다. 이야기를 듣는 도중 해연은 미아의 구겨진 옷깃을 가지런하게 펴주었다. 강투는 미아가 하는 말에 귀 기울이려 노력했다. 필리핀에서 돌아온 벤과 결혼하기로 했다는 그녀의 이야기에도 놀라지 않으려 애썼다. 사온 와인을 비우고 맥주를 마신 후 미아는 식탁 의자 아래로 무너졌다. 강투는 미아의 한쪽 팔을 목에 걸고 그녀를 부축해 부부의 침대로 옮겼다.

"미아가 희생한 거야. 결혼을 안 하면 벤이 캐나다로 돌아가야 하니까."

해연이 말했다. 해연은 미아의 머리에 베개를 받쳐주었다. 희생은 지금 우리가 하고 있지. 강투는 그렇게 말하고 싶었으나 입을 다물었다. 해연은 미아의 옆에 앉아 잠든 그녀를 보았고 강투는 그런 해연을 침대 끝에 앉아 바라보았다.

한 달 뒤, 도심의 어느 절에서 미아와 벤은 야외 결혼식을 올렸다. 신부와 신랑은 하얀 리무진을 타고 등장했고 레드카펫이 깔린 길을 걸었다. 두 사람을 따라 가족과 하객들이 예식이 준비된 불상 앞으로 걸어갔다. 영화에나 나올 법한 화려하고 특별한 결혼식이었다. 식은 영어와 한국어, 두 개의 언어로 진행되었다. 둘 다 불교 신자가 아니었지만 5층 건물 높이의 커다란 불상은 금발의 남자와 검은 머리의 여자가 치르는 결혼식에 멋진 배경이 되어주었다.

그날 밤, 강투는 해연과 나란히 누웠다. 그는 좀 후련한 기분이었다. 부부는 다시 둘만의 침대로 돌아왔고 영화가 끝난 현실의 세계에서 강투는 해연이 예전 모습으로 돌아오리라 기대했다. 서로의 몸에 번갈아 다리를 올린 채 얘기하던 부부의 습관과 강투에게만 보여주던 해연의 그림들까지. 얼마의 시간이 흐르면 그녀는 다시 강투에게 안겨 자기가 잠들 때까지 이야기를 들려달라고 말할 거라 믿었다.

*

"형, 근데 물고기 어디 갔어요?"

퇴근 준비를 하던 재준이 창가에 놓인 어항을 보며 말했다.

"몰라, 없어졌어."

강투는 별일 아니라는 듯 대답했다.

"없어졌다고요?"

"응."

강투는 그렇게 말하며 진공 포장된 비닐을 뜯어 돼지고기를 도마 위에 꺼냈다.

"어항은 그대론데, 물고기만 없어졌다고요?"

"그래. 주말에 오니까 없더라. 감쪽같이 사라졌어."

강투가 말하자 재준은 무슨 말인가 하려다 멈추었다. 강투

는 고기용 칼을 꺼내 숫돌에 날을 갈았다. 그런 다음 고기를
한 덩어리씩 잘라 저울에 올려 무게를 쟀다.

"왜 안 가. 3시 넘었다. 얼른 가."

강투가 말했다. 재준은 구부정하게 서서 어항을 살피더니
빈 어항을 마른 수건으로 닦은 후 다시 창가에 두었다. 가게
를 나서며 재준이 강투에게 말했다.

"형, 바이크 타고 한 바퀴 도실래요?"

강투는 고개를 저었다. 재준이 떠나자 그는 가게 문을 잠그
고 유리창 블라인드를 내렸다. 3시 반부터 5시까지 가게의 브
레이크 타임이었다. 강투는 아무 방해도 받지 않고 마음껏 망
치를 휘두를 생각이었다. 그는 도마에 고깃덩어리를 올려놓
은 후 망치로 내리쳤다. 손목에 힘을 주고 일정한 박자에 맞
춰 고깃덩어리를 내리쳤다. 칼날이 박힌 망치가 고기에 찍힐
때마다 고기의 두께가 반으로 줄어들었다. 나무 도마가 진동
했고 출입구 쪽 유리창이 흔들렸다. 그는 고깃덩어리 스무 개
를 쉬지 않고 해치웠다. 다진 고기에 후추를 뿌리고 밑간을
끝낸 후 빈 물컵에 사케를 가득 따랐다.

지금쯤 해연은 집에 갔을까. 강투는 테이블 위에 올려놓은
휴대전화를 보며 잔을 비웠다. 다시 잔을 채운 후 블라인드가
쳐진 창으로 고개를 돌렸다. 올해도 길을 따라 늘어선 이팝나
무 아래 흰 꽃이 수북했다. 작년 이맘때쯤, 해연과 둘이 가게에

있으면 가게 안까지 흰 꽃잎이 날아오곤 했다. 그는 휴대전화 버튼을 눌러 시간을 확인했다. 해연이 잠을 자는 데 성공했다면 지금쯤 일어날 시간이었다. 해연은 이른 아침 집을 나가 미아의 아파트로 갔고 그녀의 침대에 누워 하루를 보냈다. 그곳에 있으면 잠을 자는 것처럼 마음이 놓인다고 했다. 해연이 나아진다면 그것이 누구의 침대이든 무슨 상관인가. 강투는 그렇게 자신을 설득했지만 아내가 그 집에 있는 게 싫었다. 온전히 싫은 감정만 차올라 해연에 대한 걱정을 밀어냈다.

미아와 벤의 싸움이 잦아질수록 강투와 해연의 대화도 줄어들었다. 그로서는 이해할 수 없는 반비례 법칙이었다. 결국 미아는 이혼했고 해연이 그 소식을 그에게 전했을 때 그는 후련하지도, 그렇다고 화가 나지도 않았다. 그는 새벽에 울리는 아내의 전화벨 소리에 무덤덤해지려 했다. 해연은 그에게 피해를 주기 싫다며 하나뿐인 방 대신 거실에서 밤을 새웠다. 어쩌다 해연이 침대에 머물러도 그녀는 자주 뒤척였고 강투는 침대 스프링이 삐걱거리는 소리가 귀에 거슬렸다. 그는 결혼 후 처음으로 혼자 잠들고 싶다는 생각을 했다. 가끔은 미아가 먼 곳으로 떠나버리거나 흔적도 없이 사라지기를 바라기도 했다. 하지만 그것은 실현 가능성 없는 저주였을 뿐 강투는 자신이 미아에게 어떤 영향을 끼칠 수 있다고 생각하지 않았다. 벤과 헤어진 미아는 파비앵이란 남자를 만났고 새로운 물고기를 해연과 강투에게 소개했다. 강투는 전에 있던 물고기는 어떻게 했는지 궁금했지만 미아에게 묻지 않았다. 그저 해연의 부탁대로 빈집에 들어가 주인이 두고 간 물고기들에게 먹이를 주고 돌아올 뿐이었다.

강투는 블라인드를 걷고 가게 문을 열었다. 먹구름이 걷힌 하늘은 오히려 낮보다 푸르렀다. 간판 불을 켜고서 강투는 육수 통에 물을 부은 후 화구에 불을 붙였다. 그때 한 남자가 가게로 들어섰다.

안녕, 오랜만이야. 잘 지냈어?

그런 뉘앙스의 영어를 뱉으며 남자는 강투를 향해 웃어 보였다. 그는 술에 취한 듯 보였고 강투를 보며 벽에 걸린 메뉴판을 가리켰다. 강투는 잠시 고민했다. 미아와 헤어진 후 벤을 보는 건 처음이었다. 그는 벤에게 음식을 팔아도 되는지 알 수 없었다.

"그거 먹고 싶어? 매운 나베?"

강투가 묻자 벤이 고개를 끄덕였다.

"그거 엄청 매워. 핫 스파이시."

"오케이. 나 매운 거 잘 먹어."

벤이 말했다. 강투는 뚝배기를 꺼내 화구 위에 올렸다. 손질해놓은 고기에 빵가루를 묻혀 튀김기에 넣고서 그는 벤을 돌아보았다. 숨이 가쁜지 아니면 속이 불편한지 벤은 입을 약간 벌린 채 벽에 머리를 기대고 있었다. 전보다 살이 조금 빠진 듯했다. 모래를 뿌린 것처럼 돋은 그의 붉은 수염이 물고기 벤을 떠올리게 했다. 벤과 헤어진 후 미아는 물고기 벤을 어떻게 했을까.

강투는 그릇에 양파를 깔고 튀긴 돈가스를 올린 다음 그 위에 팽이버섯과 곤약을 올렸다. 매운 소스를 고기 위에 뿌린 다음 다시 벤을 돌아보았다.

"아주 맵게 해줘."

벤이 말했다. 강투는 고개를 끄덕였다. 그사이 벤은 한국말이 제법 늘었고 채식주의자의 식성은 바뀐 듯했다. 강투는 냉장고에서 청양고추를 꺼냈다. 고추를 보여주자 벤이 만족한 듯 웃었다. 강투는 그릇에 밥과 반찬을 담아 벤에게 가져다주었다. 어느새 그쳤던 비가 다시 내리고 있었다.

"해연은?"

벤이 물었다.

"집에, 아파서."

강투가 말했다.

"어디?"

벤이 물었고 강투는 해연의 불면증과 매스꺼움을 어떻게

설명해야 할지 몰라 그저 어깨를 으쓱했다.

"뜨거워, 조심."

강투가 집게로 뚝배기를 들고 밑에 나무판을 받쳐 테이블 위에 놓았다. 끓어오르는 김에서 매운 향이 났다.

"포크 줄까?"

"노."

"단무지는?"

"노."

"노?"

"노."

매울 텐데, 하고 강투는 속으로 말했다. 벤은 젓가락을 엇갈리게 잡고서 숙주를 들어올렸다. 후후 입으로 바람을 불며 나베를 먹는 벤을 보며 강투는 생각했다. 만약 미아가 살아 있다면.

만약 그녀가 살아 있다면, 그녀는 어떤 물고기를 키우고 있을까. 여전히 파비앵일까. 아니면 다른 물고기일까. 어쩌면 라울이나 핫산이란 이름의 물고기를 키우고 있을지도 모르지. 어쩌면 물고기에 싫증 나 새나 도마뱀을 키울지도 몰랐다. 그녀는 외국어를 배우듯 애인을 사귀었고 능숙하게 말할 수 있을 때쯤 이별했다. 그 시간 동안 강투는 가게에 있었고 해연은 누구에게도 보여주지 않는 그림을 그렸다.

"맥주 있어?"

벤이 물었다. 강투는 고개를 끄덕인 다음 허리를 숙여 냉장고 문을 열었다. 만약 미아가 죽지 않고 살아 있다면. 유경희, 그녀라는 존재가 아직 이 세계에 머물러 있다면. 강투는 허리를 펴고 통 하는 소리와 함께 조리대 위에 얼음주머니를 올려놓았다. 서리가 낀 겉면을 손으로 닦아내자 얼음 안쪽에 희미한 녹색 점들이 보였다. 점은 대여섯 개쯤 되었고 가운데 몰려 있었다. 물고기 파비앵은 조여오는 얼음의 세계에서 조그맣게 모여 있었다. 그 녹색 점들을 보자 그는 문득 미아가 사라진 후 자신이 한 번도 눈물을 흘리지 않았다는 것을 깨달았다. 그는 컵을 들고 레버를 당겨 맥주를 따랐다. 빗줄기가 조금씩 거세지고 있었다. 강투는 얼음이 다 녹기 전에 벤이 돌아가길 바랐다.

해연은 불을 켜지 않은 채 침대에 누워 있었다. 소리를 죽인 TV가 어둠 속에서 번쩍거렸다. 그녀는 집에 돌아가고 싶지 않았다. 강투가 자신을 떠나버릴까 봐 두려웠다. 매일 밤, 그녀는 강투를 기다리며 그가 집에 돌아오지 않을 거라 생각했다. 그가 떠나면 그녀는 마음껏 죽을 수 있었다. 죽고 싶은 마음과 자고 싶은 마음이 뒤엉켜 어느 줄을 당겨야 할지 몰랐다. 그녀의 신경은 죽은 후에도 손에서 놓지 못하는 무언가처

럼 불안을 움켜쥐고 있었다. 강투가 그녀의 움켜쥔 손가락을
하나씩 펼치며 잠으로 이끌었지만 그녀는 끝내 마지막 로프
를 끊지 못했다.

해연은 TV를 껐다. 몸을 일으켰지만 현기증이 나 이마를
짚었다. 그때 어떤 소리가 들려왔다. 누군가 잠금키 번호를
누르는 소리였다. 번호와 번호 사이의 소리는 몇 초의 간격을
두고 끊기다 이어졌고 이내 잠금이 해제되는 소리가 들렸다.

누구세요?

해연은 그렇게 묻고 싶었지만 아무 소리도 낼 수 없었다.
문이 열리며 무언가 떨어져 깨지는 소리가 났다. 아마도 신발
장 앞에 세워둔 술병일 거라 해연은 짐작했다. 전등 센서가
고장 나 문 앞은 캄캄했다. 잠시 정적이 흘렀다. 그러다 구두
로 유리를 밟는 소리가 들렸다. 소리는 천천히 이어졌고 그것
은 마치 어금니로 얼음을 깨무는 소리 같았다.

—있어요?

옆집 여자가 말한다.

—있어요? 이십대 말고 삼십대. 진희? 좀 통통하고 머리 긴
애? 아니 걔는 손님들이……. 연주는요? 몇 시간 남았는데?
알았어요. 우선 끝나는 대로 보내줘요.

옆집 여자가 전화한다.

—있어요? 없어요?

옆집 여자가 말한다. 여자의 직업은 무엇일까. 진희와 연주
는 누구일까. 나는 오늘도 옆집 여자의 목소리를 듣는다.

*

　내가 옆집 여자의 옆집으로 이사 온 것은 지난해 겨울이었
다. 지독한 추위로 수도관이 동파된 1월의 어느 날 나는 옥탑
방에서 내려와 지상의 방으로 갔다. 내가 살게 될 곳은 오르막
을 따라 지어진 흙색 단독주택이었다. 사각형도 아니고 그렇
다고 둥근 원형도 아닌 그 중간쯤의 뭉개진 도형 같은 집의 외
형이 나는 마음에 들지 않았다. 좁고 가파른 땅 위에 최대한
많은 사람이 살 수 있게 만들어놓은 시멘트 무더기 같은 집이
었다. 그 집의 가장 큰 장점은 보증금과 월세가 싸다는 것이었
다. 두 번째 장점은 이사 온 지 며칠이 지나지 않아 알게 되었
다. 바로 옆집이 조용하다는 것. 자신의 탈락이 윗집 여자의
마늘 빻는 소리 때문이라던 어느 탈락자의 울분 섞인 글에 공
감한 나는 옆집이 조용한 언덕 위 흙색 집에 자리 잡았다.
　나는 수험생이었다. 가슴에 크고 빛나는 리본을 달고 공공
의 이익을 위해 일하는 것이 나의 변치 않는 꿈이었다. 나는
해마다 시험을 치렀고 매번 탈락했다. 그런데도 내가 포기라
는 말을 입에 담지 않는 이유는 조직에 속한 사람이 되고 싶
기 때문이었다. 나는 조직을 원했고 조직 문화를 신뢰했다.
누군가는 조직이 개인의 자유와 창조성을 억압한다지만 나는
조직이야말로 타인의 무분별한 망상과 폭력으로부터 개인을

지켜주는 보호막이라 믿었다.

스물넷부터 지금까지 나는 그 조직의 일원이 되기 위해 한 우물을 팠다. 한때는 아깝게 탈락했고 한때는 기대해도 좋다는 말을 가족과 친구들에게 했다. 스물여섯, 한창 공부에 불이 붙었을 땐 하루 순공 시간이 열다섯 시간을 넘기기도 했다. 순공 시간이란 순수 공부 시간의 줄임말이다. 한숨 쉬고, 기지개 켜고, 눈 비비고, 안경알 닦는 그런 자잘한 시간을 모두 제외한, 순수하게 문제집에 코 박고 문제 푸는 시간. 나는 초시계로 시간을 재며 하루에 열다섯 시간씩 순공 시간을 채웠다. 한때는 공부에 몰입했고 한때는 공부에 몰입한 나 자신에게 몰입했으며 수면 위로 떠올라 첫 숨의 시간을 최대한 늦추는 수영 선수처럼 공부의 물결 속을 잠영했다.

큰 명예가 아닌 작은 명예, 그것이 내가 원하는 삶이었다. 나는 연극에서 스포트라이트를 받는 주연 배우가 아닌 스포트라이트를 비춰주는 스텝이 되고 싶었다. 나는 솔선수범이란 말을 좋아했고 남에게 청소를 시키기보다 내가 먼저 청소하는 아이였으며 인기투표 같은 선거로 뽑히는 회장이 아닌 선생님이 지명하는 학습부장이 더 가치 있다고 여겼다. 그런 나에게 누군가 장래 희망을 물으면 나는 로봇이라 답했다. 왜 로봇이 되고 싶으냐고 물으면 로봇처럼 바르게 살고 싶기 때문이라 말했다. 나는 주어진 규칙을 지키며 책임을 다하는 존재가 로봇이라 생각했다. 내게는 로봇 같다는 말이 욕이 아닌 칭찬으로 들렸고 언젠가 내가 어른이 되면 눈부시게 발달한 과학 기술 덕분에 사람도 원한다면 로봇이 될 수 있으리라 믿었다.

하지만 인간은 자라도 인간에 불과하다는 것을 깨닫고 나는 로봇과 가장 비슷한 일상을 사는 리본의 삶을 꿈꿨다. 대학에 입학할 때도 나는 리본 시험과 가장 비슷한 과목을 배우는 학과에 들어갔다. 법, 행정, 윤리, 조직관리 등을 배우는 것이 좋았고 3학년이 되어 리본 고시반에 들어가 부반장을 맡았다. 나는 반장 앞에 붙는 '부'가 좋았으며 남들 앞에 서는 것보다 남모르게 묵묵히 일하는 것이 좋았다. 학과 사람들은 내 성실함으로 보아 졸업 후 1년이면 시험에 합격할 거라 말했다.

─에이, 1년 반은 해야죠.

나는 겸손하게 고개를 숙였다. 마음으로는 그들이 말한 시간보다 빨리 리본을 가슴에 달 거라는 기대에 부풀었다. 졸업 후에는 본격적인 공부를 위해 수험생들이 많은 리본촌에 자리 잡았다. 아침에 일어나면 공부를 시작하기 전 산에 오르며 체력을 길렀고 산에 오를 땐 비닐봉지와 나무젓가락을 챙겼다. 마치 녹색 리본을 가슴에 단 듯 나는 산에 버려진 쓰레기를 주웠다. 쓰러진 나무와 불씨가 남은 꽁초가 없는지 두리번

거리며 나는 내 모습에 만족스러워했다.

내 취미는 합격하면 어떤 리본을 가슴에 달지 생각해보는 것이었다. 격자무늬 리본도 좋았고 물방울무늬 리본도 좋았다. 가장 원하는 것은 리본 고리에 옅은 보랏빛이 도는 여성부 리본이지만 왠지 나는 그곳에서 일할 자격이 없는 것 같았다. 그래서 생각한 것이 녹색 리본이었다. 고속 승진이나 출세를 위해선 크고 선명한 붉은 리본을 희망해야 했지만 내 공부의 목표는 출세가 아니었다. 나의 목표는 바로잡힌 삶이었다. 나는 차곡차곡 도토리를 모으면 혹독한 겨울을 안전하게 버틸 수 있을 거라 믿는 다람쥐였다. 만성 위염과 척추측만증은 내가 열심히 하고 있다는 증거였고 아랫배가 딱딱하게 부풀어 괴로워도 변비란 화장실에 있을 시간조차 공부에 활용할 수 있게 해주는 소중한 질병이라 여겼다.

— 있어요?

내가 처음 옆집 여자의 목소리를 들은 것은 화장실이었다. 담배 한 대를 피우면 시원하게 똥을 쌀 수 있을지 모른다는 생각을 하고 있을 때 옆집에서 소리가 들렸다.

— 있어요? 우리 지금 세 명 필요한데.

나는 여자의 목소리에 귀 기울였다. 가끔 벽 너머로 누군가 코 고는 소리가 들려오긴 했지만 여자의 목소리가 들린 건 처음이었다. 여자는 누군가와 통화하고 있었다.

　―없어요? 다 들어갔어?

　자다 깬 듯한 여자의 목소리는 날카로웠고 10분 더 자면 합격이 10년 멀어진다는 행정법 강사의 목소리보다 거칠었다. 여자는 무언가를 다급히 찾고 있었다.

　―있어요?

　스피커폰으로 통화를 하는지 여자가 통화하는 상대방의 목소리까지 들려왔다.

　(없어요. 다 들어갔네요.)

　혹은

　(한 명 있어요. 한 명은 지금 30분 남았고.)

　옆집 여자는 상대가 '없다'고 말하면 곧바로 전화를 끊었다. 그리고 다른 곳에 전화를 걸어 같은 질문을 했다.

　―있어요? 없어? 큰일 났네. 손님 다 가버리게 생겼네.

　옆집 여자는 초조한 목소리로 전화를 끊었다. 하지만 포기하지 않고 계속 전화를 걸었다. 있을 때까지, 없으면 있을 때까지. 여자의 전화번호부엔 수십 개의 전화번호가 있는 듯했고 그 번호의 주인들에게는 여자가 찾는 것이 있었다. 나는 옆집 여자가 찾는 것이 무엇인지 알려 하지 않았다. 하지만 여자의 목소리는 너무나 컸고 언덕 위의 흙색 집은 소리굽쇠의 굽은 쇠처럼 떨며 여자의 소리를 내게 전했다.

―있어요? 몇 명? 우린 잘 노는 애여야 돼.

나는 여자가 찾는 것이 무엇인지 알 것 같았다. 하지만 '알 것 같은' 어렴풋한 상태가 시험 합격에 가장 해롭다는 걸 체득한 나는 내 짐작을 모르는 상태로 두기로 했다.

―라희? 걔는 그만큼 줘야 해. 걔는 자기 손님이 있어서 가게로 데려오잖아.

여자와 나 사이의 벽은 심벌즈처럼 떨며 여자의 상황을 내게 전했다. 나는 여자의 목소리를 피해 잠시 산책을 나가거나 음악이 나오는 이어폰을 귀에 꽂을 수도 있었다. 하지만 나는 그 무엇도 하지 않은 채 여자의 전화가 끝나기를 기다렸다. 여자는 집에 오래 머물지 않을 듯했다. 누군가에게 전화를 걸어 자신이 곧 가게로 갈 테니 우선 '시간'을 넣어주고 '맥주'를 넣어주라 말했다.

―아무도 안 나왔어? 끝나는 대로 보내줘요.

여자는 집 밖으로 나가면서도 계속 통화했다. 나는 책상에 앉아 여자의 목소리가 멀어지는 것을 들었다. 그날 이후 오후 6시가 되면 옆집 여자의 목소리가 들려왔다.

―있어요?

여자의 목소리가 들려오면 내 공부는 중단되었다. 하지만 나는 참을성 있게 책상에 앉아 여자의 통화가 끝나기를 기다렸다. 여자의 통화는 길면 20분, 짧으면 5분 안에 끝났다. 그 점이 나를 안심시켰다. 기다리면 끝이 난다는 것, 세상의 수많은 기약 없는 기다림과 비교하면 여자의 통화는 규칙과 질서가 있었다.

　—손님 왔어? 몇 명?

　여자의 통화를 들으며 나는 여자가 찾는 것에 대해 조금씩 알아갔다. 여자는 '애들'을 원했고 그 애들은 저마다 다른 이유로 여자의 가게에서 일했다. 옆집 여자는 애들의 사정과 성격을 속속들이 아는 듯했다. 이따금 여자는 자기의 친구에게 전화해 어떤 애가 열심히 하는지, 어떤 애가 열심히 안 해도 필요한지, 어떤 애가 활달하고 성실한지 말했다. 여자가 말하는 그 애들의 사정은 다음과 같았다.

　돈 모아 가게 차리고 싶은 애, 돈 모아 학원 다니고 싶은 애, 돈 모아 가게 차린다면서 버는 족족 써버리는 애, 딸이 아픈 애, 엄마가 아픈 애, 아빠가 사고 치는 애, 고양이 키우는 애, 길고양이한테 밥 주느라 고양이 통조림을 상자째 사는 애, 고모가 농사짓는 애, 삼촌이 세탁소 하는 애, 할머니가 토마토 농사짓는 애, 할머니가 수확한 토마토를 가게로 들고 오는 애, 얼굴에 아토피 있는 애, 허벅지에 화상 자국 있는 애, 형준이랑 싸우는 애, 야식 먹을 때 형준이 따돌리는 애.

　형준이는 옆집 여자의 가게에서 일하는 남자였다.

―형준이니? 손님 있어?

옆집 여자는 오후 7시까지 자기를 찾는 전화가 오지 않으면 형준에게 전화를 걸어 물었다.

―손님 한 팀도 없니?

7시까지 전화가 없다는 것은 손님이 없다는 뜻이었고 그러면 옆집 여자의 목소리는 가라앉았다. 잠을 푹 자고도 개운치 못한 목소리였다. 반대로 6시가 되기 전 전화벨이 울리면 여자는 피곤하지만 활기찬 목소리로 전화를 받았다.

―손님 왔어? 의보? 알았어, 끊어봐.

형준의 전화가 걸려오면 옆집 여자는 바빠졌다. 나는 여자의 통화 소리를 들으며 여자의 단골손님들을 알아갔다.

'의보'는 의료보험공단에 다니는 손님을 줄여 부르는 말이었다. '참치'는 무한리필 참치 가게 주방장을 가리키는 말, '카메라'는 사진 스튜디오를 운영하는 사장과 그의 카메라맨을 부르는 말, '명동'은 명동의 노점들을 관리하는 사람이었으며 그는 손님 중 가장 현금이 많았다. 또 여자는 손님이 다니는 회사 이름으로 그들을 부르기도 했다.

―쌍방울? 몇 명 왔어?

여자와 형준은 손님의 외모나 특징으로 별명을 지어 부르기도 했다. 짤뚝이, 대머리, 입 냄새, 입 나온 뻘테, 5번 방 다섯 시간, 교수님, 교수님인 줄 알았는데 알고 보니 신부님 그리고 소곱창. 소곱창은 가게에 올 때마다 소곱창 구이를 사 오는 손님을 부르는 말이었다. 그 손님은 라희를 좋아했고 라희는 소곱창을 좋아했기 때문에 그 손님이 오면 형준과 옆집 여자는 소곱창을 먹었다. 때론 손님이 자주 부르는 노래로 별명을 짓기도 했다.

— 임창정? 혼자 왔어?

임창정은 임창정 노래만 부르는 손님이었다. 손님들은 저마다 원하는 조건이 있었고 형준은 그 조건을 옆집 여자에게 말했다. 그러면 옆집 여자는 또 다른 누군가에게 전화를 걸어 이렇게 물었다.

— 있어요?

나는 여자의 통화 소리를 들으며 여자의 통화에 일정한 패턴이 있다는 것을 알았다. 그 패턴을 정리하면 다음과 같았다.

손님 방문 – 형준 전화 – 손님 조건 – 있어요?

이 패턴은 내가 푸는 기출 문제와 비슷했다.

다음 중 아래 고전 시가의 전개 방식으로 옳은 것은?

거북아 거북아

머리를 내어라

내어놓지 않으면

구워서 먹으리

① 환기-요구-조건-위협
② 요구-위협-환기-조건

　·
　·
　·

나는 보기 중 옳은 것에 ● 표시를 해야 했다. 그러나 옆집 여자가 전화를 시작하면 내 공부는 중단되었다.

—없어요? 다 나갔어?

나는 문제집을 덮고 옆집 여자의 통화가 끝나기를 기다렸다. 인내심을 갖고 기다리면 통화는 끝이 났다. 때때로 없다는 전화가 이어지면 여자의 목소리에 묻어나는 초조함이 짙어졌고 그 초조함으로 내 초조함을 잊기도 했다.

—있어요?

나는 가끔 여자에게 대답하고 싶었다.

(있어요. 여기 사람 있어요.)

*

왜 그런 말 있지 않은가. 사람은 저마다의 밥그릇을 갖고 태어난다고. 나 역시 내 밥그릇이 있다고 믿었다. 나는 내 밥그릇을 단단하고 굳센 철밥통으로 만들고 싶었다. 철밥통이란 말은 주로 리본소의 고용 안전성을 조롱하는 말로 쓰였지만 나는 그 철밥통의 주인이 되어 철밥통이 수호하는 질서 안에서 살고 싶었다.

그러나 나는 탈락을 거듭했다. 1년 차 시험은 0.9점 차로 떨어졌다. 모두가 아쉬워했지만 나는 마음 한쪽으로 자신감을 얻었다. 조금만 더 하면 합격할 수 있을 것 같았다. 완전한 탈락보다 아쉬운 탈락이 더 나쁘다는 것을 모르던 시절이었다. 눈앞에 보이는 결승점은 나를 나태하게 만들었고 나는 0.9점을 시작으로 조금씩 합격선에서 밀려 나갔다. 2년 차 시험에서는 가장 자신 있었던 과목에서 세 문제나 틀렸다. 나는 나를 돌아보았다.

왜 틀렸지? 왜 방심했지?

3년째엔 슬럼프가 왔다. 나는 검은 천으로 눈을 가린 채 과녁을 향해 화살을 쏘는 기분이었다. 목표는 명중이 아니라 가진 화살을 모조리 써버리는 것이었다. 마지막 화살은 누군가 나를 향해 쏴주길 바랐다. 그해에는 붉은 리본을 비롯해 청색 리본과 백색 리본 시험을 모두 치렀지만 어느 과목은 채점조차 하지 않았다. 나는 나의 모든 것을 돌아보았다.

왜 먹었지? 왜 잤지? 왜 생각했지?

4년 차엔 초심으로 돌아갔다. 초의 심지를 세우는 심정으로 매일 열 시간씩 책상 앞에 앉았다. 그러나 한번 떨어진 점수는 발바닥에 기름이라도 바른 듯 합격선에서 미끄러졌다. 공부 시간은 전과 비슷했지만 집중력이 부스러기처럼 흩날렸다. 그해엔 시험장 앞에서 발길을 돌렸다. 근처를 배회하다 어느 모텔에 들어가 맥주를 마시고 잠이 들었다. 꿈에서 나는 엄마에게 모든 것을 털어놓았다. 눈을 떴을 땐 베개가 온통 눈물로 젖어 있었다. 세수를 하고 모텔을 나와 시험이 끝날 시간에 맞춰 집으로 갔다. 날 기다리고 있는 엄마에게 나는 눈을 마주치지 않고 말했다. 1년만, 1년만 더 해보겠다고.

초심의 초심으로 돌아가 나는 공부를 위한 환경을 만들었다. 옆집이 조용한 방을 구해 오직 책상과 매트리스만 방에 들였고 스마트폰을 없앴다. 외부로 통하는 모든 길을 막고 삼면이 가로막힌 독서실용 책상에 앉아 기출 문제집과 마주했다. 그런데 그사이 시력이 안 좋아졌는지 글자들이 흐릿하게 보였다. 나는 마음을 다잡으며 안경을 새로 맞추고 눈에 좋은 영양제를 사 먹었다. 한동안 괜찮은가 싶더니 다음에는 허리가 아파 의자에 앉아 있을 수 없었다. 정형외과에 찾아가 근육이완제를 처방받고 물리치료사가 알려준 스트레칭을 아침저녁으로 했다. 허리를 뒤로 꺾은 채 변색된 천장 벽지를 볼 때마다 나는 내가 이미 죽은 사람이란 생각이 머리에서 떠나지 않았다. 나는 이미 죽고 나의 찌꺼기들이 책상에 앉아 무언가를 연기했다. 무엇을 연기하는지는 알 수 없었다. 나는 결말이 정해진 드라마의 단역 배우였고 내 역할은 오직 다른 이의 기쁨을 위한 경쟁률의 오른쪽 숫자였다. 어쩌면 구멍 난 장판이나 하수구 냄새가 올라오는 싱크대 배수구가 내 무대의 전부일지 몰랐다. 어쩌면 무대조차 빼앗긴 먼지 쌓인 소품이 내 역할의 최선일지도 몰랐다. 그러나 나는 비록 내 쓸모가 소품에 불과하다 할지라도 소품은 소품의 성실함이 있으며 잘 닦인 소품이라면 언젠가 무대 위에 올라 사람들에게 박수를 받을 수 있을 거라 믿었다. 그 믿음에 매달려 시간을 흘려보냈다.

— 있어요?

옆집 여자의 역할은 무엇일까. 여자에게도 내 옆집 여자라는 것 말고도 다른 배역이 있지 않을까. 옆집 여자의 연극에는 망설임이 없었다. 여자는 자기가 원하는 것을 분명히 알았고 상대에게 그것을 요구했다. 요구를 거절당할 땐 단호히 전화를 끊었다. 무엇보다 옆집 여자에겐 전화를 걸어 '있어요'라고 물어볼 대상이 있었다. 여자에겐 수십 개의 선택지가 있었고 그 선택지 가운데 무엇을 택할지 기준도 명확했다.

─잘 노는 애로 보내줘요. 우린 잘 노는 애여야 돼.

　옆집 여자는 잘 노는 것을 최고의 가치로 삼았다. 잘 논다는
것은 무엇일까. 한때 나도 잘 노는 애였다. 리본촌에서 공부할
때 '너무너무 밝은 애'로 통했다. 눈과 입은 늘 웃고 있었고 함
께 공부하는 친구들과 리본촌 식당을 돌아다니며 매일 세끼
를 꼬박꼬박 챙겨 먹었다. 우리는 우리를 세쌍둥이라 불렀다.
세쌍둥이였던 우리는 서로를 아껴주며 응원했다. 슬럼프에
빠질 때면 문구점으로 쇼핑을 갔다. 어떤 펜으로 체크해야 눈
에 잘 들어올까, 어떤 조명을 켜야 눈이 덜 피로할까, 어떤 방
석 위에 앉아야 엉덩이가 덜 아플까. 우리는 작은 고민을 나누
며 큰 고민을 피해갔다. 쌍둥이 중 한 명이 생일이 되면 그 애
가 갖고 싶은 문구 용품을 선물해주기도 했다.

　─너희는 뭐가 그렇게 재밌니?

　단골 식당 사장님은 우리를 신기하게 여겼다. 리본촌에서
제일 밝은 사람이 우리 셋이라 했다. 우리는 그 말에 다 같이
웃었다. 우리는 공부가 즐거웠고 밥 먹는 시간이 소중했으며
서로가 있어 힘이 되었다. 시간을 허비하고 있다는 초조함도
막다른 길에 다다랐다는 절망감도 없었다. 우리는 세쌍둥이였
고 쌍둥이 중 한 명이 먼저 리본을 달아도 자기 가슴에 단 것
처럼 진심으로 기뻐해주리라 다짐했다. 그러나 리본촌 생활이
2년째 되던 어느 날, 쌍둥이 중 가장 밝았던 아이가 말했다.

—이렇게 셋이 붙어다니다 셋 다 떨어지는 게 아닐까.

얼마 후 그 밝은 아이는 더 이상 쌍둥이들과 밥을 먹지 않았다. 혼자 밥을 먹고 혼자 산에 올라 오랫동안 산속에 머물렀다. 단골 식당을 바꾸고 휴대전화 번호도 바꾸었다. 그렇게 1년이 흐르고 다시 만났을 때 그 애는 공부를 중단하겠다고 말했다.

—된다는 보장만 있으면 계속하겠어.

그 말이면 충분했다. 나와 다른 쌍둥이는 말없이 고개를 숙였다. 중도 포기는 우리가 가장 금기시하는 단어였다. 우리 중 가장 밝은 아이가 그런 생각을 했다면 나머지 두 명은 그 생각의 알을 까고 부화를 마쳐 날마다 그 생각에게 가슴을 쪼이고 있으리란 것은 말하지 않아도 알았다. 가장 밝았던 아이가 리본촌을 떠나던 날, 그 애는 우리에게 물었다.

—인생 10년이랑 리본이랑 바꾸자고 하면 바꿀 거야?

쌍둥이 중 가장 먼저 어두워진 아이가 답했다.

—무슨 색? 붉은색이면 몰라도 다른 색은 안 돼.

그 아이는 가슴을 뒤덮을 만한 크기의 피처럼 붉은 리본이 아니고서야 남들에게 뒤처진 시간을 극복할 방법은 없다고 했다.

—리본 말고 10억. 지금 리본 달아서 언제 엄마한테 돈 갚아.

내가 말했다. 우리 셋은 모두 엄마에게 돈을 받아 공부한다는 공통점이 있었다. 엄마의 돈으로 밥을 먹고 엄마의 돈으로 문구점 쇼핑을 하며 우리는 모두 엄마의 그림자를 어깨에 얹고 살았다. 그래서 우리는 더 밝게 웃었다. 가장 밝게 웃던 아이의 엄마가 당뇨 합병증으로 왼쪽 발목을 절단하는 수술을 받자 우리는 더 이상 웃을 수 없었다. 엄마의 수술 소식을 들었을 때 그 아이가 먼저 떠올린 것은 직계가족이 장애인이었을 경우 리본 시험에서 몇 점의 가산점을 받을 수 있는지였다.

—잘 가.

—잘 있어.

우리는 웃음도 눈물도 없는 작별 인사를 했다. 가장 밝았던 아이는 지난 3년간 문구점에서 산 자기의 문구 용품을 우리에게 나눠 가지라고 했지만 우리는 그렇게 하지 않았다.

—있어요?

옆집 여자에게도 친구가 있었다. 여자는 쉬는 날이면 친구에게 전화를 걸어 이런저런 얘기를 했다.

—오늘 같은 날 무슨 장사를 해. 이런 날 술 먹고 노래 부르면 안 되는 거야.

옆집 여자는 다른 건 몰라도 이런 공휴일은 꼭 지켜야 한다고 말했다. 그날은 현충일이었고 옆집 여자는 현충일에 술 먹고 노래 부르는 대신 친구와 못다 한 이야기를 했다. 옆집 여자의 친구도 여자와 비슷한 직종에서 일하는 사람이었다. 둘은 급할 때 서로를 도와주었다. '있어요?'라는 전화가 모두 거절당할 때면 옆집 여자는 친구에게 전화를 걸어 물었다.

—응, 난데, 혹시 애들 있어?

때때로 옆집 여자가 친구에게 도움을 주기도 했다.

—형준아, 지수 끝나면 바로 황진이로 가라고 해.

옆집 여자의 친구 이름은 황진이. 그리고 옆집 여자의 이름은 에콜이었다.

—응, 나 에콜인데, 아까 세미 10분 남았다고 하지 않았어?

처음에 나는 앵콜이란 말을 잘못 들은 줄 알았다. 앙코르의 한국식 발음인 앵콜은 여자의 직업과 관련이 깊을 테니까. 하지만 앵콜이 아니었다. 옆집 여자는 분명 전화에 대고 에콜이라 말했다.

—앵콜? 무슨 앵콜이야, 촌스럽게. 우린 에콜이야.

하루해가 점점 길어지던 초여름의 오후, 옆집 여자는 누군가에게 전화를 걸어 이렇게 말했다.

—사장님, 나 에콜이요. 제가 보낸 문자 못 받으셨어요?

여자는 그에게 지지난달에 마신 술값을 언제 부쳐줄 건지 물었다. 나는 옆집 여자의 말을 듣고 에콜이란 이름의 뜻을 생각해보았다. 나에게는 스마트폰도 없고 인터넷이 연결된 컴퓨터도 없어 머릿속으로 그 뜻을 짐작해볼 수밖에 없었다.

에콜은 무슨 뜻일까. 마이크의 에코와 관련이 있을까. 혹시 엥콜이 에콜로 바뀐 건 아닐까.

내가 생각한 에콜의 스토리는 이러했다. 에콜의 본래 이름은 엥콜이었다. 앙코르의 줄임말은 앵콜이었지만 당시 가게의 사장은 앵콜이든 엥콜이든 간판에 그려진 마이크 그림이 중요하다고 생각했다. 몇 년 후 옆집 여자가 그 가게를 넘겨받아 고장 난 간판을 올려다보았다. '엥콜'의 네온사인 중 엥의 받침인 'ㅇ'이 고장 나 불이 들어오지 않았다. 옆집 여자는 간판을 올려다보며 에콜이란 이름도 나쁘지 않다고 생각했다. 엥콜은 흔하지만 에콜은 드물었고 엥콜은 촌스럽지만 에콜은 세련된 것 같았다. 그렇게 옆집 여자의 가게는 에콜이 되었고 그 후로 여자는 자기의 이름 대신 스스로를 에콜이라 불렀다.

—누가 그래? 에콜이 3만 원씩 받는다고?

옆집 여자는 에콜의 평판을 중요시했다. 동종업계에서 암묵적으로 정한 가격 아래로는 가격을 다운시키지 않는 것이 에콜이 업계에서 신임을 얻는 이유였다. 손님들에게 주는 이미지는 무엇보다 중요했다. 맥주는 무제한, 과일은 서비스, 요금은 선불, 외국인이라고 해서 후불 해주지 않기. 어느 날 형준이가 이 규칙을 어겨 중국어를 쓰는 손님에게 선불을 받지 않아 손해를 입었다. 또 여자는 에콜이란 이름이 불편한 손님을 위해 특별 서비스를 해주기도 했다.

　—형준아, 청운 가서 20만 원 긁어달라고 해.

　청운은 에콜 옆에 있는 갈비탕 가게였다. 옆집 여자는 에콜
이란 이름으로 찍히는 카드 명세서가 부담스러운 손님에게
청운가든의 카드 명세서를 끊어주었다. 카드를 긁은 후엔 청
운가든에서 그 금액만큼 밥을 먹었다. 에콜에서 일하는 사람
이면 누구나 청운가든에서 공짜로 밥을 먹을 수 있었다. 특히
형준은 청운가든의 매운 갈비찜을 좋아했다.

　—저녁 먹었니? 청운 가서 갈비찜 먹어라.

　옆집 여자가 말했다. 마침 그날 나의 식탁에도 매운 갈비찜
이 있었다. 새벽까지 일하고 온 엄마가 사다 준 갈비찜이 흰
쌀밥, 맑은 콩나물국과 함께 봉투에 담겨 있었다. 시간은 오전
11시, 나는 갈비찜이 든 일회용 용기를 열며 옆집 소리에 귀
기울였다. 평소 같으면 잠들어 있을 시간이었지만 옆집 여자
는 계속 통화 중이었다.

　—아버지! 내일이라고요, 내일! 오늘 말고 내일!

　옆집 여자는 아버지와 통화하고 있었다. 여자의 아버지는
귀가 잘 들리지 않는지 여자는 몇 번이나 같은 말을 큰 소리
로 반복했다.

　—무슨 약? 그건 눈에 넣는 약이지. 먹는 약은 안 줬잖아
요! 아니, 흰 봉투는 엄마 약이고요!

옆집 여자는 큰 목소리로 자신의 삶을 숨김없이 들려주었다. 나는 알고 싶지 않아도 여자의 사정을 속속들이 알 수밖에 없었다. 가령 옆집 여자의 아버지는 최근 심혈관 수술을 받았고 옆집 여자의 어머니는 백내장 수술과 치루 수술을 받았다. 또 여자의 동생은 여자의 큰 목소리를 싫어하지만 귀가 잘 안 들리는 여자의 아버지는 여자의 큰 목소리를 좋아했다.

—크다고? 내 목소리가 뭐가 커!

옆집 여자는 동생에게 소리쳤다. 여자는 평상시에도 싸우듯 소리치고 화난 것처럼 말을 했다. 어쩌면 모두가 소리를 질러대는 곳에서 일하는 여자의 직업 때문에 여자의 목소리가 점점 더 커지는지도 몰랐다. 옆집 여자의 장점은 내가 공부하는 낮에 잠을 자고 내가 잠든 밤에 집을 나가 일한다는 것이었는데 언제부턴가 여자는 낮에도 깨어 활동하기 시작했다.

—예, 일어났어요! 아버지, 병원 앞에서 만나요!

옆집 여자는 아버지와 하루에도 몇 번씩 통화했다. 여자의 아버지는 일주일에 세 번 병원에 갔고 여자는 매번 아버지의 병원 방문을 동행했다. 나는 굳이 알고 싶지 않은 일들, 예를 들면 옆집 여자의 아버지가 소장에 암이 생겨 혈변을 싸고 지난밤 응급차를 불러 응급실에 갔다는 얘기들을 옆집 여자의 옆집에 산다는 이유로 알게 되었다. 며칠 전 여자는 에콜에서 일하다 급히 응급실로 갔고 응급실에서 다시 에콜로, 에콜에서 다시 응급실로 향했다. 잠 한숨 자지 못한 채 병원과 에콜을 오가던 여자는 피로가 극에 다다랐고 나는 여자의 목소리에서 그 피로를 짐작할 수 있었다. 여자의 아버지에게는 여자 말고도 두 명의 아들이 더 있었지만 아마도 그들은 모두 낮에 일하고 밤에 자는 사람들인지 오직 옆집 여자만이 병든 아버지의 간호를 도맡고 있는 듯했다. 간병인을 쓰면 안 될까. 나는 생각했다. 옆집 여자는 에콜의 사장이니 돈이 많지 않을까. 하지만 여자는 내 옆집에 살고 있었고 그것은 곧 여자에게 돈이 그리 많지 않다는 것을 뜻했다. 언덕 위의 흙색 집은 심벌즈처럼 몸을 떨며 옆집 여자의 피로를 내게 전했다.

─죽을 것 같아. 나 이러다 죽을 것 같다고.

옆집 여자의 목소리를 들으면 수면 부족으로 고통받는 여자의 괴로움이 벽을 통해 전해졌다.

1년 중 해가 가장 길다는 6월의 어느 날, 나는 정오까지 긴 잠을 자고 일어났다. 햇살의 흰빛이 유리창을 통해 방 안으로 비쳤지만 내 손은 얼음처럼 차가웠다. 나는 얼음이 녹듯 내 손이 녹아 사라져버리길 바라는 마음으로 책상 앞에 앉아 옆집 여자의 목소리를 들었다. 그날도 옆집 여자는 아침이 되어서야 장사를 마쳤고 속옷과 양말을 챙겨 곧바로 병원으로 가야 한다고 했다. 누군가 옆집 여자의 짐을 덜어줄 순 없을까.

나는 눈부시게 흰 햇살과 모기장에 달라붙은 죽은 벌레들을 보며 생각했다. 내 생각을 알아차리기라도 한 듯 옆집 여자가 수화기 너머의 누군가에게 말했다.

—누가 있어, 내가 해야지. 다들 낮에 일하는데. 누구, 민정 이? 걔가 공부하느라 얼마나 바쁜데.

옆집 여자가 '민정이'를 두둔하듯 말했다. 나는 한여름의 햇볕에도 따듯해지지 않는 내 차가운 손으로 문제집을 펼쳤 다. 손과 얼굴 그리고 나란 존재가 다 녹아 사라지길 바라며 여자의 목소리를 들었다.

—있어요?

가끔은 옆집 여자의 통화 소리가 내게 하는 말처럼 들렸다.

—형준아, 가게 문 열었니?

(공부 많이 했어?)

—애들 몇 명 나왔니?

(밥은 먹었어?)

—에콜이에요. 우리 지난주에 맥주 몇 박스 넣었죠?

(엄마 목소리가 시끄럽지?)

—있어요? 한 명도 없어?

(미안해, 공부 방해되게. 그냥 옆집 여자라고 생각해.)

만약 내 남은 인생 10년과 리본을 맞바꿀 수 있다면 나는 망설임 없이 그렇게 할 것이다.

—있어요?

옆집 여자가 말한다.

—있어요?

나는 옆집 여자의 목소리를 듣는다. 나는 옆집 여자의 목소
리를 듣는다.

스프링클러

행운을 빕니다. 아마도 그런 뜻일 듯한 말을 건네고 남자
는 무빙워크에 올랐다. 남자가 끌고 가는 18인치 캐리어가 그
의 큰 덩치 때문에 소풍 바구니처럼 작아 보였다. 세방은 그
의 뒷모습을 보며 귓속의 물을 빼내듯 고개를 비스듬히 꺾었
다. 낮고 축축한 그의 숨소리가 귓가에 맴도는 것 같았다. 비
행기 안에서 남자가 통로에 서서 좌석번호를 확인할 때부터
세방은 허리를 펴고 긴장했다. 거구의 그는 신발 밑창을 끌며
다가왔고 세방의 오른편에 앉았다. 그는 세방의 팔꿈치나 발
을 건드리며 끊임없이 맥주를 마셔댔다. 세방이 주의를 주는
눈짓을 보내자 그는 두툼한 입술로 웃더니 세방의 시선을 바
닥으로 잡아끌었다. 남자와 세방 사이에 승무원이 준 땅콩봉

지가 떨어져 있었다. 세방은 떨어진 것을 집어 건네주었고 그는 고맙다는 말을 중국어로 했다. 거구의 중국인 남자는 봉지를 뜯은 후 땅콩과 아몬드를 손바닥에 쏟아 한 번에 입안으로 털어 넣었다. 그 덕분에 뒤로 젖힌 남자의 가슴 너머로 펼친 공책 크기만 한 비행기 창문이 보였다. 비인지 눈인지 모를 얼음 알갱이가 유리창에 달라붙고 있었다. 11월에, 그것도 도쿄에 눈이 내리는 것은 드문 일이라던 세준의 말이 떠올랐다. 세방은 좌석 헤드에 기대 눈을 감았다. 설핏 잠이 들었을 때 그는 자신이 탄 비행기가 불길에 휩싸여 추락하는 꿈을 꾸었다.

흔히 길을 잃었다고 하지만 길은 언제나 같은 자리에 있다. 찾아야 할 것은 길이 아니라 지금 그가 서 있는 위치였다.

세방은 40분째 지하도 안을 헤맸다. 갈고리처럼 아래 획이 꺾인 출(出) 자를 따라 걸어가면 꼭지를 틀어막은 입(入) 자가 써진 곳으로 되돌아왔다. '남쪽 출입구는 어디로 가야 합니까.' 세방은 지나치는 사람들을 보며 입을 벙긋거렸다. 슈트 차림의 오피스맨들은 얼굴의 반을 마스크로 가린 채 바쁘게 지나갔다. 세방은 다시 스마트폰을 꺼냈다. 길찾기 어플에 따르면 시부야역에서 보라색 선을 따라가면 세준의 집이 있는 츄오린칸행 열차를 탈 수 있었다. 그러나 보라색 선을 따라가니 덴엔토시선이 아닌 한조몬선이 나왔고 세방은 이국의 러시아워 물결 속에 잘못 던져진 부표처럼 지하도를 떠다녔다. 어디선가 고무 타는 냄새가 났고 입안이 메말라갔다. 세방은 혼자 힘으로 찾아가는 걸 포기하고 세준에게 전화를 걸었다. 신호음이 길게 이어지자 그는 눌러두었던 지난 기억이 떠올랐다.

"거기가 어디라고?"

세방은 문을 닫으며 말했다. 그날은 어머니의 장례식 첫날이었고 세방은 분향소 옆에 딸린 방에 들어가 전화를 받았다. 세준은 세방이 전화한 지 이틀 만에 다시 전화해 자신은 도쿄가 아니라 다른 곳에 있다고 말했다.

"후쿠시마, 후쿠시마라고."

세준은 다시 한번 그 지명을 내뱉었다. 그러고는 자신이 왜 후쿠시마에 있는지 이유를 설명했다.

우리는 무엇이라도 해야 한다고 생각했다고, 세준은 말했다. 회사 직원들은 일주일씩 로테이션으로 머물렀다 돌아가고 자신은 한 달간 있을 예정이라고도 했다. 텐트촌에는 그들 말고도 여러 나라의 봉사팀이 있는데 아침이면 함께 밥을 지어 먹고 밤이면 그곳의 미래를 걱정한다고, 말하자면 봉사활동인 셈이라고, 세준은 말했다.

세방은 할 말을 잃었다. 세준의 목소리는 젓가락으로 완두콩을 옮기듯 신중하고 느린 속도로 흘러나왔고 그에게 미안하다는 말을 덧붙였다. 세준의 침착한 태도에 세방은 더는 자신의 상황을 전하는 것을 그만두었다. 분노와 서러움으로 감정이 이리저리 흔들렸고 뭐라 대꾸도 못 한 채 전화를 끊었다.

어머니의 장례식은 사흘 내내 쓸쓸했다. 조문객은 드물었고 그나마 찾아오는 어머니의 지인들은 세방의 존재를 몰랐다. 어머니에게 자식이 있었다는 걸 알게 되자 그들은 그간의 무관심을 질책하듯 세방을 바라보았다. 그를 아는 외가 쪽 친척들은 형인 세준은 왜 보이지 않느냐고 물었다. 세방은 사실대로 말할 수 없었다. 봉사활동 때문에 후쿠시마에 있다고 말했다면 사람들은 어떤 표정을 지었을까.

형은 어머니의 영정 앞에 향 한번 피우지 않았다. 꽃을 놓지도 밤을 새우지도 않았다. 그것이 세방이 기억하는 어머니의 장례식이었다. 그리고 세방은 도쿄의 지하도 계단에 앉아 또다시 받지 않는 세준의 전화에 마음을 졸이고 있었다.

"들어와."

세방의 발 앞에 슬리퍼를 놓으며 세준이 말했다. 세방은 슬리퍼를 신고 안으로 들어섰지만 나무 바닥의 냉기가 발바닥으로 느껴졌다. 그는 천천히 집 안을 살폈다. 낮은 천장에 꽃봉오리 모양의 전등이 걸려 있는 거실은 서늘한 기운이 맴돌았다. 시선을 가로막는 가구가 없어 부엌과 집 안쪽이 한눈에 들어왔다. 침실에는 다다미가 깔려 있었고 문은 나무 문살에 창호지를 댄 미닫이 형태였다. 거울과 책장은 먼지 없이 깨끗했다. 세방은 한 손에 배낭을 든 채 발코니 쪽으로 걸어갔다.

"편한 데 놓고 앉아. 너도 마실 거지?"

세준이 부엌으로 걸어가며 물었다. 세방은 대답하지 않은 채 반 뼘 정도 열려 있던 발코니 문을 밀었다. 바람에 날리는 빗줄기가 그의 얼굴을 스쳤다. 공항에 도착했을 때 내리던 눈은 비로 바뀌어 있었다. 멀리 보이는 어두운 도로에 자동차 불빛이 반짝였다. 발코니에 있는 무릎 높이의 행어에 양말 한 켤레가 걸려 있었고 둥근 양말 끝으로 빗방울이 떨어졌다.

"안 추워?"

세준이 탁자에 술과 잔을 놓으며 말했다. 그는 엉거주춤한 자세로 책상 의자에 놓인 방석을 맞은편에 옮겨놓고서 세방에게 거기 앉으라는 눈짓을 보냈다. 둘은 특별한 대화 없이 빠르게 술을 마셨다. 술이 담겨 있던 종이팩들이 가벼워졌고 마지막 잔을 따른 후 세준은 냉장고에서 맥주를 꺼내 왔다. 세방은 형이 일어서는 것과 자리에 앉는 모습, 잔을 드는 모습과 가슴을 숙이고 초귤을 먹는 몸짓들을 놓치지 않고 보았다. 옅은 갈색이 도는 머리카락에 살집 없는 몸은 전과 다름없었다. 흰색 셔츠나 흰색 물건을 좋아하는 것도 예전 그대로였다. 거울에 사진을 붙여놓는 습관도 세방이 기억하는 형의 모습이었다. 맥주 캔을 따 입으로 가져가며 세방은 거울에 붙은 사진을 눈으로 훑었다. 어린 시절의 사진과 대학 시절의 사진 그리고 어느 산장 앞에서 찍은 듯한 비교적 최근의 사진도 보였다. 거울의 가장 위쪽에 붙어 있는 그 사진에는 세준이 주머니에 손을 넣은 채 누군가를 보며 웃고 있었다.

"그거 그만 마시고 이거 마셔봐."

세준이 새 맥주 캔을 따 세방의 탁자 쪽에 놓았다.

"됐어, 그게 그거지."

세방은 손에 든 알루미늄 캔을 조금 일그러뜨리며 시선을 돌렸다. 서울에서 함께 살 때 둘은 맥주나 커피 맛을 비교하는 걸 즐겼다. 두 사람 모두 단맛이나 담백한 맛은 잘 몰라도 혀끝을 자극하는 씁쓸한 맛은 잘 알았다. 그때나 지금이나 세준은 여러 종류의 맥주를 사서 동생에게 권했고 바지춤에 맥주 거품을 닦으며 세준의 반응을 기다렸다.

"보험금 타면 어디에 쓸 거야?"

말없이 맥주를 마시던 세방이 물었다. 그러자 세준이 과장된 소리를 내며 입안에 든 맥주를 뿜었다. 세준은 바닥과 탁자에 흘린 술을 닦았고 세방은 등 뒤로 팔을 뻗어 손바닥으로 몸을 지탱한 채 형의 대답을 기다렸다. 세방이 일본에 온 이유는 세준의 도장을 받기 위해서였다. 어머니 방수영 씨의 보험금 수령 기한이 끝나가고 있었다. 세방은 큰 액수의 사망

보험금이 있다는 것과 그 수령인이 자신과 형이라는 것을 알고 있었다. 그러나 그는 몇 년이 흐르도록 보험금 수령을 미루었고 형에게 그런 돈이 있다는 것조차 알리지 않았다. 그는 형이 어머니의 돈을 갖는 것이 이치에 맞지 않는다고 생각했다. 가족의 이치, 아버지의 이치로 보면 그랬다.

"앞으로 우리 인생에 이 여자는 없다."

오래전, 아버지는 형제를 앉혀두고 말했다. 그는 앨범에서 사진을 떼어 큰아들에게 건넸고 그러면 세준은 교수형에 처하듯 어머니의 목을 가위로 잘랐다. 꼭 그럴 필요까진 없었음에도 세준은 사진에서 어머니의 얼굴 부분을 동그랗게 오려냈다. 세방은 형이 가위질한 어머니의 얼굴을 쓰레기통에서 꺼내 필통 안에 숨겨놓았다. 어린 세방은 어머니를 증오하는 아버지보다 형이 더 지독하다고 생각했다. 형은 부모의 이혼이나 아버지의 재혼에 영향을 받지 않는 것처럼 보였다. 상처를 받았을지언정 그것을 내색하거나 그 일로 힘들어하는 모습을 보이지 않았고 다른 사람들에게 자신의 가족사를 숨김없이 말했다.

"숨기는 만큼 외로워지는 거야."

세준은 비밀이 많은 동생에게 충고하듯 말했다. 그러나 세방은 숨기든 드러내든 외로워지는 건 마찬가지라 생각했다.

대학 시절, 삼각대를 어깨에 메고 라이카를 목에 건 채 집을 나서는 형을 볼 때마다 세방은 잘려 나간 어머니의 얼굴이 떠올랐다. 그에게 형은 사진을 찍는 사람이 아니라 망가뜨리는 사람이었다. 예상보다 일찍 퇴직금이 바닥나지 않았더라면 세방은 형에게 보험금 얘기를 전하지 않았을 것이다.

"내일은 온천에 가자. 좋은 료칸 예약해놨어."

세준이 테이블 위 술잔을 치우며 말했다. 세방은 뭐라 대답하지 않고 침대로 올라갔다. 침대는 둘이 잘 수 있을 만큼 넓었지만 세준은 거실에 따로 이부자리를 마련했다. 싸움이든 놀이든 둘은 여느 형제들처럼 몸을 부대끼지 않았다. 여섯 살 터울의 세준은 세방의 놀이 상대가 아니었다. 어머니가 사라진 후부터는 함께 집에 있어도 거리를 유지한 채 각자의 동선으로 움직였다.

세방은 이불에서 나는 옅은 샤프란 향을 맡으며 눈을 감았다. 발코니 바닥에 떨어지는 빗방울 소리가 울릴 만큼 사방은 고요했다. 멀리서 고양이 우는 소리가 들렸다. 낯선 침대에 누운 세방은 쉽게 잠을 이루지 못했다.

방아.

어머니는 세방을 그렇게 불렀다. 방아, 방이야.

그 소리는 야옹, 하는 고양이 울음처럼 작고 처량해서 듣는 사람의 마음을 불안하게 만들었다.

"방아, 여기서 망보면서 기다려."

어머니는 세방을 세워두고 말했다. 세방은 어두운 골목에 서서 하얀 입김을 손에 불어넣었다. 딸깍, 어머니가 불을 붙이는 소리가 들리면 세방은 골목 끝을 보며 누가 나타나기라도 할까 봐 마음을 졸였다. 어머니는 불쏘시개에 불을 붙였고 불길이 자리 잡을 때까지 꼼짝도 하지 않았다. 추위에 떠는 세방이 팔을 잡아당길 때에야 어머니의 눈은 초점이 되돌아왔다.

"이리 와, 엄마 안아줘."

불을 지르고 난 뒤 어머니는 세방을 끌어안았다. 타오르는 불길을 보며 그녀는 말했다.

"엄만 불을 보면 너무 무서워. 너무 무서워서 살아야겠다는 생각이 들어."

세방은 커지는 불길을 보며 어머니의 심장 소리를 들었다. 엄마의 심장은 한없이 느리고 약하게 뛰었다. 불을 지르고 났을 때에만 어린 세방은 엄마의 품에 안길 수 있었다.

*

세준은 이른 아침부터 서둘렀다. 운동화에 가벼운 백팩을 메고서, 특급열차를 탈 때 필수품이라며 편의점에 들러 맥주와 오니기리를 샀다. 세준의 계획은 도쿄에서 두 시간가량 떨어진 하코네에서 1박을 하는 것이었다. 세방은 내키지 않았지만 서류에 서명을 하기 전 세준이 부탁이 있다며 여행 얘기를 꺼냈기에 거절할 수 없었다.

밖은 진눈깨비가 흩날렸다. 빙점을 오가는 기온 탓에 종일 비와 눈이 오락가락할 거라고 세준이 말했다. 두 사람은 열차를 타고 한 시간쯤 갔고 하코네가 있는 유모토역에 도착했다. 자욱한 안개 사이로 높지 않은 능선들이 보였다. 역 바깥으로 구시가지의 한적한 풍경이 펼쳐져 있었다. 요란한 기념품 가게나 음식점이 없는 산속 오두막집들이었다. 세준과 세방은 산을 오르는 전차를 타기 위해 안개 낀 승강장에 서 있었다. 육각형의 정모를 쓴 철도원이 멈춰 선 열차 지붕에 쌓인 눈을 긴 막대로 쓸어내리고 있었다. 세준이 다가가자 철도원은 장대를 땅에 내려놓고서 막 출발하려는 빨간 전차를 가리켰다. 세준의 손짓에 세방이 급히 전차 안으로 올라탔다.

전차는 가파른 능선을 따라 천천히 앞으로 나아갔다. 세 칸짜리 작은 전차가 철로의 이음새를 지날 때마다 덜컹거리는 진동이 몸에 전해졌다. 세방은 란도셀을 메고 무릎 양말을 신은 아이들 옆에 앉아 있었다. 안개 속으로 흡수되듯 전차는 오르막을 올랐고 창밖으로 잎 넓은 나무들과 나무 가옥이 보였다. 속력을 늦추면 베란다에 널어놓은 이불 홑청의 무늬까지 보일 만큼 집들은 선로 가까이에 있었다. 검정이나 회색으로 칠한 집의 외벽이 일정한 간격을 두고 붙어 있었다. 차양이 짧은 빗각지붕과 오래된 나무 문살의 창이 세방의 시선을 붙잡았다.

불이 나면 순식간에 화세가 번질 구조라고 세방은 생각했다. 불의 최성기까지 10분에서 20분. 그 안에 불길을 잡지 못하면 집들은 물론이고 숲 전체가 타버릴 수 있었다. 세방은 화산 지형은 불을 담은 유리병 같다고 생각했다. 땅이 흔들려 유리가 깨지면 불은 삽시간에 땅과 사람을 뒤덮을 것이다. 그는 자기도 모르게 창밖 풍경 위로 좌표를 그렸다. 그다음 어디에 스프링클러를 설치하고 어느 곳에 대피 유도선을 그어야 하는지 가늠해보았다. 그러다 이제 자신은 그런 일을 할수 없다는 사실을 떠올렸다. 그는 더 이상 불을 억누르거나 통제하는 일을 할 수 없었다.

화재는 세방이 점검한 장소에서 연달아 일어났다. 작년 여름, 2차선 터널 화재에 이어, 올해 봄, 아파트 지하주차장까지. 사고가 이어지자 함께 근무하던 동료들도 더는 그를 두둔하지 못했다. 두 곳 모두 세방이 스프링클러 감열체를 수리한 곳이었다. 그러나 차량 50여 대가 타버리는 동안 비상벨을 포함한 30여 개의 스프링클러는 무용지물이었다. 조사 결과 스프링클러 기판의 부속품 불량이 원인이었다. 부속품 생산업체가 부도나 얼마 동안 중고 기판을 재활용해 썼던 것이 화근이었다. 그 사정을 누구보다 잘 알고 있으면서도 사장은 감지기 오작동이 세방의 탓인 양 몰아붙였다. 어찌 되었든 그가 다른 사람보다 운이 없는 건 사실이었다. 관할 경찰서에서 조사를 받으며 그는 자신이 놓치거나 안이하게 생각한 부분이 없었는지 스스로 되물었다. 스프링클러의 목적은 불을 끄는 게 아니라 불을 제어해 대피할 시간을 버는 것이었다. 세방은 스프링클러를 설치할 때 용수량과 면적을 계산했지만 그 수식에 '불운'을 넣을 순 없었다. 다행히 인명 피해가 없어 업무상 과실치사 혐의는 벗었으나 그는 벌금과 함께 소방안전관리사 자격을 잃었다. 보험사 우편물을 두고 고민한 것은 그즈음이었다. 작은 글씨가 빽빽하게 적힌 그 종이 끝에는 보험금 최종 수령 기한이 적혀 있었다. 그는 세준에게 전화를 걸었다. 세준은 잠잠히 그의 말을 듣더니 그에게 일본으로 오라 말했다.

전차가 간이역에 도착하자 아이들이 질서 있게 내렸다. 챙이 둥근 노란 모자의 대열이 안개 속으로 사라졌고 전차는 다시 기적 소리를 내며 출발했다. 세준은 전차의 앞자리에 서서, 세방은 칸의 맨 뒤쪽에 서서 각자 자기 쪽의 창밖을 보고 있었다. 곧이어 비에 젖어 번들거리는 해발 600미터라고 써진 표지판이 보였다. 종착역에 다다르자 둘은 전차에서 내려 로프레일을 탔고 로프레일에서 내려 다시 케이블카를 탔다. 세준은 탈것이 바뀔 때마다 표를 끊어 세방에게 건넸고 세방은 말없이 형의 뒤를 따랐다. 눈은 점점 묽어져 두 사람이 케이블카에 올랐을 땐 비로 바뀌어 내리고 있었다.

케이블카 안에는 세방과 세준 두 사람뿐이었다. 세준은 가방에서 맥주를 꺼내 마셨다. 사방은 온통 흰 안개에 덮여 있었고 케이블카는 느리게 산을 올랐다. 승차장에 붙어 있던 포스터 사진의 화산 풍경은 안개 장막에 가려 보이지 않았다. 수증기가 피어오르는 분화구나 붉은 화산토 대신 무게 없이 세상을 차지한 순백의 안개뿐이었다. 세방은 찬 유리에 이마를 대고 생각했다. 세상의 첫 페이지는 이런 모습이 아닐까. 그 어떤 생명체도 존재하지 않는 최초의 상태. 아니, 이론에 따르면 태초의 모습은 백지가 아니라 묵지에 가깝다. 그러니 지금 이곳은 세상의 첫 페이지가 아니라 마지막 페이지겠지.

케이블카에서 내려 하차장 밖으로 나가자 바람이 세게 불었다. 세준이 흐트러진 머리를 뒤로 넘기며 말했다.

"사진 한 장 찍자."

세방은 대답하지 않은 채 혼자 앞으로 걸어갔다. 울퉁불퉁한 돌과 진흙이 깔린 평지가 이어졌다. 바위틈으로 흐르는 물줄기는 녹색 빛 웅덩이로 모여들고 있었다. 뒤에서 걷던 세준이 무릎을 굽히고 앉아 웅덩이에 손을 넣었다.

"냄새가 나긴 하지만 맑은 물이야."

세준이 세방에게 따라 해보라는 듯 두 손을 모아 물을 담았다. 세방은 피부에 스미는 듯한 유황 냄새에 옷깃 안으로 얼굴을 숨겼다.

어릴 적 집에는 늘 역한 연고 냄새가 났다. 아버지는 해마다 새로운 연고를 흉터에 발랐고 매일 아침 면도 거울에 흉터를 비춰 보았다. 아버지의 흉터는 오른쪽 어깨부터 팔까지 이어져 마치 벽에 엉겨붙은 회반죽처럼 살점이 뒤틀려 있었다. 아버지는 어린 세방에게 그것이 어마어마하게 큰 개에게 물어뜯긴 상처라 했다. 세방이 말썽을 피우면 그 개가 세방의 팔뚝을 물어뜯을 거라고 겁을 주었고 세방이 울상이 되고 나서야 아버지는 만족한 듯 웃었다. 더는 그런 장난이 통하지 않는 나이가 되었을 때 세방은 어머니에게도 비슷한 흉터가 있다는 것을 알았다. 한여름에도 어머니는 목이 드러나는 옷을 입지 않았고 어쩌다 세방이 목을 끌어안으면 질겁하며 뿌리쳤다.

"예전에 두 분이 일하시던 공장에 큰불이 났어. 엄마와 아버지만 겨우 살아남았는데 그때 아버지가 엄마를 구하려다 화상을 입은 거야."

세준은 아버지에게서 전해 들은 이야기를 다시 세방에게 전했다. 세방은 아버지의 영웅담보다 엄마의 흉터 이야기를 듣고 싶었다. 세준도 어머니의 화상 자국을 본 적은 없었다. 그러나 세준은 동생에게 그 화상 자국이 절대 흉하지 않을 거라 장담했다. 세방은 가끔 엄마의 흉터를 떠올리며 그것을 상상해보곤 했다. 엄마의 흉터는 암모니아와 송진 향이 뒤섞인 연고 냄새 따윈 나지 않았다. 상상 속 그 흉터는 목에서부터 등을 타고 내려와 허리까지 곡선을 그리며 이어졌고 세방이 그곳에 부드러운 바람을 불어주면 엄마는 눈을 감고 그를 안아주었다.

"가슴이 답답해 견딜 수가 없구나."

기온이 떨어지고 해가 짧아지면 어머니의 목소리는 더 가라앉았다. 세방은 등을 돌리고 누운 엄마의 모습을 보며 엄마의 병을 낫게 해줄 방법을 떠올렸다. 보름에 한 번, 많게는 열흘에 한 번, 어머니와 세방은 불을 질렀다. 그것은 둘만의 비밀이었고 세방은 그 비밀을 지켜야만 엄마가 나을 수 있다고 믿었다.

처음 시작이 언제였는지는 기억나지 않았다. 다만 그때가 어린 세방이 어머니와 살을 맞닿을 수 있는 유일한 시간이었다. 동네 담벼락이나 전봇대 아래 쌓인 쓰레기 더미에 불을 지르고 도망가는 것이 그들의 방식이었다. 어머니는 불을 지른 다음 골목 모퉁이에 서 있던 세방에게 뛰어왔다. 불을 지르고 나면 어머니는 세방을 힘껏 끌어안았다. 만약 뒤를 밟은 아버지에게 발각되지 않았더라면 어머니와 세방은 더 많은 비밀과 포옹을 나누었을 것이다. 방화를 목격한 아버지는 세방의 팔을 잡아끌었고 한 번만 더 이런 일을 벌이면 경찰에 신고해 감옥에 가둬버리겠다고 했다. 엄마는 혼자서는 불을 지를 수 없으니 세방이 따라나서지 않는다면 불장난도 끝이 날 거라고 말했다. 세방은 아버지에게 말할 수 없었다. 엄마를 따라온 건 불을 지르기 위해서가 아니라 막기 위해서였다고. 무서운 불로부터 엄마를 지키기 위해서였다고.

*

택시는 어두운 숲길을 오래 달렸다. 열린 창으로 서늘한 바람이 불었다. 포장되지 않은 좁은 고샅길을 지나 택시가 멈췄고 세준이 먼저 차에서 내렸다. 가까운 곳에서 낙차 큰 물길이 떨어지는 소리가 들렸지만 사위가 어두워 계곡이나 물은 보이지 않았다. 세방은 세준을 따라 자갈길을 걸었다. 얼마쯤 걸어가자 언덕 위에 네모반듯한 3층 건물이 나타났다. 2층 테라스에 한자로 써진 붉은 휘장이 걸려 있었다.

"여기 휴대전화 안 터진다."

세준이 놀리듯 세방에게 말했다. 그러고는 '산속의 노인[山娛の老人]'이란 글씨를 소리 내 읽었다. 그는 이곳 주인이 아버지에게서 물려받아 30년째 료칸을 운영하고 있다고 말했다.

건물로 들어가 현관에서 신발을 벗으며 세방은 천장을 올려다보았다. 중앙에 한 개, 양옆으로 두 개, 프런트 위에 한 개, 모두 네 개의 스프링클러가 설치돼 있었다. 헤드가 오렌지색 유리 벌브인 것을 보아 낮은 열에도 방수구가 열리는 최신 모델이었다. 세준은 로비로 들어서며 크게 기지개를 켰다. 마호가니 탁자 앞에 앉은 밤색 숄을 두른 노인이 세준과 세방을 번갈아 보았다.

둘은 2층 객실에 짐을 풀고 계단을 올라 욕탕으로 향했다. 욕탕은 실내와 노천으로 나뉘어 있었고 세준은 몸을 씻은 뒤 노천탕으로 갔다. 대나무 숲으로 둘러싸인 벽을 따라 온천탕 세 개가 있었다. 그중 한 곳은 꽤 높은 바위에서 폭포처럼 뜨거운 물이 쏟아졌다. 탕 가장자리는 검고 매끄러운 바위로 둘러싸여 있었고 한 노인이 머리에 수건을 올린 채 돌 위에 앉아 열을 식히고 있었다. 세방은 손잡이가 긴 나무 바가지에 물을 담아 발을 씻었다. 좁은 나무 지붕에서 똑, 똑, 빗방울이 떨어졌다.

탕 속에 몸을 담근 세방은 한동안 눈을 감고 흙과 나무 냄새를 맡았다. 유리문이 열리는 소리와 함께 세준이 다가왔고 그는 세방이 있는 탕 속에 몸을 담갔다. 얼마 후 다른 탕 속에 있던 노인이 나가자 노천탕에는 세방과 세준 둘만 남았다. 세방은 바위에 몸을 엎드린 채 가로등에 비치는 빗줄기를 바라보았다. 빛을 조금만 벗어나면 칠흑같은 어둠이 펼쳐져 있었다.

"네가 나한테 처음 한 말이 뭔 줄 알아?"

세준이 고개를 뒤로 젖힌 채 물었다. 세방은 무슨 말이냐는 듯 세준을 보았다.

"네가 나한테 처음으로 한 말, 옹알이 같은 거 말이야."

세준이 말했다. 세방은 아무 대꾸도 하지 않았다. 답을 바라는 질문이 아니었다.

"아파, 라고 했어."

"뭐?"

"아파, 아파, 라고 했다고. 내가 볼을 쓰다듬으려고 하니까 아파, 라고 했어."

세준은 물 밖으로 나와 검은 돌 위에 걸터앉았다.

"아마 엄마가 하는 말을 듣고 배웠겠지. 엄마가 제일 많이 했던 말이니까. 네가 안아달라고 보채면 엄마가 그랬어. 아파, 엄마 아파."

세준은 다시 물속에 들어가 얼굴에 물을 끼얹었다. 세방은 웃는 소리를 내고 싶었지만 목이 메어 소리를 낼 수 없었다. 바람이 두 사람 쪽으로 불어 얇은 빗줄기가 뺨을 적셨다. 어떤 일은 실제로 겪은 게 아니라 머릿속에서 만들어낸 거짓말 같다고 세방은 생각했다.

그해 겨울은 몹시 추웠다. 두툼한 양말을 신어도 발끝이 시렸고 골목마다 빙판길 위에 모래와 연탄재가 뿌려져 있었다. 그날은 세방이 중학교 교복을 맞추고 집에 온 날이었다. 어머니가 세방을 따라 방으로 들어왔고 세방의 손에 든 쇼핑백을 받아들었다. 교복을 꺼내 옷걸이에 가지런히 걸어놓고서 그녀는 세방에게 부탁이 있으니 필기구를 가지고 거실로 나오라 했다.

커튼을 내린 거실은 어두침침했다. 어머니는 자신이 하는 말을 종이에 적어달라고 했다. 세방은 카펫이 깔린 바닥에 배를 깔고 누워 소파에 앉은 어머니를 올려다보았다. 그다음 그녀의 입에서 나왔던 말은 긴 시간이 흐른 지금도 선명하게 그의 기억에 남아 있었다.

"나는 강물에 빠져 죽을 겁니다. 내 시체는 찾지 말아주세요. 장례식도 원치 않습니다."

어머니의 목소리는 높낮이 없이 일정한 톤으로 흘러나왔다. 세방은 심장에 전기를 댄 것처럼 가슴이 저릿했다. 혈관을 타고 흐르는 전류가 세방이라는 존재를 한순간에 태워버린 것 같았다. 그는 어머니를 보았다. 창백하고 표정 없는 얼굴로 그녀는 세방에게 말했다.

"그렇게 억울한 표정 하면 못써. 자기 엄마가 언제 죽을지 아는 건 행운인 거야."

그녀는 펜을 든 세방의 손을 움켜쥐었다. 그러고는 다시 말했다.

"써, 얼른 써."

세방은 한꺼번에 밀어닥치는 감정에 무슨 말을 해야 할지 몰랐다.

"엄마, 강이……."

세방은 약한 존재가 지을 수 있는 최대한의 연약한 표정을 지으며 말했다.

"강이 얼어서 지금은 안 돼요."

겨우 쥐어짜낸 목소리로 말한 후 그는 힘껏 미소 지었다. 그는 엄마를 끌어안았고 엄마가 자신의 농담에 웃음을 터뜨리며 자신을 안아주길 바랐다.

"팔 치워. 숨 막힌다."

그녀는 세방을 밀쳐냈다. 그러고는 너도 아버지와 다를 게 없다는 식의 말을 하고 방으로 들어갔다. 세방은 얼굴이 파랗게 멍드는 것 같았다. 그 순간 그가 아는 어머니의 자살을 막는 방법은 한 가지뿐이었다.

아버지가 배달비를 아낀다며 보일러 기름을 한 번에 많이 사다 놓지 않았다면 세방의 계획은 미수에 그쳤을지 몰랐다. 어쩌면 집 어딘가에 고작 몇 분 타고 꺼질 잔불을 내고 종아리가 붓도록 매를 맞고 끝날 수도 있었다. 그러나 세방은 등유로 꽉 찬 기름통이 자신이 옮길 수 있을 만큼의 무게라는 것을 확인하고 모두가 잠들기를 기다렸다. 새벽이 되자 열세 살 소년은 어둠에 잠긴 거실에서 눈을 번뜩이며 통을 옮겼다. 작은 손전등을 입에 물고 그는 통을 기울여 등유가 쏟아지게 했다. 장미꽃 봉오리가 그려진 암적색 카펫과 나무 탁자, 보풀이 돋아난 소파 커버까지 골고루 기름을 뿌렸다. 진동하는 기름 냄새에 머리가 어지러울 때마다 세방은 고개를 도리질하며 눈을 크게 떴다. 기름을 뿌린 다음 그는 주머니에서 지포라이터를 꺼냈다. 아버지에게 들켜 둘만의 불 지르기가 끝났던 날, 어머니가 떨어뜨린 것을 몰래 챙겨둔 것이었다.

불은 삽시간에 거실 천장을 뒤덮었다. 세방은 식탁 옆에 서 있었지만 뜨겁다는 느낌은 들지 않았다. 열기보다 연기가 먼저 느껴졌고 기침과 눈물이 났지만 한동안은 참을 만했다. 잠시 후, 펑 하는 소리와 함께 불길이 솟아올랐을 때 그는 칼에 베인 것처럼 이마가 아렸다. 불길을 피해 어떤 그림자가 휙하고 지나갔고 곧이어 아버지의 비명이 들렸다. 그는 바닥을 기어 집 밖으로 빠져나왔다.

왜 달리는지도 모르게, 그는 달렸다. 땅이 발을 잡아끄는 것처럼 다리가 무거웠지만 동시에 가슴을 옥죄는 무언가에서 풀려나는 듯했다. 발을 헛디뎌 휘청거리면서도 세방은 뛰는 걸 멈추지 않았다. 숨이 턱까지 차올라서야 집이 내려다보이는 언덕에 다다랐다. 상상대로라면 그의 집은 검은 연기가 피어올라야 했지만 눈앞엔 컴컴한 밤하늘과 정적뿐이었다. 세방은 늘 궁금했다. 불길이 덮쳐오는 순간 사람은 어떤 감정을 느끼는지. 아버지는 농담처럼 개에게 물어뜯기는 기분이라 했다. 세방은 그 농담이 비겁하다고 생각했다. 아버지는 한 번도 진실을 말하지 않았다. 그건 어머니도 마찬가지였다. 세방은 어머니가 왜 형이 아닌 자신에게 유서를 대필시켰는지 알았다. 세방이 엄마를 사랑했기에, 엄마는 그 사랑을 불쏘시개 삼아 그의 가슴에 불을 놓은 것이다. 세방도 똑같이 해주고 싶었다. 아버지의 비겁함과 어머니의 횡포에 불을 지르고 싶었다. 그러나 펑 하고 불길이 터지는 순간 그는 자신의 생각이 얼마나 형편없는 것인지 깨달았다.

세방이 언덕에서 내려온 것은 소방차와 구경꾼들이 돌아간 뒤였다. 아버지는 세방을 보자 뺨을 후려쳤다.

"우린 네가 집 안에 있는 줄 알았어."

재투성이가 된 세준이 세방을 일으켜 세웠다.

"엄마는?"

세방이 물었지만 세준은 대답하지 않았다. 아버지는 나무 토막처럼 뻣뻣하게 서서 불에 탄 집을 보고만 있었다. 이튿날, 오전 수업이 다 끝날 무렵에야 학교에 온 세방을 담임선생이 조용히 불렀다. 그는 간밤에 소방관 한 분이 돌아가신 화재가 너희 집에서 난 것이 맞느냐고 물었다. 세방은 아무 말도 하지 않았다. 자신의 몸에서 나는 지독한 쉰내를 맡으며 숨을 고를 뿐이었다. 학교를 마치고 집에 갔을 때 잿더미가 된 그들의 집에는 죽은 소방관을 기리는 흰 꽃이 놓여 있었다.

탈의실을 나오자 연한 솔잎 향이 났다. 세방은 마루로 된 복도를 지나 아래층으로 내려갔다. 파란 유카타를 입은 사내 아이가 오비를 풀어헤치고서 세방을 앞질러 뛰어갔다. 아이 가 뛸 때마다 그의 발에 옅은 진동이 느껴졌다.

세준은 응접실 가운데 놓인 원목 테이블 앞에 앉아 있었다. 흑백의 격자무늬 유카타를 입은 세준은 세방이 들어오자 맞은편 의자를 턱으로 가리켰다.

"내가 먼저 시켰어."

세준이 맥주를 따른 유리잔을 들고 말했다. 세방은 맥주 한 잔을 쉬지 않고 비웠다. 잠시 후 미닫이문이 열리며 한 여자 가 들어섰다. 샤갈의 그림처럼 화려한 색으로 물들인 기모노

를 입은 작은 체구의 여자가 조촘조촘 걸어 테이블 앞에 섰
다. 그녀는 테이블 위에 화로와 무쇠 냄비를 내려놓더니 소매
안에서 총 모양의 라이터를 꺼냈다. 딸각, 라이터에서 불꽃이
솟았다.

"더 마실래?"

빈 맥주컵을 든 세준이 세방에게 물었다.

"천천히 마셔. 형 취하면 대책 없어."

세방이 말하자 세준은 수긍한 듯 고개를 끄덕이면서도 새
술을 시켰다. 냄비 안의 국이 조금씩 끓기 시작했고 기모노를
입은 여자가 응접실을 오가며 옻칠한 그릇을 내려놓았다. 요
리가 나올 때마다 세준은 요리의 이름과 재료를 설명해주었
다. 세방은 소맷부리를 걷어올리고 젓가락을 들었다. 그는 문
어와 감자로 만든 샐러드와 소고기 나베, 채소 절임을 먹었
다. 호화롭진 않지만 재료의 맛이 살아 있는 담백한 요리들이
었다.

"다행이네. 어떤 사람은 입에 안 맞는다고 잘 안 먹던데."

세준이 술병을 기울이며 말했다.

"누구?"

세방이 물었다.

"다른 사람이랑 여기 온 적 있어?"

세방이 다시 물었지만 세준은 술잔을 비우며 어깨를 으쓱

할 뿐 대답하지 않았다. 잠시 후 세방이 다시 물었다.

"정말 몰랐어?"

"뭘?"

"엄마 보험금."

세방의 말에 그는 잔을 내려놓았다. 세준은 술 때문에 열이 오른다며 자리에서 일어나 유리문을 열었다. 바깥으로 난 문을 열자 숲에서 들려오는 소리가 실내에 가득 찼다. 새와 벌레가 우는 소리, 불어난 계곡물이 산 밑으로 흐르는 소리 그리고 여전히 그치지 않고 내리는 빗소리. 세방은 보지 않아도 형이 어떤 표정을 하고 있을지 알았다. 세준 또한 그가 어떤 표정을 짓고 있을지 짐작했다. 다른 이의 기분과 표정을 살피는 것은 어린 시절부터 사라지지 않는 형제의 습관이었다.

"내가 얼마나 힘들었는지 아니? 살려고 친구들 몸을 밟고 올라갔어. 시체가 겹겹이 쌓여 있었다고."

악의에 찬 어머니의 목소리는 세준과 세방에게 각인돼 있었다. 어느 날은 장작더미처럼 쌓여 있었다고 했고 어느 날은 쥐약을 먹은 쥐처럼 친구들이 입으로 피를 토했다고 했다. 어머니의 말이 얼마만큼 진실이고 어느 부분이 과장인지 알 수 없었지만 여자 직원 중 유일하게 어머니만 살아남은 것은 틀림없는 사실이었다. 스무 살도 채 안 되었던 그녀는 어깨 폭보다 좁은 환풍기 구멍으로 공장을 빠져나왔다. 아버지가 사나운 개에게 물어뜯겼다던 사고는 봉제 공장의 화재였다. 어머니는 그 화재의 유일한 생존자였고 아버지는 그 불을 낸 방화자나 다름없었다. 그날 새벽 작업반장인 아버지의 부주의로 의류 세척용 솔벤트에 불이 붙은 것이다.

어떤 일은 우연히 알게 되었고 어떤 것은 세방이 스스로 찾아냈다. '××실업 화재'란 검색어를 입력하면 오래된 신문 기사에 그날의 화재 사건이 나왔다. 기사에 따르면 납품일을 맞추기 위해 여공들은 공장에서 잠을 잤고 작업반장은 철문을 닫고 퇴근했다가 새벽쯤 돌아와 문을 열었다. 사건 당일도 그랬다. 다른 점이 있다면 공장의 화재로 여공 열두 명이 목숨을 잃었다는 것이었다. 세준은 아버지가 어머니를 구했다고만 했을 뿐 나머지 열두 명이 아버지가 걸어 잠근 문 안에서 질식해 죽었다는 말은 하지 않았다. 세준도 몰랐거나 아니면 세방처럼 외면하고 싶었을 것이다. 철문을 걸어 잠근 아버지는 과실치사 혐의로 징역형을 받았고 1년 뒤 감옥에서 풀려났다. 불씨가 시작된 낡은 난로와 제대로 된 소화기 하나 없던 공장의 소방 시설은 아버지의 탓만이 아니었다. 아버지 본인도 팔과 어깨에 화상을 입었고 화장실 환기구로 여공 한 명을 탈출시킨 점이 정상 참작 되었다.

어머니는 화재의 유일한 생존자였지만 평생 마음의 어느

한 곳이 마비된 채 살아갔다. 그것은 아버지도 마찬가지였다. 세방은 가끔 옥상에 불을 피워놓고 그 앞에서 넋을 놓고 앉아 있는 아버지를 보았다. 제때 치료받지 못한 아버지의 어깨는 매해 여름마다 벌겋게 부어올랐다. 연고와 흉터, 참을 수 없는 가려움과 함께 아버지는 술에 붙들려 살았다. 어린 세방이 연고 냄새보다 더 싫었던 건 아버지에게서 나는 술 냄새였다.

"거기서 뭐 했어?"

자리로 돌아와 앉은 세준에게 세방이 물었다. 세준은 무슨 말이냐는 듯 세방을 보았다. 세방은 형이 왜 자신을 만나러 오지 않았는지 묻고 싶었다. 세준은 어머니의 장례식이 끝난 후에도 서울에 오지 않았다. 세방이 전화를 걸면 모스부호 같은 통화음이 이어지다 일본어로 녹음된 음성사서함 메시지만 들렸다. 도쿄에 도착해 지하도를 헤맬 때도 세준은 회의 중이라며 짧은 문장만 가르쳐주고 끊었다. '남쪽 출입구는 어디로 가야 합니까.' 그러나 세방에게 필요한 것은 그 말이 아니었다.

"거기서 뭐 했느냐고. 후쿠시마에서."

세방이 묻자 세준은 술잔으로 시선을 떨어뜨렸다. 그때 기모노를 입은 여자가 미닫이문을 열고 들어섰고 여자가 다시 나갈 때까지 두 사람은 말을 멈추었다. 여자는 바닐라 아이스크림과 젤리가 담긴 접시를 상 위에 올려놓았다. 여자가 걸음을 옮길 때마다 발에 신은 다비가 다다미에 스치는 소리가 들렸다.

"청소했어. 한 달간 죽어라 청소만 했다."

세준은 새로 나온 보드카 토닉을 한 모금 마신 후 말했다.

"말이 된다고 생각해?"

"정말이야. 청소하고 물건 나르고, 한 달간 그렇게 지냈어."

세방은 조금 전 했던 말을 다시 했다. 그게 말이 된다고 생각하느냐고. 세준은 고개를 끄덕였다. 말도 안 되는 일이지만 그럴 수밖에 없었다고 그는 말했다. 이해하지 못해도 어쩔 수 없지만 그땐 그게 최선이었다고.

"마음으로는 늘 너를 생각했어. 한시도 너를 잊은 적이 없어."

세준은 벽에 걸린 자신의 외투에서 스마트폰을 꺼냈다. 그러고는 앉아 있는 세방에게 스마트폰을 내밀었다. 화면에는 사진 한 장이 띄워져 있었다. 머리에 파란 두건을 쓴 노인의 사진이었다.

"너 보여주려고 찍었어. 이게 뭐 같아?"

세준은 할머니 옆의 검은 형체를 가리켰다.

"피아노야. 보다시피 알아볼 수도 없게 망가져버렸지만 분명 피아노였어. 옆에 있는 할머니는 그 피아노 주인이고. 난 거기 청소하러 갔으니까 피아노부터 치우려고 했지. 그래서 할머니한테 물었어. 할머니, 이거 버려도 될까요? 난 당연히 그러라고 할 줄 알았어."

세준은 자리에 앉았고 자신에게서 시선을 돌린 세방을 향해 계속 말했다.

"아니요, 그건 버리지 말아요. 할머니가 말했어. 피아노가 자기 생명의 은인이라고. 목까지 물이 차오를 때 피아노 위에 올라가 물이 차는 걸 지켜봤다고. 지켜보면서 제발 피아노 위까지 물이 차지 않게 기도했다고. 피아노가 없었으면 자긴 죽었을 거라고."

세준은 목울대를 크게 움직이며 마른침을 삼켰다. 그러고는 마치 눈앞에 할머니가 있는 듯 그때의 일을 회상했다.

"그럼 이 바지는요? 버려도 될까요? ……안 돼요. 이건 도쿄에 있는 우리 아들 중학교 바지예요. 빨아서 햇볕에 말려야지. 그럼 이건요? ……안 돼요. 이건 우리 남편 은수저야. 남편이 평생 쓰던 은수저인데 버릴 순 없지. 할머니, 이건 물에 젖어 알아볼 수도 없는데 버려도 되죠? ……아니야, 이건 우리 딸 졸업장이야. 나중에 딸이 찾을 때 없으면 서운해할 거야……. 그렇게 하나하나 물어보며 물건을 정리했어."

그렇게 말하며 세준은 고개를 조금 들고 눈꺼풀을 깜박거렸다. 눈물이 나면 눈을 깜박거려 눈물을 멈추게 하는 것이 그의 버릇이었다.

"너 그거 알아? 엄만 평생 자동차 앞자리에 못 탔어. 차가

빨리 달리면 무섭다고. 난 살면서 엄마만큼 죽는 걸 무서워하는 사람은 못 봤어. 그런 엄마가 죽었다는 게 믿기지 않았어. 그래서 네 전화도 피했고."

세준은 고개를 숙였다. 후두둑, 다다미로 세준의 눈물이 떨어졌다. 세방은 형의 말이 절반은 맞고 절반은 틀렸다고 생각했다. 어머니는 죽는 것만큼이나 사는 것을 두려워했다. 그 두려움을 잊기 위해 불을 지른 것이다. 불을 보면 너무나 두려워 그 두려움이 죽고 싶은 마음마저 삼켜버린다고 어머니는 말했다.

장례식 후 세방은 사망확인서에 적힌 어머니의 집을 찾아갔다. 낡은 연립주택 2층인 그곳은 깨끗하게 정돈돼 있었다. 장롱과 냉장고 안은 비어 있었고 화장대 거울은 얇은 천으로 가려져 있었다. 세방은 화장실로 들어가 세면대에서 손을 씻었다. 어머니의 집에 그가 정리할 만한 물건은 없었다. 그는 텅 빈 집 안에 서서 어머니가 위암 판정을 받고도 수술을 받지 않고 죽음을 준비했다는 친척의 말을 떠올렸다.

"술 좀 시켜줘."

세방은 남은 맥주를 연거푸 들이켰다. 보드카를 섞은 칵테일을 마시고 메뉴에 있는 과일 사와를 하나씩 시켜 마셨다. 그는 술에 취해 형의 어깨를 끌어당겼고 그러다 어느 순간 바닥에 쓰러져 정신을 잃었다. 다시 눈을 떴을 때 그는 이불 안에 누워 있었다. 끊긴 기억을 이어붙이려 했지만 머리가 깨질 것 같은 통증에 아무 생각도 할 수 없었다. 누군가 몸을 잡고 마구 흔드는 것처럼 머리가 어지러웠다. 차가운 바람, 사람들의 비명 소리, 불안하게 흔들리는 엄마의 등. 그는 어린 시절 엄마가 자신을 등에 업고 골목길을 뛰어가던 일이 떠올랐다. 그때도 엄마는 어딘가에 불을 지르고 도망치는 중이었을까.

몸이 흔들리는 게 아니라 건물이 흔들리는 것 같다고 느낀 것은 벽에 걸린 액자가 떨어졌을 때였다. 세방은 액자가 떨어지는 소리에 놀라 눈을 떴다. 머리맡에 세준이 앉아 있었다.

"지진이야."

세준이 말했다. 세방은 다시 눈을 감았다. 가슴을 지그시 누르고 있는 솜이불의 무게가 고스란히 느껴졌다. 고개를 돌리면 부드러운 베개의 홑청이 얼굴을 감쌌다. 그는 마지막 기억을 더듬었고 그러자 세준과 나눈 몇 토막의 대화가 떠올랐다. 이불 위로 기절하듯 쓰러진 일도 생각났다. 그는 다시 눈을 떴다. 여전히 세준이 머리맡에 앉아 있었다.

"일어나, 지진이야. 1층으로 내려가자."

세방은 종종 한밤중 자다 깨어 눈물을 흘렸다. 아주 슬픈 꿈을 꾸었는데 어떤 꿈인지는 기억나지 않았다. 그런데도 슬픈 감정만은 선명하게 남아 하염없이 눈물이 흘렀다. 세방은 어쩌면 누군가 자기처럼 어두운 방에서 혼자 울고 있는 게 아닌지 생각했다. 누군가 그를 몹시 그리워해 이렇게 자신의 가슴이 저릿하도록 아픈 게 아닌지.

어머니는 집에 불을 낸 사람이 자신이라고 했다. 실수로 기름통을 쏟았고 난로에 불이 옮겨붙었다고 거짓 자백을 했다. 어머니는 실화를 인정받아 얼마 뒤 풀려났지만 아버지는 어머니를 용서하지 않았다. 아버지는 어머니가 일부러 불을 냈다고 믿었다. 평생 오해를 근거 삼아 아버지는 어머니를 증오했다. 그리고 세준은 아버지 몰래 어머니를 만나고 온 날이면 세방에게 어머니의 소식을 전했다.

"엄만 늘 우리 꿈을 꾼대. 꿈에 나오는 너랑 나는 늘 어린애라서 깨고 나면 눈물이 난대. 그리고 말이야…… 엄마가 너한테 미안하다고 전해달래. 엄마가 미안하대."

세준은 어머니의 이야기를 전하며 그에게 함께 만나러 가자고 했다. 하지만 세방은 엄마를 볼 수 없었다. 필통에 모아놓은 엄마의 잘려 나간 사진을 보며 그리워하는 게 그가 자신에게 주는 형벌이었다. 그는 형의 집 거울에 붙어 있는 사진을 보았을 때 그리고 '산속의 노인'이란 붉은 휘장을 보았을 때 그 사진이 료칸을 배경으로 한 것이란 걸 알았다. 같은 구도로 찍은 어머니의 독사진이 어머니의 지갑 안에 있었다는 것도. 형은 비록 장례식장에 오지 않았지만 살아 있는 어머니와 늘 만나고 있었다.

*

세방과 세준은 1층으로 내려갔다. 로비에 다른 숙박객들이 모여 있었다. 지진은 언젠가 끝이 난다는 경험이 있기 때문인지 아니면 다른 이유가 있는 것인지 그들은 대체로 담담한 표정이었다. 한 중년 남자는 금방 빗어 올린 것처럼 단정한 머리에 셔츠 깃에는 만년필까지 꽂혀 있었다. 다른 이들도 그사이 옷을 갈아입었는지 세방처럼 유카타 차림으로 내려온 사람은 많지 않았다.

"밖으로 나가야 되는 거 아니야?"

세방이 물었다.

"여기가 안전해. 나가더라도 주인이랑 같이 가야 해."

세준은 작은 키에 반백의 노인을 보며 말했다. 만약 이곳을 나간다 해도 노인이 운전하는 승합차를 타고 산길을 내려가야 한다고 했다. 노인과 료칸의 직원들은 사람들에게 헬멧을 나눠주고 있었다. 맨발로 복도를 뛰어가던 아이는 엄마에게 매달려 졸린 눈을 비볐다. 세준은 지진이 다시 시작될 거라는 직원의 말을 세방에게 전했다. 직원이 나눠주는 동전을 받아

든 세준이 세방의 팔을 잡았다.

"전화를 할 거냐고 묻네."

그는 형이 가리키는 곳을 보았다. 연두색 공중전화기 앞에 사람들이 줄을 서고 있었다.

"한국으로 걸려면 앞에 82를 눌러야 해."

세준이 말했다. 세방은 고개를 끄덕였고 사람들이 서 있는 줄 끝에 섰다. 료칸에 들어설 때 보았던 숄을 두른 할머니가 그의 앞에 서 있었다. 할머니는 그를 보더니 가슴에 손을 올리고서 고개를 숙였다. 미안하다는 뜻의 몸짓 같았다.

대체 뭐가 미안한 걸까. 미안하다고 용서를 빌어야 할 사람은 난데. 세방은 노인의 사과가 꼭 엄마의 사과처럼 느껴졌다.

전화는 한 통화만, 그것도 1분 이내로 짧게 하고 끊어야 한다고 세준이 말했다. 자신의 차례가 가까워져 올수록 세방은 몸이 떨렸다. 그는 누구에게 전화를 걸어야 할지 떠오르지 않았다.

여보세요?

할 수만 있다면 그는 자기 자신에게 전화를 걸고 싶었다. 열세 살의 그에게 전화를 걸어 말하고 싶었다. 여보세요? 나다. 나는 너다. 너는 스물아홉의 겨울, 일본의 어느 산에서 죽을 위험에 처한다. 놀랄 것 없다. 자기가 언제 어떻게 죽을지 아는 건 행운이니까.

"형."

세방이 세준을 불렀다.

"형, 엄마 전화번호 좀 알려줘."

"뭐?"

"엄마 번호 좀 알려달라고. 형은 알잖아. 엄마 전화번호."

세방이 말했다. 그때 멈췄던 지진이 다시 시작되었다. 커다란 북 안에 갇힌 것처럼 사방의 벽이 북소리를 내며 진동했다. 세준이 그의 손목을 잡고 적갈색 마호가니 탁자 아래로 몸을 숨겼다.

"머리 감싸, 웅크리고 머리 감싸!"

세준이 소리쳤다. 한쪽 바닥이 들리는 것처럼 땅이 기울어지더니 선반의 물건들이 우르르 쏟아졌다. 전등의 전구들이 지지직거리며 깜박이다 폭발음과 함께 암전되었다. 어디선가 불꽃이 튀는 소리가 들렸다. 불이 났다면 밖으로 나가야 했다. 스프링클러가 작동해 시간을 벌어줄 때까지 그는 밖으로 대피해야 했다. 하지만 세방의 눈에는 어떤 대피선도 보이지 않았다. 칠흑 같은 어둠 속에 그는 마치 세상의 마지막 페이지에 와 있는 것 같았다.

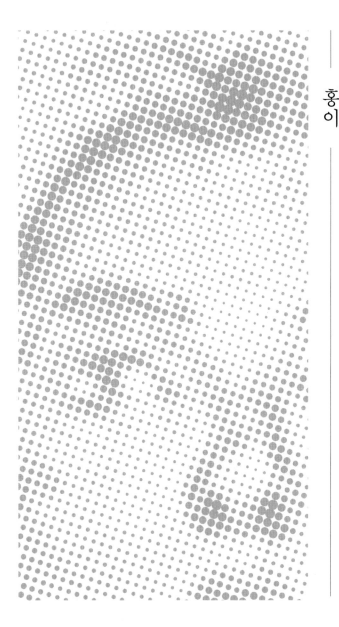

홍이

홍이는 과수원을 지키는 개였다. 어느 겨울날 홍이는 산에서 내려온 짐승에게 물려 죽었다. 죽은 홍이는 불에 그슬렸으며 고기가 되어 사람들의 배 속으로 들어갔다. 그러나 홍이는 개이기 전에 닭이었고 닭이기 전에 병아리였으며 홍이, 맥아더, 엘비스 중 제일 나중에 잡아먹혔다. 이름을 지은 과수원집 둘째 아이는 홍이란 이름의 기원이 된 바위를 올려다보았다. 과수원 서쪽에는 그리 높지 않은 산이 솟아 있었다. 누가 어떤 이유로 산 정상의 바위를 홍이 바위라 불렀는지 알 수 없으나 마을 사람들은 한두 명씩 산마루의 바위를 홍이 바위라 부르기 시작했다. 아마도 몇 년 전 바위에서 떨어진 한 사람과 관련이 있을 거라 사람들은 짐작했다. 그 무렵 과수원

집 둘째 아이는 마을에 하나뿐인 교회에서 천국과 부활을 배웠다. 부활절 달걀을 받아든 아이는 마당에서 벌레를 쪼는 병아리 세 마리에게 잊지 말아야 할 이름을 붙여주었다. 홍이라는 병아리가 닭이 되어 잡아먹히자 아이는 그 무렵 태어난 황구 새끼에게 이름을 물려주었고 황구 새끼는 황구가 되어 사람들에게 잡아먹혔다. 홍이는 되살아났기 때문에 여러 번 죽어야 했다. 되살아날수록 홍이의 몸은 더 따뜻해졌다. 바위에서 병아리로 병아리에서 개로 바뀌었으나 실은 바위 아래 몸을 던진 누군가의 피였으며 그가 몸을 던지기 전까진 아무것도 아니었다.

*

중경은 재빨리 손으로 입을 가렸다. 기침을 시작하면 눈물이 고이고 구역질이 올라올 때까지 멈추지 않았다.

"그게 제 탓인가요?"

여자는 의자 등받이에 몸을 기대고 중경에게 말했다. 쉬쉬쉬, 라마즈 호흡을 하듯 가슴을 세 번 들썩인 중경은 눈을 감았다. 피가 고인 것처럼 입안에 비린 맛이 돌았다. 중경은 책상에 놓인 컵의 밑바닥을 들여다보았다.

"사망 추정 날짜는 최소 7개월 전이에요."

중경의 말에 여자는 검은색 가죽 가방에서 다이어리를 꺼냈다. 다이어리의 앞부분을 펼치더니 여자는 중경에게 보여주었다. 여자의 검지가 가리키는 날짜에는 빨간색 펜으로 ✓가 표시돼 있었다.

"자고 가는 날짜는 표시해요. 지하는 도시가스가 하나로 되어 있어 공과금이 나오면 할머니랑 저랑 나눠 내거든요. 좀 전에 말씀드렸다시피 전 일주일에 한두 번 들러 눈 붙이고 나오는 게 전부예요. 주인 할아버지한테 물어보시면 알아요."

여자는 하소연하듯 말을 쏟아냈다. 중경은 컴퓨터 모니터에 시선을 고정한 채 말했다.

"그래도 사람이 안 보이면 문 한번 두들겨보는 게 인지상정 아닌가요?"

"얼굴을 알아야 그런 생각을 하죠."

여자가 말했다.

"한 번도 본 적 없어요?"

"소리만 들었어요. 노인이 계단 오르내릴 때 내는 소리 있잖아요. 아구구구구, 아구구구구. 그 소리가 나면 옆집 할머니인가 했죠."

여자는 다이어리를 덮어 가방에 넣었다.

"시체 썩는 냄새 같은 거 안 났어요?"

중경이 묻자 여자는 무언가를 되새기듯 눈꺼풀을 깜박였다.

"시체 썩는 냄새를 맡아봤어야 알죠."

여자의 대답에 중경은 자리에서 일어섰다. 빈 컵을 들고 정수기로 걸어가며 중경은 언젠가 보았던 다큐멘터리를 떠올렸다. 콜럼버스의 배가 지평선에 나타났을 때 아메리카 대륙의 원주민들은 배를 보지 못했다. 그들은 배를 몰랐기 때문이다. 이튿날 원주민들의 샤먼이 육지로 다가오는 배를 손으로 가리키자 그제야 그들은 바다 위에 떠 있는 콜럼버스의 배를 볼 수 있었다. 만일 여자가 옆집에서 이상한 냄새를 맡았다 해도 여자는 그것을 시체 냄새로 인식하지 못했을 것이다. 중경은 컵에 미지근한 물을 따른 후 몇 모금씩 나누어 마셨다.

"주인 말로는 쪽지가 있었다던데."

의자를 당겨 앉으며 중경이 말했다. 또렷한 눈매의 여자가 중경을 보았다.

"할머니가 가끔 주인집 현관에 쪽지를 붙여놨다고 하더군요. 아가씨는 그런 거 받은 적……."

중경은 말을 마치지 못하고 급히 입을 가렸다. 허리를 숙이고 빠르게 주먹으로 가슴을 때렸지만 기침은 더 격렬해졌다. 여자가 일어서 중경 쪽으로 다가갔다. 허리를 기역 자로 굽힌 중경은 손을 뻗어 여자를 멈춰 세웠다. 얼굴빛이 하얗게 질릴 때까지 중경의 기침은 잦아들지 않았다.

참고인 조사를 마치고 중경은 선배들과 늦은 점심을 먹으러 갔다. 특별한 일이 없으면 7월의 메뉴는 보신탕이었다. 중경을 포함한 세 명은 택시를 타고 보건소 앞 사거리로 향했다. 차에서 내린 선배들은 주머니에 손을 넣은 채 앞장서 걸었다. 보건소 뒷길로 걸어가 모퉁이를 돌면 보신탕 가게인 2층 벽돌집이 보였다. 따로 예약하지 않아도 자리는 늘 안쪽의 단체 손님용 방이었다. 넓기도 하지만 미닫이문이 따로 있어 홀의 손님들과 섞이지 않고 식사할 수 있었다. 중경 일행은 세 명이든 두 명이든 가게에 들어서면 자연스럽게 그곳으로 향했다.

그들이 들어서자 갸름한 얼굴의 주인 여자가 인사했다. 그들과 얼굴을 익힌 가게 종업원이 주전자와 술을 챙겨 상을 차렸다.

"아무리 봐도 보신탕집 주인 같진 않단 말이야."

박이 스테인리스 주전자에 소주와 복분자주를 섞으며 말했다. 장은 가랑이 사이에 손을 넣은 채 술을 붓는 박을 주시했다. 어이, 어이. 장의 호통에도 박은 아랑곳하지 않고 1 대 1 비율로 술을 섞었다. 그때 종업원이 노크 후 문을 열었고 중경은 수육과 탕 두 개 그리고 백숙 한 그릇을 주문했다. 박이 웃으며 장의 잔에 술을 따랐다. 빈 유리잔에 다홍색 액체가 채워졌다.

홍이 231

"개와 닭의 차이가 뭐냐."

박이 물었다. 그는 중경의 잔에 술을 따른 후 주전자를 중경에게 건넸다. 입술을 감쳐문 중경이 주전자 손잡이를 받아 들었다.

"차이가 크지. 닭은 그게 없을걸?"

장이 말했다. 그는 엄지를 세워 '그것'의 의미를 전했다. 빠르게 잔을 비운 장은 두 번째 잔마저 입안에 털어 넣은 후 비율은 1 대 1이 아니라 1 대 3이어야 한다고 말했다. 중경은 말없이 파래무침을 젓가락으로 집어 먹었다. 다시 미닫이문이 열리고 종업원이 들어섰다. 중경은 짧게 탄식을 내뱉었다. 늘 그렇듯 중경이 시킨 백숙이 먼저 나왔다. 하얀 국물 속에 넓적다리가 얽혀 있는 닭을 내려다보며 중경은 그동안 자신이 먹은 닭의 수를 헤아려보았다. 숟가락을 들고 잘게 썬 청양고추를 떠 뚝배기 안에 넣고 저었다. 후추를 뿌리고 양념장을 넣어도 중경에게 느껴지는 냄새는 가시지 않았다. 개도 닭도 아닌 두 짐승의 냄새가 교묘하게 뒤섞여 있었다. 중경은 국물을 조금 떠 입안에 넣으려다 멈칫하고 장과 박을 보았다.

"먹어, 먼저 먹어."

양손을 등 뒤로 짚은 박이 턱짓을 하며 말했다. 중경은 숟가락을 내려놓고 닭 뼈를 발라 빈 접시 위에 가지런히 놓았다.

"이봐라."

장이 스마트폰 화면을 박의 얼굴 쪽으로 돌리며 말했다.

"닭은 좆이 없다지 않냐."

부스스한 머리를 쓸어넘기며 장이 말했다.

"좆이 없으면 어떻게 싸냐?"

박이 눈을 게슴츠레하게 뜨며 스마트폰을 보고 물었다. 그러자 장은 젓가락 하나를 들고 중경의 뚝배기 속 닭을 가리켰다.

"여기, 여기에 들이붓는 거지. 그냥 똥구멍으로 들이붓는 거야."

장이 말했다. 그때 중경이 날개를 푸덕거리는 닭처럼 요란한 소리를 내며 재채기를 했다. 중경의 입안에 있던 음식물이 사방으로 튀었다. 손으로 입을 틀어막은 중경은 고개를 숙인 채 테이블을 빠져나왔다. 중경의 손이 손잡이에 닿기도 전에 미닫이문이 열렸다. 뜨거운 김이 나는 수육을 든 종업원이 문 뒤에 서 있었다.

아홉 살 무렵 어느 겨울이었다. 평소보다 일찍 퇴근한 중경의 아버지는 오른손에 붕대를 감은 채 나타났다. 가공육 제조 공장에서 일하던 아버지는 1년 전에도 손에 붕대를 싸맨 채 집에 왔다. 그때 아버지는 왼손 검지와 중지를 잃었다. 닭의 내장을 으깨는 압축기에 손이 빨려 들어간 것이다. 그 후 1년이 지나고 아버지는 다시 오른쪽 손에 붕대를 한 채 돌아왔다. 중경은 아버지의 손을 보자 그 자리에 얼어붙어 아무 말도 하지 못했다. 아버지의 눈은 심한 붓기로 짓눌려져 있었다.

그날 저녁 중경은 끼니를 거른 채 자기 방에 틀어박혔다. 이불을 뒤집어쓰고 누워 중경은 아버지의 여섯 개 손가락을 생각했다. 손가락 네 개를 잃은 아버지는 여섯 개의 손가락으로 젓가락질을 하고 세수를 하고 중경의 얼굴을 쓰다듬을 것이다. 중경은 아버지가 왼손을 다쳤을 때 바지 벨트의 구멍을 채우기 위해 고개를 숙이며 애쓰던 모습이 떠올랐다. 밤이 깊도록 아버지와 어머니의 방에선 숨소리조차 새어 나오지 않았다. 정적을 깨고 전화벨이 울린 건 창밖으로 희붐하게 동이 터올 무렵이었다.

"형, 내가 오늘 어떤 스님을 만났는데."

수화기 너머로 삼촌의 목소리가 들렸다. 안방을 지나 중경의 방까지 소리가 들릴 정도로 삼촌의 목소리는 컸고 술에 취해 있었다.

"그 스님이 우리 탓이래. 우리가 어릴 때 홍이를 잡아먹어서, 그래서 자꾸 이런 일이 생기는 거래."

삼촌의 목소리는 쇳소리를 내며 갈라졌다. 그날 중경은 홍이라는 이름을 처음 들었다.

홍이는 할아버지의 과수원에서 기르던 개 이름이었다. 얼마 후 중경은 아버지의 앨범에서 홍이의 사진을 찾아냈다. 눈 주위가 까맣고 귀가 쫑긋한 홍이는 하얗고 긴 다리를 돌 위에 올려놓고서 먼 산을 바라보듯 서 있었다. 사진 뒷면에는 '용감한 홍이'라고 쓰여 있었다. 중경은 아마도 글씨를 쓴 사람은 삼촌일 거라 생각했다.

삼촌을 떠올리면 중경은 가장 먼저 곱슬머리가 떠올랐다. 억세고 두꺼운 삼촌의 머리카락은 뜨거운 열로 곧을 들여 펴도 다시 둥글게 말아 올라가곤 했다. 머리카락은 짧고 두꺼웠으며 곱슬머리는 스프링처럼 탄력이 넘쳤다. 붉은 기가 도는 피부에 길게 찢어진 눈매 그리고 뭉뚝한 코의 이목구비는 미남이라 할 수 없었다. 그런데도 삼촌은 여자에게 인기가 많았고 중경은 그 이유가 어떤 방법으로도 곧게 펴지지 않는 삼촌의 곱슬머리 때문이라고 생각했다.

삼촌은 여자 친구가 바뀔 때마다 중경에게 소개해주었다. 외출하기 전 거울 앞에 서서 머리에 스프레이를 뿌리며 삼촌은 말했다. 중경아, 삼촌 애인 만나러 갈래? 그 말은 중경에게 맛있는 걸 사주겠다는 삼촌의 신호였다.

허리를 숙이면 팬티가 보일 정도로 짧은 치마를 입은 여자를 만났을 때 중경은 양식집에서 함박 스테이크를 먹었다. 삼촌과 짧은 치마 여자는 양송이 스프를 떠먹는 중경을 앞에 두고 진한 키스를 나누었다. 단발머리에 안경을 쓴 또 다른 여자는 중경에게 햄버거와 팥빙수를 사주었다. 삼촌은 단발머리 여자와 헤어진 후 파마머리 여자를 만났고 파마머리 여자는 중경이 갖고 싶어 하던 최신 유행의 운동화를 사주었다.

홍이도 곱슬머리였다. 그러나 삼촌과는 다르게 홍이의 머리카락은 가늘었고 색은 옅은 오렌지빛이었다. 희고 투명한 얼굴의 홍이는 귀가 크고 말랑거렸고 추위를 많이 타 손발이 차가웠으며 뒤통수가 알밤처럼 동그랗고 단단했다. 말이 없고 수줍은 성격은 삼촌을 닮지 않았고 홍이를 낳은 후 얼마 살지 않고 집을 나간 홍이의 엄마와도 달랐다.

*

평일 오후, 중경은 사건 현장으로 가기 위해 길을 나섰다. 거리는 오후의 햇빛이 비추었고 간간이 바람이 불었다. 중경은 가슴을 펴고 숨을 들이마셨다. 행인들과 일정한 간격을 유지하며 중경은 같은 보폭으로 걸었다. 청계천을 지나 동묘에 이를 때까지 중경은 한 번도 쉬지 않고 팔과 다리를 움직였다.

벼룩시장에 들어서자 행인의 수가 많아졌다. 길 위에 보도블록은 물건을 내어놓고 파는 노점상과 구경꾼으로 발 디딜 틈이 없었다. 노점상들은 청계천을 복구하기 전에는 고가다리 아래에서 장사했다. 복구공사가 시작되자 그들은 동대문 운동장 안의 방물 시장으로 옮겨 갔고 그곳에 새 건축물이 들어서자 다시 청계천으로 돌아왔다. 그사이 고가다리는 사라졌고 그들이 좌판이나 리어카를 둘 자리도 없어졌다. 중경은 불법 노점이란 이름으로 단속하기에도 뭣한 그들의 상품을 훑어보았다. 구형 라디오와 선풍기, 먼지가 앉은 놋그릇, 빛바랜 액세서리와 가부좌를 튼 불상, 해진 청바지와 가죽 점퍼. 중경은 알 없는 안경테를 가만히 내려다보다 뒤에 오는 사람에게 떠밀렸다. 주춤거리던 중경은 옆에 서 있던 검은 피부의 여자와 손등이 스쳤다. 여자의 팔에는 여자와 같은 스타일로 머리카락을 꼰 여자아이가 안겨 있었다. 반질반질한 아이의 이마에 햇빛이 비쳤다. 중경은 그들을 지나 블록과 블록을 이은 1차선 횡단보도 앞에 섰다. 동대문을 지나 동숭동까지 걸어가는 것이 중경의 계획이었다. 마지막으로 현장을 확인한 뒤 중경은 동숭동 29-3번지 사건을 종결하려 했다.

일주일 전 낙산공원으로 가는 언덕에 위치한 반지하 방에서 시신 한 구가 발견되었다. 부패가 심해 신원을 확인할 수 없었으나 정황상 시신은 그곳에 살던 노인으로 추정되었다. 할머니의 시신은 거의 백골 상태였다. 집주인은 육십대 후반의 노인으로 연갈색 검버섯이 핀 얼굴로 중경에게 말했다. 할머니의 월세와 공과금이 매달 말일에 자동이체되기 때문에 자신은 할머니를 찾아갈 일이 없었다고.

지은 지 40년이 넘은 2층 연립주택에는 할머니와 주인 남자 말고도 세 가구의 사람들이 살았다. 1층 왼쪽 집에는 분식집을 하는 사십대 부부가, 오른쪽에는 홈쇼핑 콜센터 상담원으로 일하는 삼십대 여자가 살았고 죽은 할머니와 가장 가까운 반지하 셋방에는 이십대의 여자가 살았다. 여자는 연극 무대에 오르는 단역배우로 극단과 가까운 그곳에 방을 구해 가끔 잠을 자고 간다고 했다.

동숭동 29-3번지 사람들은 요구르트 배달부가 파출소에 알리기 전까지 할머니가 죽었다는 사실을 알지 못했다. 요구르트값은 자동이체를 해놓지 않아 할머니의 시신이 수습될 수 있었던 것이다. 참고인 조사 때 그들은 괴팍하고 이기적인 할머니의 성격을 이야기했다. 할머니의 가족은 등본상 사망신고가 된 딸 한 명과 반지하 셋방에서 함께 살던 개 한 마리뿐이었다.

중경은 그간 조사한 사건 경위를 머릿속으로 정리하며 작은 동물들을 파는 거리로 향했다. 행인 수는 줄었지만 길이 비좁기는 마찬가지였다. 상점 입구마다 플라스틱으로 만든 동물 우리가 상자처럼 쌓여 있었다. 진녹색 셔츠를 입은 땀에 젖은 남자아이가 상자에 코를 대고 햄스터를 구경했다. 쳇바퀴를 돌지 않는 다람쥐와 눈이 빨간 흰쥐, 잠에 빠진 고슴도치도 케이지 안에 있었다. 목을 세우면 머리가 천장에 닿는 앵무새들과 헤엄치지 않는 금붕어도 보였다. 열대어들은 압정에 박힌 듯 물속에서 움직이지 않았다. 중경은 몸을 옆으로 돌려 어항에 부딪치지 않게 걸어갔다. 특별한 상호 없이 점포마다 세 자리 숫자가 간판처럼 붙어 있었다. 중경은 그것이 구치소에서 수감자를 분류하는 방식과 비슷하다고 생각했다.

처음 중경이 면회를 갔을 때 홍이가 말했다.

"난 예쁜 애들만 골라 죽였어. 몸에 흉터가 있거나 못생긴 애들은 그냥 풀어줬어. 예쁜 애들을 죽여야 사람들이 더 끔찍해하니까."

홍이는 웃고 있었다. 파란 수의가 몸에 맞지 않게 컸고 삼촌과 구분 지어주던 옅은 오렌지색 머리는 바싹 깎여 있었다. 중경은 홍이의 하얀 발등에 시선이 멈추었다. 초여름인데도 고무신 속 홍이의 발등은 몹시 추워 보였다.

대학 입학 후 중경은 학교 근처에서 자취를 했다. 집에는 1년에 서너 번 정도 들렀고 자연스럽게 삼촌과 만나는 횟수도 줄어들었다. 그즈음 삼촌은 아버지의 집과 그리 멀지 않은 곳에서 홍이와 단둘이 살았다. 삼촌은 박스 공장과 자동차 정비소, 택시 회사 등에 취직했으나 얼마 못 가 그만두었고 어렵게 돈을 구해 장사를 시작했지만 그 또한 번번이 실패로 끝났다. 만화방을 시작으로 호프집과 포장마차 모두 마찬가지였다. 삼촌의 가게는 1년을 못 넘기고 폐업했고 이곳저곳에 빌린 돈이 늘어갔다. 마지막 기회라는 심정으로 시작한 것이 농장이었다. 아버지에게 듣기로 삼촌은 수요가 일정한 사업이라 망할 염려가 없다며 자신 있어 했다. 중경은 아버지가 전하는 삼촌의 소식을 대수롭지 않게 여겼다. 여러 명의 여자를 번갈아 만나듯 삼촌은 자신에게 맞는 직업을 찾고 있는 거라 생각했다.

졸업을 앞두고 경찰 공무원 시험을 준비하는 동안 중경은 공부에 파묻혀 삼촌 소식을 듣지 못했다. 들었어도 귀담아듣지 않았을 것이다. 시험에 합격한 후에도 중경은 삼촌과 만날 기회가 없었다. 삼촌이 사는 농장은 도시 외곽에 있었고 중경은 첫 발령지인 지구대 근무로 정신없이 지내고 있었다. 뜻하지 않게 삼촌과 마주친 건 중경이 무전취식 신고 전화를 받고 동료와 함께 출동했을 때였다.

"중경이 왔구나."

삼촌은 중경을 향해 인사를 건넸다. 마치 명절이나 할아버지 제사 때 만난 것처럼 덤덤한 말투였다. 술집 주인은 병을 깨고 난동을 부린 사람이 출동한 순경에게 알은체하자 당황한 표정을 지었다. 중경도 한동안 입을 떼지 못했다. 한때 남자다움과 자신감을 상징하던 삼촌의 곱슬머리는 떠돌이 개의 등덜미처럼 뭉텅뭉텅 빠져 있었다. 중경은 동료를 보내고 삼촌 앞에 앉았다.

"삼촌 술 한잔 사줘라."

삼촌은 맞은편에 앉은 중경의 어깨를 움켜쥐었다. 삼촌에게 나는 역한 냄새 때문에 중경은 숨을 참아야 했다. 삼촌, 저는 삼촌 술 사주러 온 게 아니라 삼촌을 붙잡으러 왔어요. 중경은 속엣말을 삼키고 술과 안주를 시켰다. 소주 한 병을 앞에 놓고 삼촌은 젊은 시절을 회상했다. 함박 스테이크와 팥빙수, 최신 유행의 운동화로 남아 있던 추억은 어느새 듣기 곤혹스러운 주정이 되어 중경을 괴롭혔다. 그때 중경을 구해준 것이 홍이였다. 홍이는 어떻게 알았는지 가게 문을 열고 들어와 삼촌을 발견하고는 조용히 삼촌 옆에 앉았다. 한겨울이었음에도 홍이는 맨발에 슬리퍼 차림이었다. 삼촌의 무전취식과 욕설이 익숙한 듯 홍이는 시선을 떨어뜨리고 묵묵히 삼촌의 주정을 받아냈다. 삼촌은 연거푸 잔을 비우며 중경에게 말했다.

"나는 사람이 갈 수 있는 끝을 갔다."

중경은 삼촌의 흐리멍덩한 눈을 피해 홍이를 보았다.

"홍이도, 자기 나이에 갈 수 있는 끝을 갔지."

삼촌이 말했다. 중경은 홍이의 이름을 처음 듣던 날이 떠올랐다. 삼촌이 왜 아들에게 홍이란 이름을 지어주었는지 중경은 이해할 수 없었다.

가게를 나온 삼촌은 개들에게 밥을 주러 가야 한다며 어두운 도로를 비칠비칠 걸어갔다. 농장은 차를 타고도 한참을 가야 하는 거리였지만 삼촌은 막무가내였다. 홍이가 삼촌의 뒤를 쫓았고 그 뒤를 중경이 따라갔다. 도로의 갓길이 좁아지면서 가로등이 드물어지자 중경은 홍이를 불러 세웠다. 홍이의 손목을 잡고서 중경은 삼촌과 반대 방향으로 걸었다. 얼마쯤 가자 홍이가 멈춰 섰다. 팔을 잡아당기며 중경이 어서 가자고 해도 홍이는 움직이지 않았다. 그러고는 중경의 손에서 자기의 손을 빼내었다. 홍이는 그대로 돌아서 자신의 아버지에게로 돌아갔다. 어두운 길로 홍이의 모습이 조금씩 사라져갔다. 인사도 없이, 중경은 홍이와 그렇게 멀어졌다.

현장에 도착한 중경은 구두를 신은 채 방으로 들어섰다. 바닥은 검은 먼지가 쌓여 있었고 곰팡이가 슨 벽지가 나뒹굴었다. 처음 이곳에 왔을 때 중경은 악취 때문에 방에 들어설 수 없었다. 낮은 천장의 부엌을 지나 방문을 열자 매캐한 연기가 얼굴에 훅 끼쳤다. 난생처음 맡아보는 냄새에 중경은 코와 입을 막고 헛구역질을 했다. 커튼이 쳐 있어 방 안은 어두웠고 창틀 사이는 청테이프로 막혀 있어 창문을 여는 데 애를 먹었다. 쇳소리를 내며 창문이 열릴 때마다 죽은 금파리 사체가 떨어졌다. 빛이 새어든 이불 위에는 사람의 뼈와 두개골이 놓여 있었다.

방 안에 쌓인 묵은 먼지 속에서 할머니의 백골은 깨끗한 편이었다. 상의와 하의를 여러 겹 껴입었는지 뼈 주변으로 해진 옷들이 불룩했다. 그 위로 양쪽 골반이 엇갈려 있었고 부화를 마친 구더기 알들이 달라붙어 있었다. 악관절을 크게 벌린 두개골은 중경을 향해 외마디 비명을 지르는 듯했다.

시신과 현장 수습을 위해 인력을 요청한 후 중경은 방에서 나왔다. 그런데 방문을 닫으려 할 때 어디선가 쪼르르 물방울 떨어지는 소리가 들렸다. 소리는 1~2초쯤 멈췄다 다시 이어졌다. 중경은 개수대의 수도꼭지가 잠긴 것을 확인하고 다시 방으로 들어갔다. 냉장고 안과 장롱 뒤를 살피고 낮은 상 밑을 들여다본 후 무심코 고개를 돌리는 순간 가슴이 내려앉았다. 눈으로 본 것을 머리로 인식하는 데는 시간이 필요했다. 전구 알처럼 빛나는 눈동자가 아니었다면 그것은 마치 누더기를 돌돌 뭉쳐놓은 먼지 더미 같았다. 덥수룩한 털끝에 검은 땟국물이 뭉쳐 있어 화장실에서 썩어가는 대걸레 같기도 했다. 얼굴을 들 기운도 없는지 개는 고개를 주억거리고 있었다. 그것은 분명 개였다. 가랑이 사이로 오줌을 핥짝거리는 그 모습은 개가 틀림없었다. 지옥에서 살아 돌아온 듯한 몰 골로 개는 끈적한 침을 자기 가랑이 사이에 묻혔다. 언뜻언뜻 보이는 혓바닥과 입속은 새까맸고 이빨 사이에 정체불명의 이물질이 잔뜩 끼어 있었다. 중경은 코를 틀어막았다. 서둘러 밖으로 나가려다 주인의 시신 곁에서 몇 달을 살았을 개의 처지를 생각하니 안타까운 마음이 들었다. 중경이 천천히 다가가자 개는 멈칫하다 이내 혀를 빼고 중경의 구두코를 핥았다. 헥헥헥, 개는 입을 크게 벌릴 뿐 아무 소리도 내지 못했다. 목이 마른 모양이었다. 중경은 작은 그릇에 물을 담아 개 앞에 놓았다. 개는 코를 벌름거리며 조금씩 목을 축였다. 문득 중경의 머릿속에 불길한 생각이 스쳤다. 시신이 썩어갈 동안 개는 무얼 먹고 살았을까. 중경은 고개를 돌려 시신을 바라보았다. 살점 하나 없는 뼈들이 앙상하게 빛나고 있었다.

다시 현장을 찾은 중경은 밖으로 나가 햇빛을 향해 고개를 들었다. 시신과 살림살이를 치웠지만 할머니의 방은 여전히 음산했다. 중경은 텁텁한 입안을 헹구듯 크게 숨을 들이마셨다. 중경은 자신이 경찰이란 직업을 갖기엔 너무 예민한 것이 아닌가 생각했다. 지하로 내려가는 계단에 앉아 중경은 사직서와 휴직계 사이를 가늠해보았다.

올해 봄, 중경은 생활안전과에서 여성청소년과로 옮겨 왔다. 그러나 정도가 약해졌을 뿐 순간순간 맞닥뜨리는 섬뜩함은 그대로였고 중경은 그것에 무뎌지지 않았다. 당직을 서는 날이면 새벽녘에 아이를 둘러업고 오는 여자들이 있었다. 그들은 겉으로 알아차리기 어렵지만 옷을 벗겨 살피면 사람의 몸이라 믿기 어려울 정도로 학대받은 흔적이 역력했다. 검붉은 멍 위에 찔리거나 패인 상처가 수없이 많았고 그것은 때로 여자들이 안고 온 아이들의 몸에서도 발견되었다. 중경은 그들을 볼 때면 소리 없이 날아온 돌에 가슴을 맞은 것처럼 숨이 가빴다. 그들의 상처를 사진으로 남기고 조서를 작성해 사건을 처리하는 동안 중경은 자신이 그들을 위해 진심으로 일하고 있다고 생각했다. 하지만 그것은 엄연히 바라보는 자의 입장이었을 뿐 중경과 그들은 다른 세계에 속해 있었다.

홍이의 사건 이후 중경은 상처를 드러낸 채 사진기 앞에 서는 여자들과 자신을 구분하는 선이 무너졌음을 깨달았다. 홍이는 오랜 시간을 공들여 준비했고 자신의 행위가 어떻게 받아들여질지 치밀하게 계산했다. 홍이의 사건을 맡은 담당 형사는 홍이를 가리켜 그 행위의 잔인함이 점점 진화하는 지능형 사이코패스라 말했다. 중경은 그 형사에게 자신의 직책이나 근무지를 말할 수 없었다. 홍이가 구치소에 갇힌 후에도 재판이 진행되는 동안에도 중경은 자신의 사촌 동생과 잔혹한 범죄자를 애써 구분 지었다.

중경은 해를 등지고 앉아 바닥에 누운 자신의 그림자를 보았다. 두 팔로 무릎을 감싸 몸을 웅크리며 그림자를 점점 더 작게 만들었다. 무릎 사이에 얼굴을 묻고 중경은 홍이를 떠올렸다. 아무도 오지 않는 외진 주택가 계단에 숨어서야 중경은 홍이를 떠올렸다. 전화를 걸어 무엇인가 말하려다 미안하다는 말만 하고 끊는 아버지의 목소리도 어른거렸다. 고개를 떨군 중경은 잠수를 하듯 숨을 참았다. 더는 참을 수 없을 때까지 숨을 참아볼 작정이었다. 그때 누군가 중경의 어깨에 손을 올렸다.

"괜찮으세요?"

중경은 고개를 들어 위를 보았다. 빛, 코뿔소. 눈이 부셔 손 차양을 만든 중경은 고개를 비스듬히 꺾었다. 코뿔소였다. 코뿔소 한 마리가 중경에게 말하고 있었다.

"괜찮으세요?"

코뿔소가 말했다. 이마에 회색 뿔이 우뚝 솟은 코뿔소가 중경의 얼굴 가까이 다가왔다. 중경은 귀가 멍해지는 이명에 눈을 감았고 코뿔소의 회색 뿔에 머리를 기대었다.

여자는 탈을 바닥에 내려놓고 중경 옆에 앉았다. 코뿔소 탈을 벗은 여자의 얼굴에 땀이 가득했다. 그녀는 연극에서 코뿔소 역을 맡아 연습 중이라 말했다. 무거운 탈 때문에 중심을 잡기 어려워 극장에서 집까지 오는 동안 코뿔소가 달리는 장면을 연습했다고.

"써보실래요? 써보면 제가 왜 이러는지 아실 거예요."

여자가 말했다. 뺨에 달라붙은 머리카락을 넘기며 여자는 코뿔소 코를 잡았다.

"이걸 쓰고 진짜 코뿔소처럼 쿵쾅거리며 뛰어야 해요. 코뿔소가 등장할 때 관객이 깜짝 놀라야 하거든요."

여자는 나지막하지만 설렘이 깃든 목소리로 말했다. 비록 대사는 없어도 극에서 제일 중요한 캐릭터가 코뿔소라 했다. 중경은 소리 없이 웃었다. 누군가를 앞에 두고 웃는 표정을 짓는 게 얼마 만인지 몰랐다. 두 사람은 나란히 계단에 앉아 햇빛이 만드는 그림자를 보았다. 어디선가 서툰 솜씨로 멜로디언을 연주하는 소리가 들렸다. 멀리서부터 들리던 오토바이 엔진 소리가 점점 가까워지더니 반쯤 열린 대문 앞으로 빨간 헬멧을 쓴 배달원이 지나쳐 갔다.

"통영에 갔던 적이 있었는데요."

여자가 말했다. 여자는 말랑말랑한 코뿔소 뿔을 구부렸다 펴며 중경에게 말했다.

"남해에 있는 곳인데, 가보셨어요?"

중경은 고개를 가로저었다.

"전 작년 겨울에 가봤거든요. 어디론가 도망치고 싶어서, 아

무 데로나 가고 싶어서 갔는데 거기가 통영이었어요. 고속 터
미널에서 제일 멀리 가는 차편이 통영이었거든요. 근데 도착
하고 나니 한밤중이고 길도 몰라서 터미널 앞에 있는 파출소
에 무작정 들어갔어요. 그때 생각이 났어요. 경찰서에서요. 형
사님 보고……."

여자가 말했다. 잠시 말을 멈춘 그녀는 중경의 팔에 가만히
손을 올렸다.

"통영 파출소에도 여자 경찰관이 있었거든요. 그분이 숙직
실에서 재워줬어요."

중경의 팔에 닿은 여자의 손이 약하게 흔들렸다. 중경은 시
체 썩는 냄새를 맡지 못했느냐며 여자를 몰아세웠던 일이 떠
올랐다.

"쪽지에 뭐라고 쓰여 있었어요?"

여자가 물었다. 중경은 주머니에서 휴대전화를 꺼내 사진
을 찾았다. 여자에게 보여주자 그녀는 낮은 탄식을 내뱉었다.
죽은 할머니는 파란색 펜으로 보일러를 튼 날짜를 일일이 적
어놓았다. 숫자는 한 줄을 넘지 않았고 종이 끝은 무엇엔가
젖어 얼룩져 있었다.

"제 탓인가요?"

여자가 물었다. 중경은 고개를 가로저었다. 서툰 멜로디언
소리가 여전히 어디선가 들려왔다. 타살 정황 없음. 중경은 서

로 돌아가면 동숭동 29-3번지 사건을 마무리할 생각이었다.

*

단 한 번, 중경은 삼촌을 따라 농장에 간 적이 있었다. 농장
은 할아버지가 과수원을 하던 곳과 그리 멀지 않았다. 주변이
재개발 지역으로 지정돼 마을 주민들 대부분이 이사를 간 후
였다. 중경은 삼촌이 모는 소형 트럭을 타고 가며 버려진 집
을 여러 채 보았다. 트럭은 제법 큰 비닐하우스 앞에 멈췄다.
하우스 옆에는 컨테이너 한 채가 연결돼 있었고 풀과 갈대들
너머 낮은 산마루가 보였다. 중경은 삼촌을 따라 컨테이너 안
으로 들어갔다. 아담한 살림집 같은 컨테이너 안에는 부드러
운 녹색 카펫이 깔려 있었고 벽에는 홍이의 상장이 걸려 있었
다. 비닐하우스로 나가면 톱밥이 깔린 길을 따라 양쪽으로 수
십 개의 빈 철창이 있었지만 아직 개는 몇 마리 들어 있지 않
았다. 중경은 비닐하우스 중앙에 놓인 난로에 앉아 홍이와 함
께 삼촌이 구워주는 고구마를 먹었다.

삼촌의 농장은 개 사육장이었다. 개를 키워 어디에 파는지
중경은 묻지 않았다. 삼촌이 키우는 개들이 팔려 가는 곳이
어디든 중경은 홍이의 상장과 사진이 걸려 있는 농장과는 상
관없는 일이라 생각했다. 그렇게 몇 년이 흘러갔다. 그사이

삼촌은 중증 알코올의존증 환자가 되어 치료센터에 입원과 퇴원을 반복했다. 아버지는 삼촌이 망가진 이유가 고립 때문이라 했다. 산 아래 혼자 고립돼 있으니 술을 마시고 나중에는 중독이 되어버린 것이라고. 어떤 사람은 개 짖는 소리 때문이라 했다. 매일 짖어대는 수십 마리의 개들 사이에서 살려면 술을 마셔야 하지 않겠느냐고. 경찰로서 중경은 삼촌이 술에 의지하게 된 것이 사육사에서 도살자가 되면서부터라 생각했다. 다만 그 시기가 언제부터인지 정확히 알지 못했다. 사람들이 짐작하는 중독의 이유는 수십 가지였다. 그러나 삼촌이 그것을 이겨내야 하는 이유는 단 한 가지, 홍이였다. 중경은 홍이가 있다면 삼촌이 마음을 다잡으리라 생각했다.

다시 찾은 농장에는 삼촌도, 홍이도 없었다. 중경은 홍이가 붙잡힌 후 그곳을 찾아갔다. 천장에 달아놓은 끈끈이에 수십 마리의 파리가 달라붙어 있는 것 말고는 하우스 안은 깨끗했다. 개들이 살던 철창은 비어 있었고 톱밥이 깔린 길에는 작은 풀꽃이 피어 있었다. 그러나 벽을 따라 세워진 빈 소독약 통들을 보자 중경은 가슴이 턱 막혔다. 홍이가 그 많은 소독약을 어디에 썼을지 중경은 상상하고 싶지 않았다.

중경은 비닐하우스를 나와 삼촌이 실종되던 때를 되짚어보았다. 키우던 개를 처분한 후 삼촌은 얼마의 현금을 지닌 채 모습을 감추었다. 삼촌이 쓴 짧막한 쪽지가 아니었다면 아버지는 영영 삼촌의 가출을 믿지 않았을 것이다. 실종자 사망신고 기한인 5년이 지나도록 삼촌은 어디에도 나타나지 않았다. 삼촌이 실종된 후 아무도 농장을 찾지 않았고 중경은 농장의 존재조차 잊었다. 홍이만이 주말마다 버려진 비닐하우스에 와서 자신의 아버지를 기다렸다. 그것이 삼촌을 기다리는 홍이의 방식이었을까. 중경은 찢긴 비닐하우스가 무서운 바람 소리를 내며 흔들리는 그곳에서 홍이의 마음을 헤아려보았다.

공터에 묻은 뼛조각을 환산하면 어림잡아 예순 마리 정도 될 거라고 경찰은 발표했다. 농장 냉장고 안에서는 개의 살점으로 보이는 것들이 수십 킬로그램이나 발견되었다. 경찰은 나머지 살점들은 태우거나 땅에 묻었을 거라 추정했다. 동물보호협회는 경찰의 사건 보고서를 토대로 홍이가 개를 죽인 방법을 재연하는 기자회견을 열었다.

"개와 친해질 시간을 가졌을 겁니다. 떠돌이 개는 쉽게 낯선 사람과 접촉하지 않습니다. 차홍은 짧으면 일주일, 길게는 한 달간 공을 들였습니다. 개가 마음을 놓으면 그제야 올가미로 포획했습니다."

협회 쪽 재연자는 검은 올가미를 손에 들고 포즈를 취했다. 수십 개의 카메라 플래시가 그를 향해 터졌다.

"이렇게, 개의 목을 조이고 위로 들어올립니다. 짖을 수 없게 꽉 조여 기둥에 거꾸로 매답니다."

재연자는 올가미에 걸린 개 모형 마네킹을 높이 쳐들었다. 다른 쪽 손에는 칼이 들려 있었고 그 칼은 날이 선 진짜 칼이었다.

"차홍이 잔인한 이유는 살아 있는 채로 가죽을 벗겼다는 겁니다. 개를 매달아놓고 발목부터 시작해 가슴까지 가죽을 벗겨냈습니다. 그런 다음 개가 천천히 쇼크사할 때까지 양동이를 받쳐놓고 기다립니다. 이 방법은 가죽의 온전한 형태를 유지하기 위함이라고 차홍이 진술했습니다. 피가 다 빠질 동안 개는 얼마간 살아 있습니다. 저희가 이렇게 구체적으로 설명하는 이유는 무뎌져가는 이 사회에 경각심을 일깨우기 위해서입니다. 동물 관련 범죄는 갈수록 치밀해지고 잔인해짐에도 불구하고 가해자의 형량은 길어야 징역 1년이고 그마저도 감형되어 대부분 집행유예나 벌금형에 그칩니다. 그것도 확실한 증거가 있을 때지요. 그러나 우리 사회가 잊지 말아야 할 것은 수많은 흉악범이나 연쇄살인범이 대부분 동물 학대로 시작한다는 것입니다."

중경은 회견장 밖으로 나왔다. 장대비가 쏟아지고 있었다. 우산 없이 빗속을 걸으며 중경은 속이 얼어붙을 만큼 차가운 물을 들이켜고 싶었다. 홍이는 가죽 안쪽에 남은 피를 모

252

두 닦아내지 않았다. 가죽에서 피비린내가 나야 했기 때문이었다. 바깥쪽 털은 빗으로 빗어 손질했고 그것을 낯선 사람들 집 앞에 걸어놓았다. 처음엔 현관문 우유 투입구나 재활용 수거함 위에 걸쳐놓았다. 그러다 좀 더 온전한 형태로 보여주고 싶어 낚싯줄을 연결해 문에 매달아놓았다고 했다. 신고가 들어온 지역은 대부분 빌라가 밀집한 주택가였고 감시 카메라가 없는 상가도 있었다.

빗속을 걸어 집에 돌아온 중경은 문밖을 서성이는 아버지를 보았다. 아버지는 중간중간 손가락이 없는 거친 손으로 자신의 얼굴을 감싸고 있었다. 중경은 뒤돌아서 그곳과 멀어졌고 새벽이 되어서야 집으로 들어갔다. 젖은 옷을 벗자 몸에 한기가 들고 기침이 났다. 지독한 여름 감기의 시작이었다. 그날 이후 중경은 바늘에 찔리는 것처럼 목과 가슴이 쓰라렸고 기침이 터지면 정신이 아득해질 때까지 멈추지 않았다.

*

딩동, 벨이 울리고 전광판 번호가 바뀌었다. 차례가 가까워진 중경은 면회실이 있는 건물로 가려다 다시 접수대로 향했다. 몇 번을 거듭했지만 번번이 구매물 신청서 작성을 깜박했다. 중경은 구운 달걀과 떡갈비 개수를 넉넉하게 적은 후 액수를 가늠해보았다. 양말 두 켤레를 추가한 후 1회 한도 금액을 넘지 않았는지 마지막으로 계산했다. 신청서를 접수하고 본관을 나와 걸어가며 중경은 홍이에게 할 말을 정리해보았다. 무엇보다 같은 수감실 사람들에 대해 자세히 물어봐야 했다. 만 열여덟을 넘겼지만 중경은 홍이가 성인인 다른 미결수들과 한방에 있는 것이 마음에 걸렸다.

홍이의 사건이 보도된 후 한 종교 단체에서 홍이와 만나기를 원했다. 그러나 홍이는 중경 외에는 다른 이의 접견을 모두 거부했다. 어떤 시나리오 작가는 홍이의 이야기를 영화로 만들겠다며 홍이가 졸업한 학교를 찾아다녔다. 그는 홍이의 행동이 인간의 잔인성을 드러내는 일종의 퍼포먼스라며 홍이를 치켜세웠다. 홍이는 경찰이 주선한 정신과 전문의에게 심리검사를 받았다. '자신을 예언자나 혁명가로 여기는가?' 홍이의 대답은 '아니요'라고 적힌 칸에 표시돼 있었고 검사 수치들은 정상 범위를 넘어서지 않았다.

"이번 회차 24번, 신청인은 9호실로 들어가십시오."

천장 스피커에서 안내방송이 나왔다. 중경은 복도를 따라 9호실 문 앞에 섰다. 접견실 안에는 아직 전 회차의 신청인이 머물러 있었다. 중경은 밖에 서서 그 사람이 나오기를 기다렸다. 얼마 후 손등으로 눈물을 찍어내는 중년 부인이 밖으로 나왔다. 중경은 안으로 들어가려다 멈칫하고는 다시 안내방송을 기다렸다. 그렇게 1분을 흘려보냈다. 안을 보니 이미 홍이가 와서 자리에 앉아 있었다.

"양말은?"

다급히 자리에 앉으며 중경이 물었다. 지난번 접견 때 분명 양말을 넣어주었는데 홍이는 여전히 맨발이었다.

"누난 내가 아직도 어린애인 줄 아나 봐."

홍이가 말했다. 중경은 유리벽 쪽으로 바투 다가가 홍이의 얼굴을 살폈다. 그러는 동안 전광판 숫자가 8로 바뀌었다.

"이제 누나 경찰 못 하는 거 아니야?"

홍이가 물었다.

"무슨 말이야?"

"아버지가 그랬어. 짐승 죽이는 거 실제로 보면 못 먹을 거라고. 누나도 이렇게 면회실 왔다 갔다 하면 범인 잡을 때 마음 약해지는 거 아니야?"

홍이가 말했다. 그렇지 않아도 휴직계를 낼 생각이라고 중경은 속으로 대답했다. 홍이는 지난번 봤을 때보다 머리카락이 조금 더 자라 있었다. 중경은 생각해두었던 질문을 건넸다.

"다른 건 괜찮은데 한 명이 코를 심하게 골아. 다른 아저씨가 화나서 발로 걷어차면 그 사람은 미안합니다, 미안합니다, 몇 번이나 사과해. 엄청 소심한 사람 같아. 그런데 어떻게 여섯 살짜리 여자애를 자기 집에 끌고 갔을까?"

홍이가 우습다는 듯 입술을 씰룩였다.

"넌 그 사람들이랑 달라."

중경의 목소리가 낮아졌다. 홍이가 의자를 불안하게 뒤로
젖히며 또 한 번 피식 웃었다. 전광판 숫자는 4로 바뀌었고 중
경은 홍이 뒤에 앉은 구치소 직원을 흘깃 보았다. 하고 싶은
말은 혀끝을 맴돌 뿐 입 밖으로 나오지 않았다. 대신 기침이
올라왔다. 중경은 거친 소리를 내며 쿨럭였다. 그렇게 얼마간
접견실에는 기침 소리만 울렸다.

"왜 안 물어봐? 그게 궁금해서 자꾸 오는 거 아니야?"

홍이가 물었다. 중경은 질문의 의도를 되묻는 표정으로 홍
이를 보았다.

"내가 왜 그랬는지. 그게 듣고 싶은 거잖아."

홍이가 검지로 코를 긁적였다. 이로 물어뜯어 생살이 드러
난 홍이의 손마디가 중경의 눈에 띄었다. 그사이 전광판 숫자
는 1로 바뀌었고 접견 종료가 가까워졌음을 알리는 벨이 울
렸다.

"곧 나올 수 있을 거야."

중경이 말했다.

"난 나가면 또 그럴 건데? 마무리를 못 했어. 그걸 하려고
예쁜 애들만 골라 죽인 건데."

"입 다물어."

"누나, 내가 웃긴 얘기 해줄까? 아버지가 그랬어. 사람에겐 누구나 착한 마음이 있다고. 그런데 그 마음에 더러운 게 묻어서 제대로 못 보는 거래."

버저가 울리고 구치소 직원이 일어섰다. 홍이가 의자에서 일어나 그를 따라 몇 걸음 옮기다 중경을 돌아보았다.

"또 올 거지?"

홍이가 물었다. 중경은 고개를 끄덕였다. 문이 닫히고 전광판 숫자는 다시 10으로 바뀌었다. 다음 회차의 면회인이 들어갈 때까지 중경은 자리에서 일어서지 못했다.

집에 돌아온 중경은 쓰러지듯 소파에 기댔다. 참을 수 없이 목이 타 물을 마셔야겠다고 생각했지만 그대로 잠이 들었다. 중경은 오랜만에 긴 잠을 잤다. 자면서 꿈을 꾸었는데 자신이 죽는 꿈이었다. 중경은 죽어서 천국에 갔다.

홍이가 천국의 문 앞에서 중경을 맞아주었다. 홍이는 혓바닥이 사탕처럼 빨갰고 개처럼 꼬리를 흔들었다. 홍이와 중경은 서로의 엉덩이에 코를 박고 빙글빙글 원을 그렸다. 중경은 네발로 뛰었고 홍이는 턱을 치켜들고 길게 울부짖었다. 구슬프면서도 힘찬 소리였다. 맞은편 언덕을 향해 신호를 보내는 듯했다. 그곳에는 커다란 굴뚝이 있어 시커먼 연기가 피어올

랐다. 홍이는 그곳이 지옥에 떨어진 개들을 태우는 소각장이
라 했다. 멀리서 폭죽이 터지는 듯한 소리가 연달아 들렸다.

"몸에 남은 가스가 터지는 거야."

홍이가 말했다. 소각장의 개들은 일산화탄소와 이산화탄
소가 섞인 가스에 질식해 죽는다고 했다. 펑펑펑 소리가 들릴
때마다 컹컹컹 홍이가 짖었다. 그러고는 홍이는 뒷발로 바닥
을 헤치며 멀리 뛸 자세를 했다.

"누나, 난 가."

홍이가 말했다. 홍이는 지옥에 떨어진 아버지를 구하러 간
다고 했다.

"잘 가."

중경은 손 대신 꼬리를 흔들며 홍이에게 인사했다.

*

깨끗이 씻긴 개는 몰라보게 달라져 있었다. 이발까지 하고
나니 사람의 애정을 듬뿍 받는 요크셔테리어처럼 보였다. 연
한 갈색 털이 얼굴과 가슴을 따라 부드럽게 흘러내렸고 등과
꼬리털은 숯처럼 까맸다. 검은 구슬을 박은 듯한 눈은 기괴한
빛을 내뿜던 열흘 전의 그 눈이 아니었다. 중경을 알아보는지
녀석은 리본처럼 말아 올라간 꼬리를 흔들었다. 중경은 서류

작성을 끝내고 보호소 직원에게 개를 받아들었다.

열흘 전, 중경은 동숭동 29-3번지 반지하 셋방에서 발견한 개를 유기견 보호소에 맡겼다. 개를 맡기고 절차를 기다리며 중경은 안내 데스크에 꽂힌 팸플릿을 펼쳐 보았다. 팸플릿에는 유기견에게 적용되는 실험동물 처리 법규가 적혀 있었다. 중경은 그중 일곱 번째 항목에 시선이 머물렀다.

'확실히 처리해 다시 살아나는 일이 없도록 한다.'

그 구절을 본 중경은 언젠가 삼촌이 말했던 영혼과 부활의 이야기가 떠올랐다.

"중경아, 너도 홍이가 고깃덩어리일 뿐이라고 생각하니?"

삼촌은 중경이 아버지의 앨범에서 찾아낸 홍이의 사진을 보며 그렇게 물었다. 어린 시절 교회에서 들었던 영혼의 이야기를 들려주며 삼촌은 그때 목사가 했던 말이 떠오른다고 했다. 목사는 영혼이란 오직 인간에게만 있으며 동물은 그저 고깃덩어리일 뿐이라고 했다.

"동물이건 사람이건 영혼이 없기는 똑같아."

삼촌은 홍이의 사진을 보며 말했다. 삼촌은 영혼도 없고 부활도 없으며 죽어서 가는 천국도 없다고 했다.

"그래도 지옥은 있을 것 같다. 천국은 몰라도, 지옥은 있을 거야."

삼촌이 말했다. 그때 삼촌의 고불거리는 머리카락에선 좋은 냄새가 났다.

천국의 꿈에서 깼을 때 중경은 그날이 개를 맡긴 지 열흘째 되는 날이라는 것을 깨달았다. 개를 떠올리자 중경은 동숭동에서 개를 안아 올렸을 때의 느낌이 아직 팔에 남아 있는 것 같았다. 개는 살아 있는 존재라고 믿기 힘들 만큼 약하고 가벼웠다.

"성대와 생식기를 제거했더군요. 아마 새끼 때 수술했을 거예요."

보호소 직원이 개의 등을 쓰다듬으며 말했다. 중경은 소리도 낼 수 없고 생식도 할 수 없는 녀석이 마치 털북숭이 인형 같다고 생각했다. 하지만 따뜻한 개의 가슴이 중경의 팔에 닿은 채 뛰고 있었다.

중경은 밖으로 나와 개를 내려놓았다. 녀석의 이름을 뭐라고 지을까. 중경은 잠시 고민하다 나중에 홍이가 나오면 그때 다시 생각하기로 했다. 한낮의 햇빛이 개의 여윈 등덜미에 내리쬐었다. 이 작은 생명의 목숨을 끊는 방법은 몇 가지일까. 중경은 조심스럽게 사람의 냄새를 맡는 녀석의 코 아래에 가만히 손을 펼쳤다. 차갑고 축축한 개의 코가 중경의 손끝에 닿았다.

얼어붙은 결정론적 세계를
깨뜨리는 방정식

—김건형(문학평론가)

운명의 물리 법칙을 얼려두는 사람들

김멜라의 인물들은 추락하는 운명을 본다. 그들은 절대적이고 운명적인 물리 법칙을 체감하면서 잠에서 깨어난다. 예상할 수 없는 불운은 물론 유한한 존재인 우리 모두에게 닥쳐오지만, 그로 인한 운명의 중력이 모든 삶에 평등하게 작용하진 않는다. 소설의 인물들은 그 불균등한 운명의 자기장에 휩쓸린 자신을 정확하게 알고 있다. 그런데 그들은 자책으로 대응한다. 불면의 고통에 시달리는 해연(「모여 있는 녹색 점」)이나 악몽에서 깨어나는 세방(「스프링클러」)이 그러하듯. 15분의 연료비를 아끼려 경로를 바꾼 조종사 탓에 미아가 실종된 것처

럼, 작은 과실이나 우연으로부터 파국적인 재난이 벌어지고
만다. 인물들은 이런 운명의 패턴에 깊이 사로잡혀 있다. 미
아의 가족들에게 장례를 치르지 않는 게 좋겠다고 말하는 해
연과, 어머니의 사망 보험금 수령을 오랫동안 미룬 세방은 죽
음을 계속해서 유예한다. 이들이 불운한 운명에 대한 생각에
사로잡힌 것은 사랑하던 여자들의 죽음을 왜 막을 수 없었는
지 자책하기 때문이다. 이 자책은 집요하고 끈질기다. 그 불
운을 미리 계산할 수도 없었다는 사실은 별달리 중요하지도
위로도 되지 않는다. 다만 미아와 마지막 통화를 하지 못해
서, 스프링클러에 중고 부속품을 사용했다고 자책하면서 운
명에 작용하는 물리 법칙에 대해서 생각하는 것이다. 먼저 죽
은 이들의 운명과 자신의 삶을 계속해서 견주고 심문하는 구
도는 상실로 인한 자기 파괴 혹은 애도를 위한 자기 처벌처럼
보이지만 실은 세계의 운명으로부터 우연히 살아남은 자신을
발견하는 과정에 가깝다. 그저 죄책감을 앓는 게 아니라 운명
앞에 놓인 인간의 취약한 존재론에 사로잡혀, 그것을 망각하
지 않고자 애쓰는 것이다.

그러니 이 자책은 운명에 사로잡힌다는 공포나 무기력한
순응이 아니다. 주어진 운명의 물리 법칙과 불화하고 있는 자
신을 발견하기 때문에 생긴 이질감이다. 주어진 운명의 길을
따라가길 거부하고, 자신이 어디에 서 있는지를 보려 하는 것

이다. 세방이 "찾아야 할 것은 길이 아니라 지금 그가 서 있는 위치였다"(190쪽). 그것은 운명의 강력한 중력에 온전히 자신을 내맡기길 거부했던 여자들의 불복을 상기시킨다. 불운한 화재의 기억으로 인해 고통받으면서도 엄마는 스스로 다시 불을 질렀다. "엄만 불을 보면 너무 무서워. 너무 무서워서 살아야겠다는 생각이 들어."(197쪽) 그리고 불에 사로잡힌 엄마에 대한 기억이 다시 세방을 살게 한다. 운명에 사로잡힌 자들이 불운의 기억에 매달리는 것은 이 역설적인 작은 의지를 보존하는 형식이다. 반대로 해연의 남편 강투는 미아의 죽음으로부터 가능한 한 빨리 벗어나 일상을 회복하고자 한다. 운명에 대한 기억을 오랫동안 간직하려는 해연과 달리 강투는 미아가 사라진 후 한 번도 눈물 흘리지 않았다. 애착과 사랑을 충분히 되돌려 받지 못해서 번번이 상처받는 미아를 지켜보며 같이 아파하는 해연을 강투는 이해하지 못한다. 그동안 미아는 자신의 정서적 보살핌과 성적 에너지를 남자친구들에게 제공해왔지만, 그것을 제대로 돌려받지 못해 무력해지곤 했다. 연인과 가족의 내밀한 사이에서도 정서적·성적 에너지는 여성에게서 남성으로 이동하길 반복한다. 여성의 감정을 이전받으면서 남성의 정서적·성적 에너지를 증진해온 젠더적 패턴이 만들어내는 여성의 고립감을, 강투는 이해하지 못한다.* 세방의 어머니 역시 감정의 젠더적 패턴으로부터 고통받고 있다. 어머니에게 평생 깊은 상처로 남은 사건은 저임금 비숙련 여성 노동자들의 기숙사에서 발생한 화재였다. 어머니는 공장에 갇히다시피 하여 노동해야 했던 여공이었고, 아버지는 그들을 감독하며 철문을 걸어 잠근 작업반장이었다. 아버지는 그 불운에 대한 생각에 사로잡힌 어머니를 이해하려 하지 않았다. 오히려 불운한 기억을 되새기고 간직하려는 노력에 무심하다. 열악한 노동환경과 실화(失火)가 아버지 개인의 탓만은 물론 아니지만, 남자들에 의한 그 우연한 운명이 여자들에게는 재난이 되곤 하는 것이다. 남편과 아버지들이 가능한 한 효과적으로 여자들의 죽음에 대한 기억을 망각해 버릴 때, 화자들의 마음은 차갑게 얼어붙는다. 그것이 젠더적 운명론을 응시하는 이들의 외로운 온도를 만들어낸다. 해연이 "미아의 죽음을 투명한 비닐에 담아 냉동실 어디쯤 넣어둔 것"(134쪽)처럼 이들은 외로움 속에서 차갑고 투명하게 죽은 여자들의 운명을 보존하는 것이다. 이렇듯 「모여 있는 녹색

---

* 모두의 자유의지로 참여하는 것 같은 사회적 관계망 속에서도, 어떤 사회집단의 노동 산물과 에너지가 타 집단에게 이득이 되도록 이전되는 지속적인 착취의 회로가 발생한다. 여기에서부터 억압이 생겨난다. 젠더 착취 역시 단순히 지위, 권력, 부의 불평등에서 그치는 것이 아니다. 여성의 양육 및 성적 에너지, 정서적 보살핌이 남성에게 이전되어 남성의 지위와 쾌락과 즐거움을 향상하는 (연애와 가족 같은) 제도적이고 일상적인 과정과 밀접하다. 이러한 지속적인 이전 속에서 하위 집단은 스스로를 열등하고 무력하게 여기도록 저평가하여 정서적으로 고립되고 의존하게 될 수 있다. 이러한 감정의 경제학이 물질적 정치경제학을 유지시킨다. 아이리스 매리언 영, 『차이의 정치와 정의』, 김도균·조국 옮김, 모티브북, 2017, 125~127쪽, 135~137쪽 참조.

점」은 이 세계에서 고립된 여성들(과)의 친밀감과 유대감에 대한 기억을 얼음으로 만든다. "미아는 남들과 다른 지느러미 모양 때문에 따돌림을 당했고 자신과 닮은 동족을 찾아 먼바다로 떠나지만 결국 어느 바닷속 빙하에 갇혀 영원한 잠을 잔다는 것이 이야기의 결말"(141쪽)로 기억되는 것이다. "어금니로 얼음을 깨무는 소리"(160쪽) 속에서 해연은 미아와 매일 밤 재회한다. 세방 역시 아버지가 어머니를 구하기 위해서 자기를 희생했다는 영웅담이 아니라, 형이 끝내 보존하던 어머니와의 기억에서 위로를 받는다. 살아남은 후쿠시마 사람들이 기억을 잊기 위해서가 아니라 보존하기 위해서 청소를 한다는 것을 확인하는 방식으로. "형은 비록 장례식장에 오지 않았지만 살아 있는 어머니와 늘 만나고 있었"(221쪽)다. 홀로 간직하던 얼음 속 운명에 대해 이야기 나눌 준비를 하자, 어머니의 죽음이 비로소 완성된다.

육식과 폭력의 자의식을 되비추는 말들

김멜라 소설의 남자들은 불길한 고기 냄새를 풍기거나 불운의 흉터를 육체에 새기고 있다. 고깃덩어리를 먹거나 요리(가공)하거나 심지어 그것이 직접 되는 것처럼 보이는 남자들의 '육식성'은 운명의 젠더적 패턴을 환기시킨다. 특히 「홍이」는 남성적 폭력과 밀접한 육식 문화와 윤리적 폭력과 밀접한 재현 문화 사이에서 젠더적 상동성에 집중한다. 「홍이」는 '홍이'라는 이름을 물려받은 동물들이 차례차례 잡아먹히는 과정을 도입부에 설화처럼 서술하면서 죽음과 폭력의 패턴을 그린다. 그녀는 '보신탕'을 먹는 직장 선배들과 함께 앉아 구역질을 참아야 했다. 중경이 먹던 백숙을 직접 가리키며 닭에게는 '좆이 없다'는 것이 개와의 차이점이라고 말하는 선배들의 무례한 모습은, 유달리 '성기'로서의 자의식을 통해 주체가 되는 한국적 남성성의 특징을 드러낸다. 특정한 방식으로 도살된 특정한 육식을 애호하는 '보신 문화'를 통해 쾌락을 증진하고, 서로의 육체성을 상호 보증하는 남성 동성 사회의 문화는 어떤 생명들을 자의적으로 줄 세워 죽여 고깃덩어리로 만들곤 한다. 이것은 남성(성)에 도움이 되는지를 기준으로 미식/재현의 대상으로 평가하는 폭력의 작동 원리와 밀접하다.

사촌 동생 홍이는 잔인하게 죽인 동물 사체를 전시하는 기이한 일을 반복한다. 그 기원에는 자신이 도살해야 하는 개들의 짖는 소리로 고통받으면서도 술에 의지해 버티던 삼촌이 있다. 버려진 개 농장에서 사라진 삼촌을 기다리던 아들 홍이의 모습. 여기에서 중경은 폭력이 승계되는 원초적인 장면을 기억해낸다. "삼촌이 키우는 개들이 팔려 가는 곳이 어디든 중경은 홍이의 상장과 사진이 걸려 있는 농장과는 상관없는 일이라 생각했다."(249쪽) 가족의 부양을 위해서라면 폭력을 수행하면서도 감내해야 한다는 삼촌의 '당위'가 아들 홍이에 게서도 마찬가지로 드러난다. "사람에겐 누구나 착한 마음이 있다고. 그런데 그 마음에 더러운 게 묻어서 제대로 못 보는 거"(257쪽)라며, 어쩔 수 없이 폭력을 수행한다며 자위하던 삼촌의 자의식이 아들 홍이의 '대의'로 계승된 것이다. 홍이(개) 를 잡아먹어서 불운해졌다는 삼촌의 자책은, 남성적 육식성 과 폭력성이 긴밀하게 얽혀 만드는 운명에 대한 어렴풋한 자 각이기도 하다.

"난 예쁜 애들만 골라 죽였어. 몸에 흉터가 있거나 못생긴 애들은 그냥 풀어줬어. 예쁜 애들을 죽여야 사람들이 더 끔찍 해하니까."(239쪽) 홍이의 기이한 자부심은 사람들의 충격과 감흥을 만들어내기 위해서 아름다운 신체, 특히 여성의 몸을 즐겨 전시해온 예술의 오랜 자의식과 다르지 않다. "오랜 시 간을 공들여 준비했고 자신의 행위가 어떻게 받아들여질지 치밀하게 계산"(245쪽)하는 홍이의 예술가적 자의식은 폭력 의 적나라한 재현을 통해 각성을 고취한다는 고전적인 미학 성에 닿아 있다. 생존을 위한 아버지들의 억척스러운 세계가 만들어낸 것은 결국 자기보다 약한 신체를 살해하고 전시하면서 미적 쾌락을 얻고, 그 윤리적인 효용을 자처하는 아들인 것이다. 폭력과 살해의 젠더적 패턴을 애써 무시하고 '사이코패스'라며 정신질환 혐오로 대체하는 사법 당국을 지켜보며 중경은 매일 섬뜩함에 휩싸이게 된다.

그리고 이것을 지켜보는 중경은 재현의 위태로움을 절감한다. "홍이의 사건 이후 중경은 상처를 드러낸 채 사진기 앞에 서는 여자들과 자신을 구분하는 선이 무너졌음을 깨달았다."(같은 쪽) 밤마다 만나게 되는 학대받는 여성들의 "상처를 사진으로 남기고 조서를 작성해 사건을 처리하는 동안 중경은 자신이 그들을 위해 진심으로 일하고 있다고 생각했다. 하지만 그것은 엄연히 바라보는 자의 입장이었을 뿐 중경과 그들은 다른 세계에 속해 있었다"(같은 쪽). 이는 폭력의 체계를 증언하고 재현하는 발화 위치에 대한 고민이다. 지옥에서 돌아온 것 같은 몰골이던 강아지를 살려내고, 지옥에 떨어진 아버지를 구하러 가는 홍이에 대한 꿈을 꾸는 중경은 그저 고깃덩어리가 아닌, 살아 있는 각자의 고유한 체온과 그리움에 대해 생각한다.

「홍이」에서 본 (젠더적) 미학화에 따른 윤리적 자의식이 내포한 폭력성에 대한 관찰은 「적어도 두 번」에서 거울상처럼 거꾸로 비춰진다. 「적어도 두 번」은 제목처럼 복합적인 독해를 요구하는 중층적인 소설이다. 소설은 시각장애인 여성 청소년인 이테에 대한 성적 접촉을 '변명'하는 구조로 이루어져 있다. 이테에게는 자신의 신체와 향유에 대한 접근이 겹겹이 제한되어 있었다는 화자의 인식 자체는, 장애인/청소년/여성의 몸을 무조건 '보호'해야 할 공백으로 간주하는 한국 사회에서 이테가 맞서야 하는 운명에 대한 적실한 지적일 수 있다. 그동안의 재현에서 시각장애인 여성 청소년의 몸/성은 '피해자'로 기입되지 않은 맥락에서 가시화되기 어려웠다. "또 해도 돼요?"(80쪽)라고 묻는 이테의 질문은 (화자의 성폭력과는 별개로) 여성 청소년의 자기 신체에 대한 관심과 열망을 드러낸다. 하지만 무지하고 순수한 대상의 '요청'에 따라 친절한 가르침 혹은 돌봄을 수행했다는 자기 합리화는, 자신이 가진 연령적·감정적·사회적 위계를 간과한다는 점에서 성폭력 가해자의 상투적인 변명의 논리와 상통하고 만다. 이것은 여성 간의 성애가 평등하고 대안적일 것이라는 근래 문화 담론의 낭만적인 기대에 반해, 위계와 폭력이 마찬가지로 작동할 수 있다는 점을 상기시키기도 한다. 그럴 때 젠더성에 대한 단순한 환원에 멈추지 않고, 폭력의 원리를 재현하고 발화하는 구도가 더 중요해진다. 그러니 자기변명의 내용이 아니라 고백이라는 발화의 형식 및 그에 대한 자의식을 살펴봐야 한다. 우리가 화자의 자기 서사를 승인할 것인가를 고민하며 함정에 빠지기보다는, 그것이 윤리적 자기 고백의 문체로 작성되었다는 점에 주목할 필요가 있다. 소설은 고백이라는 자신의 발화 형식에 대한 자의식을, "이십대 여학생이 남자 유파고에게 이런 편지를 쓴다면 사람들이 손가락질"(45쪽)할 것이라는 대화의 위계를 스스로 기입하고 있다. 그러므로 고백의 청자로 중년 남성이자 지식인 교수인 유파고를 앉혀두는 구도는 범상치 않다. "유파고의 죽음이란 생각"(46쪽)을 하필 '여성 인물'로 먼저 의인화해보고서야 가능한, "권위를 가지지 못한 자가 권위를 가진 자를 향해 올려 보내는 고백"*인 것이다. 그래서 유파고(선생님)와 줄파추(아버지) 같은 조합어로 일상 속에 잠재된 권력을 일시 정지시키는 것이다.

이는 그간의 남성적 고백(체 소설)에 대한 대타적이고 메타적인 기획이다. 그래서 화자는, 미시마 유키오가 자전적 소설 「가면의 고백」에 대해 "인간은 절대 고백이 가능한 존재가 아니다"(50쪽)라고 했던 '자기 선언'을 여러 번 곱씹으며 '유파고의 거짓말'의 기원이라고 생각한다. 미시마 유키오와 도스토옙스키 소설이 그러하듯 남성의 자전적 고백에서 문학성을 읽어온 근대 문학사의 규범을 떠올리는 것이다. 이는 남성의 죄의식/욕망에 대한 (과도한) 고백을 통해 윤리적 인간을 생산하며 형성되어온 소설 미학을 환기시킨다. '불가능한 고

* 인아영, 「답을 주는 소설과 질문하는 소설」, 문장 웹진, 2018년 9월호.

백'을 끝내 해내는 남성의 역설적 진정성을 인용함으로써 반대로 여성의 자기 고백은 어떤 효과를 형성하는지 대조한다. 그러니까 홍이의 고백은 곧바로 문제적 개인(혹은 실패한 영웅)의 윤리적 자의식을 향하지만, 여성적 고백체에서는 여성의 몸/성을 둘러싼 구조에 대한 질문을 반드시 거쳐야 하는 것이다. 이는 흥미로운 대조점이다. "유파고를 끌어와 저 자신에게 묻는 거죠. 저 자신에게 묻는다며 세상의 답을 기다리는 것"(같은 쪽)이라는 질문의 구도는 여성의 신체와 성에 대한 재현의 양상을 되묻는다. "여성의 지위에 대한 평가는 객관적으로 합의할 수 없는 문제이며 여성의 신체적 자유에 관한 의견 또한 신중해야"(48쪽) 한다는 언론의 무책임한 공적 언어가 제 구실을 못 할 때, 소설은 여성의 자위와 클리토리스를 공백으로 남겨두는 언어적 기울기를 더 도드라지게 만들어 독자에게 내민다.

생존을 향한 열망으로부터의 메아리들

그렇게 기울어진 운명에서 벗어나기 위해 애쓰는 이 시대 여성 청년들의 절박한 양상은 「에콜」에도 담겨 있다. 이전 세대의 낙관적인 금언이던 "사람은 저마다의 밥그릇을 갖고 태어난다"(173~174쪽)라는 말이 우리 시대에서는, 태어날 때 이미 '수저'의 계급이 정해진다는 결정론적 비관으로 바뀌어버렸다. 그간 주로 조롱의 대상이던 "철밥통의 주인이 되어 철밥통이 수호하는 질서 안에서 살고 싶"(174쪽)다는 소망이 절실해진 것은 생존주의가 운명이 된 시대의 내적 풍경이다. 공부 시간을 초 단위까지 재가면서 공무원 시험을 준비하는 이유는 "타인의 무분별한 망상과 폭력으로부터 개인을 지켜주는 보호막"(164~165쪽)에 편입되고 싶기 때문이다. 공적 질서에 '보호'를 요청하고자 하는 이 강렬한 열망은 그 외부의 기울어진 일상에서는 안전감이나 효능감을 느끼기가 어렵다는 여성 청년들의 현실 인식에서 온다. 그나마 객관적인 시험 점수라는 상대적으로 공정한 선발을 통해서는 규범적인 세계에 편입될 수 있고, 그 기계적 질서 속에서라면 가난한 여성 청년 역시 최소한의 사회적 성원권을 보장받을 수 있으리라는 최후의 믿음인 것이다.

그러나 그 철밥통을 위한 비좁은 선발 과정 자체에 이미 계급적인 선별이 작동한다는 점에서, 초라한 원룸 하나를 겨우 지탱할 수 있는 이들의 편입은 계속해서 지연되기만 한다. "엄마의 돈으로 밥을 먹고 엄마의 돈으로 문구점 쇼핑을 하"(179쪽)는 수험 생활이 엄마의 희생에 빚지면서 유지된다는 자책을 견뎌야 한다. 엄마가 당뇨 합병증으로 발목을 절단했

다는 소식에, 장애인 가족일 경우에 받는 가산점을 먼저 생각
해버린 자신의 끔찍한 마음을 발견하면서 추락하는 점수만큼
운명의 무대에서 제 역할을 하지 못했다는 자기혐오가 커져
간다. 그때 옆집에서 들려오는 것은 다른 여성들이 처한 운명
에 대한 소식이다. 외부 세계를 차단하려는 '나'의 방으로 끝
내 침입해 공부를 중단시키는 옆집 여자의 통화는 젠더 자체
가 계급으로 작동하는 세계의 중력을 날것으로 불러들인다.
저마다의 다른 사정을 갖고 다른 인생을 꿈꾸는 여성 청년들
이 '잘 노는 애'로 공공연히 거래되는 실상을 계속해서 기입
하는 것이다. 계급 상승은커녕 생존 자체가 불투명해져 고시
원 방에 유폐된 청년의 서사는, 이중으로 소외된 여성들의 운
명론과 겹쳐지면서 폭을 넓힌다. 생존 경쟁에 대한 자발적인
신화의 바로 옆에서, 조금이라도 미끄러진 여성 청년들이 너
무도 쉽고 무덤덤하게 거래되고 있다. 섬뜩한 세계의 중력으
로 인해 매일 추락하는 여자들의 소리를 들으며, 노력하는 개
인은 철밥통에 편입될 수 있으리라는 믿음은 무너진다. 아
마 민정이라는 에콜의 딸도 다른 어딘가에서 공부를 하고 있
을 테지만, 그런 딸들의 옆에 다른 여성들의 숨죽인 운명들이
있음을 알게 되는 것이다. 철밥통에 편입되기 위해 스스로를
방에 가뒀던 화자는 '있어요?'를 무수히 반복하는 옆집 여자
에게 대답하고 싶은 충동을 느낀다. "있어요. 여기 사람 있어

요."(173쪽) 각자의 방에 갇힌 채 제 앞의 생존 경쟁에 몰두해 서로의 목소리를 외면하지 않고, 여성들이 맞선 운명론에 응답하고자 하는 갈망이다.

미지의 방정식이 되어가는 아름다운 하루하루

존재를 누락하려는 결정론적 운명에 맞서 자신의 목소리를 찾고자 하는 인물들은 「호르몬을 줘줘요」와 「물질계」에서 유쾌하게 빛을 발한다. 지금 도림의 가장 큰 걱정은 사춘기가 되면서 튀어나온 '버섯'이다. 도림은 남자가 될지 여자가 될지를 결정해야 한다는 고민에 빠져 있다. 나름대로 조숙한 도림이 자신의 수술비를 준비해야 한다는 생각으로 로또에 정체성 숫자를 써내는 노력은 귀엽고 애틋하다. 이제 열세 살인 도림은 진성'여중'에 갈지 아니면 남녀공학에 갈지를 필사적으로 고민한다. 앞으로 강제적 성별 규범으로 진입하며 성장해야 하기 때문이다. 특정 성별로 자신을 한정하지 않는 젠더퀴어나 지정성별과 다른 성으로 살고자 하는 트랜스젠더에게, 한국 사회는 노동과 교육의 권리를 제대로 제공하지 않는다. 변희수 하사의 강제 전역 사건이나 숙명여대 입학 포기 사건에서 보듯, 2020년 지금 한국 사회에서 이분법적 성 규범은 그 자체로 계급이자 시민권으로 작동하고 있다. 인터섹스 역시 태어날 때부터 의사나 부모의 자의적인 판정에 의해 특정 성별로 '지정'되어 등록되고, 그 '지정성별'에 맞추어 신체를 '개조'당하지 않으면 '비정상'으로 낙인찍혀 온전한 일상을 누리기가 어렵다. 소설 속 '미스터X'가 말하듯, 언제나 인구의 특정 비율은 인터섹스로 태어남에도 불구하고 우리의 일상 언어는 여전히 성별 이분법을 강고하게 유지한다. 병원에서 태어날 때부터 (혹은 도림처럼 성장 과정에서) 인터섹스임을 알게 되면 쉬쉬하며 곧바로 성별지정을 강요하기 때문이다.* '닥터 파이팅'은 성기 중심적 논의와는 결이 다른 것처럼 '호르몬'을 이야기하지만, 그 역시 "성별은 태아 때 결정되는데 판화처럼 한번 새겨지면 죽을 때까지 바뀌지 않"(19쪽)는다는 본성 결정론적 설명이다. "치마 대신 축구 유니폼을 입고 다니는"(20쪽) 도림의 젠더 수행을 다시 '뇌의 성기'로 환

---

* 그래서 많은 인터섹스들이 기억하지 못하는 어린 시절, 자신이 결정하지 않은 성별을 (부정확한 정보만으로) 택해버린 의사나 부모의 강제적 의료 조치와 사회화로 고통받는다. 인터섹스 인권 운동은 자의에 반한 유아의 수술에 반대하는 것에서부터 시작한다. 한국 사회는 인터섹스에게는 '지정성별'에 신체를 맞추는 성 확정 수술을 강요하고, 트랜스젠더에게는 성별 정정의 법적 조건으로 신체적 성전환 수술을 강요한다. (얼마 전까지는 성인이더라도 부모의 동의를 얻어야 한다는 이성애 가족주의의 허락까지 거쳐야 했다.) 이런 담론은 강제적 이성애와 젠더 이분법을 정상성으로 유지하기 위해 퀴어한 신체를 '손상'과 '장애'로 병리화하고 혐오라는 사회적 구성물을 산출한다. 생물학적 성별 이분법은 외부 성기를 기준으로 성 역할을 확고히 분할하고자 하는 지독한 남근주의와 공모한다. 게다가 그 이분법의 강요로 인한 신체적 부담과 경제적 비용은 온전히 그 피해자에게만 부과된다.

원하는 생물학적 이분법의 다른 버전인 것이다. 닥터 파이팅은 자신의 이분법에 따라 도림을 치료와 교정이 필요한 '병적' 상태로 분류하고, 동정의 대상으로 낙인찍어 응원하는 위치에 섬으로써 자신의 의학적 권위를 만든다. 이는 생물학적 섹스와 사회문화적 젠더가 일치하는 주체만을 '정상'적인 생명으로 승인하는 태도다. 보편타당하고 중립적이라고 간주되는 의료 담론 역시 실은 그것을 수행하는 사람의 사회문화적 판단에 의해 결정되는 것이다. 여기에서 소설은 신체의 성별(섹스)에 따라 자연스럽게 사회문화적 젠더가 정해진다는 암묵적인 정상 규범이 순환론적 허구임을 드러낸다. 「호르몬을 쳐줘요」는 생물학적 신체성으로 모든 젠더 범주를 재단하려는 최근의 문제적인 담론에 시사하는 바가 많다. '감정적인 여성'과 '이성적인 남성'이라는 식으로, 이미 상투적인 젠더적 편견을 다시 생물학적인 원인으로 환원하는 어설픈 속류 과학을 우리는 얼마나 자주 접해왔던가. 기실 대부분의 사람들 역시 사회문화적 강제에 따라 자기 신체의 성별(섹스)을 인식하고 그에 따르기로 '결정'하는 것이다. 미스터X는 "성별을 결정하기 어려우면 자기처럼 뚱보가 되"거나 "로또에 도전하"(18쪽)라고 슬픈 조언을 건넨다. 이는 '정상 신체'에 대한 규범으로 인해 자기 몸의 격하 혹은 (자본을 통한) 물질적 몸 이상(以上)으로의 초월로 양분된 운명밖에 상상하지 못하는 청소년들의 암울한 전망에서 온다.

하지만 최전방 공격수가 맡는 '등번호 9번'임을 자부하는 도림에게는 지정성별보다는 정강이뼈의 단단함이 더 중요하다. 도림은 바둑반이나 우쿨렐레반이 아닌 축구부를 향한 자신의 선택, 그러니까 스스로 자신의 정체성 숫자 9를 등번호로 정한 '선택'으로 움직인다. "남자와 여자의 차이보다 왼발을 쏠 수 있는지 없는지의 차이가 더 크"(10쪽)니까. 물론 이것이 도림 혼자만의 몫일 순 없다. "난 물어볼 사람이 필요하다고요. 내가 남자인지, 여자인지."(32쪽) 그래서 도림은 미스터 X가 알려준 이태원의 인터섹스 모임을 찾아 모험을 떠난다. 이 여정은 문화적 전유와 수행을 향한 것이다. 김완선의 노래를 '호르몬'으로 해석하면서 "우리 같은 사람을 위한 노래"(26쪽)를 이어 부르러 가는 길. 이는 일상의 곳곳에서 유쾌한 퀴어적 정동을 찾아내고야 마는 문화적 수행의 감각과 그 역사적 계보로 이어진다. 도림이 인생을 걸고 하필 이태원을 찾아가려는 것은 퀴어적 공간과 관계 속에서 더 쉽게 퀴어적 수행과 연결될 수 있기 때문이다. 이 수행은 혼자 하는 것이 아니므로. "남자 여자 구별 없이 그냥 로봇"(22쪽)이 되고 싶은 도림에게, 여자가 되든 남자가 되든 다 좋지만 하나로 한정하지 않고 논바이너리(non-binary) 젠더퀴어로 살아도 좋다고 말해줄 사람이 꼭 필요하다. 그것을 자신의 삶으로 보여줄 어른들이 더더욱.

아마 도림에게 가장 적절한 말을 해줄 사람은 레사일 것이다. 「물질계」는 죽음이라는 운명을 오갈 수 있는 공간으로 비유하는 상상력으로부터 시작한다. '나'는 운명처럼 고정된 시간과 패턴을 바꾸어낼 가능성을 만들고자 논문을 쓰기 시작했다. 그것은 자신의 운명에 대한 대응이기도 하다. 어렴풋이 자신에 대해 알아차리자마자 "내 안의 숨겨진 무언가가 밖으로 튀어나와 나와 내 집안을 말아먹고 세상의 손가락질을 받으리라는"(97쪽) 위협 속에서 자라게 된다. 지금 한국 사회는 레즈비언에게 "집안 말아먹을 년"(96쪽)이 되라는 저주를 강요하곤 하니까. '나'의 운명을 "꽁꽁 얼어붙은 한겨울의 산"(108쪽)처럼 만든 '사주'란, 기실 이성애로 한정된 삶을 강요하고 그 외부를 조금도 허용치 않는 가족주의적 생애 모델을 인간의 숙명으로 설명하는 언어다. 그것은 "내가 남들과 다르다는 것을"(113쪽) 알자마자, 자기 자신을 공포와 불안으로 체감하게 만들었다. '나'의 운명을 장악하고 미래를 상상하지 못하도록 "내 가슴에 거꾸로 박혀 그 어떤 빛이 와도 녹지 않을 것만 같"(112~113쪽)은 거대한 "내 운명의 빙하에 갇"(113쪽)히게 만들었다. 그렇게 삶을 박탈하고 얼려버리는 결정론적인 운명론에서 벗어나기 위해 누구에게나 보편타당한 과학을 공부했다. "내가 과학의 세계를 좋아했던 이유는 내 마음 따위와는 상관없이 언제나 동일한 물리 법칙이 작용한다고 믿었기 때문이다."(120쪽) 세계의 운명이 확정되어 있지 않다는 불확정성의 원리로 우주의 법칙을 다르게 말해보고 싶었지만, 대학원 사회야말로 전혀 보편타당하지가 않다. 결정론적인 법칙을 벗어나는 논의를 받아들이지도 않는 교수들의 권위주의, 여성 혐오적인 가십과 노동력 착취가 일상이면서도 여성 학자들의 미래를 유리천장으로 제약하는 곳이다. 이 역학(易學)도, 저 역학(力學)도 모든 인간에게 적용되는 '변치 않는 진리'라고 자부하지만, 실은 그것을 행하는 사람들을 위해서 굴러가는 것일 뿐이다.

하지만 그렇게 정해진 운명이란 없다고, 집안을 말아먹는 운명이란 사기라고 레사는 단호하게 말한다. 레사는 운명론을 매일의 삶을 통한 수행으로 전환한다. "사주팔자 명리학은 자기에게 적용하는 성찰이고 수양이지, 남에게 악담을 퍼붓는 게 아니라고 했다. 하루하루 충실하게 살면, 그게 모여 사주팔자가 된다고."(125쪽) 이는 이성(애)적으로 보편타당한 역학(易學/力學)의 허구를 드러내면서, 실은 매일의 수행이 자신의 운명을 만든다는 원리를 알려준다. 이는 자신을 설명하는 언어란 자신의 충실한 하루하루뿐이라는 전환으로 이어진다. 그러자 통상적인 '음양'의 이성애적 운명론은 여자들의 사랑을 여는 질문으로 바뀐다. "불의 여자랑 물의 여자가 만났으니 뭘 해야 할까요?"(117쪽) 정열적이고 시원시원한 레사 덕분에 '내 운명의 빙하'가 녹아내리는 과정은 유쾌하고 사랑스럽다. 레즈비언이 되는 사주팔자란 걸 굳이 설명할 필요가 없다고, 그러지 않겠다고 말하는 레사의 대답은, 인간의 운명을 확정하지 않고 매일 각자의 수행성에서부터 세계를 설명해가는 퀴어적 인식론을 새로운 세계의 원리로 만든다.

그렇게 미지의 방정식의 답을 구하는 매일의 과정이 훨씬 더 우리의 삶에 가깝다. 주어진 방정식의 고정된 값이 아니라 어떻게 될지 모르는 미지수 X가 되는 것. 자신의 정체성 숫자를 스스로 만들고 자신의 몸을 스스로 설명하는 방정식. 운명이 아니라 여정으로서의 삶. 저들이 확정해둔 운명이 아니라 자신의 관계성과 수행성을 충실히 살아가면서 스스로가 되는 삶. 김멜라의 소설은 방정식의 답을 이렇게 아름답게 써냈다.

작가의 말

　이 책에 실린 일곱 편의 소설을 쓰는 동안 내가 아는 두 분이 돌아가셨다. 한 분은 내 할아버지(아버지의 아버지)이고, 다른 분도 내 할아버지(어머니의 아버지)이다. 두 분은 죽기 전과 후에 노래를 부르거나 들으셨는데 그 기억이 떠올라 이곳에 남긴다.

　할아버지가 돌아가신 후 시신을 염할 때 할머니는 할아버지의 몸을 맨손으로 쓰다듬으며 말했다.

　"댕이 아부지(내 아버지의 이름 '대용'의 줄임말), 내가 노래 불러줄게. 잘 들어잉. 댕이 아부지 내 노래 듣는 거 좋아하제?"

　다른 가족은 유리벽 너머에 서 있었고 할머니는 이제 그만

유리벽 밖으로 나가셔야 한다는 장례지도사의 말을 듣는 둥
마는 둥 하며 홀로 할아버지 시신 곁에 남아 노래를 불렀다.
다른 건 몰라도 노래 부르는 목소리 하나만큼은 세상 누구에
게도 뒤지지 않는다고 자부하던 할머니는 구슬픈 음색으로
노래를 불렀고 할아버지의 얼굴을 마치 어린애 세수시키듯
쓰다듬었다. 이상한 것은 할머니가 부른 노래가 이미자의 〈여
자의 일생〉이었다는 것이다. '아아, 여자이기 때문에. 아아, 참
아야 한다기에'로 이어지는 노래는 내가 보기에 할아버지에
게 바치는 헌정곡으로 그리 적당하지 않았다. 내가 아는 할아
버지는 남자로 태어나 그 누구보다 '남자'의 일생을 살다 가신
분이 아닌가.

그리고 몇 년 뒤 나의 또 다른 할아버지가 돌아가셨다. 할
아버지는 죽기 전 몇 개월을 병원에 입원해 계셨는데 숨을 거
두시기 직전 엄마와 할머니에게 노래를 불러주셨다고 한다.

"연수야(연수는 내 어머니의 이름이다), 아버지 노래 부른
다. 들어봐라."

그렇게 말하며 할아버지는 남인수의 〈이별의 부산 정거
장〉을 부르셨다고 한다. 나는 그 이야기를 장례식이 끝나고
몇 달 후 엄마와 함께한 여행에서 들었는데 엄마는 마침 여행
을 마치고 우리가 헤어지려던 때에 할아버지의 마지막 노래
이야기를 했고 나는 그때 그 노래를 처음 들었다.

'보슬비가 소리도 없이, 이별 슬픈 부산 정거장.'

노래는 '한 많은 피난살이'와 '잊지 못할 판잣집'으로 이어졌고 나는 그 노래가 할아버지의 마지막 노래로 그다지 어울리지 않는다고 생각했다. 내가 알기로 할아버지는 피난살이를 하지 않으셨고 서울에서 태어나 서울에서만 살다 돌아가신 분인데 왜 '경상도 사투리에 아가씨가 슬피 우'는 부산 정거장 노래를 부르셨을까.

모를 일이다. 두 할아버지의 죽음에는 나로서는 다 이해할수 없는 두 곡의 노래가 이어져 있고 나는 가끔 그 노래들을들으며 그 '알 수 없음'을 혼자 음미하곤 한다. 선곡의 이유를설명하면 할 수야 있겠지만 나는 구태여 설명하지 않고 그 알수 없음이 만지고 가는 슬픔을 간직한다.

이 책에 실린 소설들은 나로서는 알 수 없는 것들을 어떻게 한번 설명해보려고 한 시도들이다. 그 설명이 충분하지 못했고 알 수 없음을 알 수 없음으로 남겨두려던 나의 의도 또한 잘 표현되었는지 알 수 없다(혹은 알고 싶지 않기도 하다). 그저 노래 한 곡이면 끝날 일을 이렇게나 많은 활자와 종이를쓰고 여러 사람의 시간과 노력을 빌려 책으로 만들고 말았다. 기쁘고 감사한 일이지만 기쁜 일을 마음껏 기뻐하는 능력이 부족해 어리둥절한 마음으로 기쁨을 바라보고 있다.

너는 미적 센스가 부족해 아무 사진이나 갖다 쓰고 아무 노래나 틀 것 같으니 내가 미리 말해준다며 나중에 자기가 죽으면 자기 장례식에 차이콥스키의 〈뱃노래〉를 틀어달라고 당부하는 나의 언니, 같이 죽을 수 있으니 같이 살 수도 있다는 용기를 준 나의 '5', 두 사람은 내가 쓴 글을 언제나 제일 먼저 읽어주고 소설을 쓰든 쓰지 않든 김은영이 행복했으면 좋겠다고 말해주는 고마운 사람들이다(김은영은 내 본명이다). 두 사람에게 사랑을 전한다.

단단하고 분명한 문장으로 도끼날 같은 서평을 주신 구병모 작가님과 소설과 소설 사이에서 명료한 음표들을 찾아내 다층적인 악보를 만들어주신 김건형 평론가님께 감사의 말을 드린다. 등단부터 소설집 출간까지 오래 더듬거리는 작가를 기다려주신 자음과모음 출판사와 애써주신 안태운 편집자님께도. 이분들이 있기에 독자들 앞에 조금은 덜 부끄럽게 나설 수 있었다.

끝으로 알 수 없음의 총체, 신에게 엎드려 기도드린다.

수록 작품 발표 지면

호르몬을 취줘요 …… 『자음과모음』 2015년 겨울호

적어도 두 번 …… 『자음과모음』 2018년 봄호

물질계 …… 문장 웹진 2018년 12월호

모여 있는 녹색 점 …… 문장 웹진 2015년 AYAF

에콜 …… 미발표작

스프링클러 …… 문장 웹진 2016년 AYAF

홍이 …… 2014년 자음과모음 신인문학상 수상작

적어도 두 번

© 김멜라, 2020

초판 1쇄 발행일 2020년 7월 24일
초판 2쇄 발행일 2022년 7월 22일

지은이   김멜라
펴낸이   정은영
편집   김정은 정사라
마케팅   최금순 오세미 공태희
제작   홍동근

펴낸곳   (주)자음과모음
출판등록 2001년 11월 28일 제2001-000259호
주소   10881 경기도 파주시 회동길 325-20
전화   편집부 (02)324-2347, 경영지원부 (02)325-6047
팩스   편집부 (02)324-2348, 경영지원부 (02)2648-1311
이메일   munhak@jamobook.com

ISBN 978-89-544-4464-4 (03810)

이 도서의 국립중앙도서관 출판시도서목록(CIP)은 서지정보유통지원시스템 홈페이지
(http://seoji.nl.go.kr)와 국가자료공동목록시스템(http://www.nl.go.kr/kolisnet)에서
이용하실 수 있습니다.(CIP제어번호: CIP2020028185)

• 이 책은 서울문화재단 '2018년 첫 책 발간 지원사업'의 지원을 받아 발간되었습니다.